고미카와 준페이 대하소설

인간의 조건

NINGEN NO JOKEN
by Junpei Gomikawa
© 1956-1958, 1995, 2005 by Ikuko Kurita
Originally published in Japanese by San-ichi Shobo, 1956-1958
Iwanami Shoten, Publishers' edition in 2005.
This Korean language edition published in 2013
by itBook Publishing Co., Paju
by arrangement with the Proprietor c/o Iwanami Shoten, Publishers, Tokyo
through BC Agency, Seoul.

이 책의 한국어판 저작권은 BC 에이전시를 통한 저작권자와의 독점 계약으로 도서출판 잇북에 있습니다.
신 저작권법에 의해 한국 내에서 보호를 받는 저작물이므로 무단전재와 복제를 금합니다.

이 도서의 국립중앙도서관 출판시도서목록(CIP)은 서지정보유통지원시스템 홈페이지(http://seoji.nl.go.kr)와 국가자료공동목록시스템(http://www.nl.go.kr/kolisnet)에서 이용하실 수 있습니다.
(CIP제어번호: CIP2013019761)

인간의 조건

고미카와 준페이 대하소설
김대환 옮김

5
죽음의 탈출

5부

죽음의 탈출

1

 길게 꼬리를 끌며 하늘이 으르렁거리는 것은 포탄이 머리 위로 높이 날아가고 있었기 때문이다. 목을 움츠릴 필요는 없다. 먼 후방에서 누군가의 목숨이 날아간다 해도 이곳엔 떨어지지 않는다. 섬뜩하면서도 아름다운 소리가 들릴 때마다 흐린 하늘을 올려다본다. 포탄이여, 변덕만은 부리지 말아다오. 멀리 뒤쪽으로 날아가다오.
 채찍으로 바람을 가르듯 짧게 괴성을 지르며 날아오는 것은 이 근방에 떨어지고 싶어 하는 놈이다. 그때는 구덩이 속으로 납작 엎드리면 된다. 직격탄이나 지근탄이 아닌 한 년 필시 살 수 있을 것이다.
 가지는 개인호에서 상반신을 내놓고 시야 가득히 산개하여 전방의 비탈면을 내려오는 적군을 보고 있었다. 정위치에 서기 전까지는 인생에 작별을 고하는 기분에 자꾸만 사로잡히곤 했는데, 막상 전투가 시작된 지금은 오히려 공포감이 들지 않는 것이 이상했다.

적군의 진격 속도는 결코 빠르지 않았다. 여유를 부리며 한가롭게 내려오고 있는 것은 압도적인 화력을 믿고 승리를 확신하고 있기 때문일지도 모른다. 반대로 말하면 아군은 곧 궤멸된다는 뜻이다. 틀림없이 다 죽는다는 말이다.

왜 그것이 무섭지 않은 거지? 입안이 바싹바싹 타들어 가지도 않고, 불알이 오그라들지도 않는다. 마음이 희한하게 편안하다. 체념한 것은 아니다. 오히려 미신과 같은 생각이 든다. 난 틀림없이 살 수 있어. 왜냐하면 인생이 그렇게 무의미하지는 않을 테니까. 그러면서도 미신의 주인은 빈정대듯 웃는다. 만약 목숨을 부지한다 해도 의미의 유무 탓은 아니다. 수십만 평방미터에 달하는 진지 가운데 고작 1평방미터도 안 되는 가지의 개인호에 포탄이 떨어지느냐 떨어지지 않느냐에 따라 결정된다. 단지 그뿐이다.

가지는 분대 구역을 둘러보았다. 풀잎 아래에 숨은 철모가 군데군데 보인다. 그들은 아직 살아 있다. 이 또한 단지 그뿐이다. 한 시간은커녕 10분 후의 일을 누가 알겠는가?

가지의 바로 옆 개인호에서 이마니시 이등병이 새까만 얼굴을 내민 채 눈만 기괴하게 희번덕이고 있었다.

"아군 포는 지금 뭐 하고 있는 겁니까?"

적 탱크 부대와 수많은 적병들은 이미 산 중턱까지 내려왔는데, 아군 포탄은 능선 위에 열심히 먼지만 일으키고 있을 뿐이었다. 이제는 조준점을 맞춰서 쏘겠지. 누구나 그런 기대로 그곳에선 보이지 않는 후방의 포진지 쪽을 돌아보았다. 그런데도 포는 여전히 능선 위에 헛된 흙먼지만 일으키고 있었다.

"관측반이 당했는지도 몰라."

지금의 탄착을 보면 그렇게밖에 생각할 수 없었다. 가지는 이런 상황에선 어울리지 않게 미소를 지어 보였다.

"꼭 장님이 쏘는 것 같아. 말이 안 나오는군."

그렇게 믿었던 포격이 이 꼴이니 전투는 시작되자마자 끝장나겠구나 하고 생각할 수밖에 없었다. 소련군 탱크 부대는 보병과 보조를 맞춰서 같은 속도로 천천히 내려온다. 아무 저항도 느끼지 않는 듯 유유히 다가온다. 그대로 계속 밀려와서 아군 진지를 해일처럼 타고 넘어갈 것처럼 보인다.

진지 어딘가에서 경기관총을 점사하는 소리가 들렸다. 성급한 시험사격이겠지만, 그것을 기다렸다는 듯이 소총 분대에서도 누군가가 사격하기 시작했다. 거리는 약 600미터다. 소총으로는 어림도 없는 거리였지만 불안을 못 이기고 쏘는 것이다.

"아직 쏘지 마라!"

가지는 소리쳤다.

"탄약을 아껴라. 300미터 이내에 들어올 때까지 쏴서는 안 된다."

그 말이 효력을 발휘한 것은 불과 30초쯤이지 싶다. 불안은 명령보다도 강하게 작용하고 있었다. 적이 온다. 쏘지 않으면 안 된다. 쏘지 않으면 적은 손쉽게 올 것이다. 맞든 안 맞든 쏘고 있기만 하면 조금은 마음이 풀리는 것이다.

"쏘지 마라!"

가지는 계속해서 두세 번 소리를 치다가 단념했다.

옆 중대의 진지는 적 방향으로 튀어나와 있어서 이미 유효사거리 안에 들어왔는지, 중기관총 몇 정이 맹렬히 불을 뿜기 시작했다. 그 탄착은 가지가 있는 곳에선 보이지 않았지만 유효탄이 나왔다는 증거로 적 보병이 황급하게 탱크 뒤로 몸을 숨겼다.

옆 중대의 사격은 위력적이었다. 적군이 전진을 멈췄을 정도다.

"잘한다!"

데라다 이등병은 총목을 두드리며 쾌재를 불렀다. 이 정도면 적도 대단치는 않다!

적이 탱크 부대만 돌진해오지 않는 것은 일본군의 육탄공격 전법을 숙지하고 있기 때문이다. 보병의 전진을 방해하는 화력의 저항이 있으면 탱크로 짓밟아버린다. 반대로 탱크에 육탄공격을 해오면 보병이 격퇴한다. 그런 상호 작용을 긴밀하게 유지하고 있다. 지금 중기관총의 탄약으로는 아무 영향도 받지 않을 탱크 부대가 정지한 것은 이쪽에 중화기가 없다는 것을 알고 보병과의 협력 관계를 유지하려고 그러는 것 같다.

그중 열네댓 명의 보병이 탱크 부대에서 떨어져 이웃 중대의 돌출진지로 접근하기 시작했다. 멀리 떨어져 있는 가지의 위치에서는 훈련 광경을 지켜보듯이 잘 보인다. 거리 탓에 그다지 기민하게 움직이는 것으로는 보이지 않지만 전투에 능숙한 정예요원들인지 중기관총의 맹렬한 사격을 교묘하게 피하면서 달리고 숨고 기어오른다. 그렇게 거의 아무 희생도 치르지 않고 중기관총의 사각지대에 도달하는 데 성공한 듯하다.

가지는 비로소 그들이 일본군의 강력한 화점火點(기관총과 같은 자동화기를 배치한 개개의 군사 진지 - 옮긴이)을 탈취하기 위한 결사대가 틀림없다고 생각했다. 그렇다면 소련군이나 일본군이나 전술에는 큰 차이가 없다는 말이다. 꼭 물량에만 의존하지는 않는 것일까? 용감한 '결사대'는 바위와 풀숲을 엄폐물로 이용하면서 서서히 일본군의 화점에 육박하고 있다. 이제 곧 수류탄 투척거리에 들어올 것이다.

중기관총은 그런 줄도 모르고 비탈면 기슭에 정지해 있는 적군을 쏘고 있다. 가지는 몹시 초조했다. 아군의 중기관총 1정이 파괴되면 그만큼 자신의 죽음도 빨라지게 된다. 하지만 초조한 것은 그뿐만이 아니었다. 훈련할 때는 스스로 결코 성공하지 못할 것이라고 믿어 의심치 않았던 육탄 공격을 적군은 멋지게 성공시키고 있는 것이 견딜 수 없었던 것이다. 전투가 이쪽만 불리하게 전개되는 것이 참을 수 없었다. 1중대의 멍청이 소총수들아 저게 보이지 않는단 말이냐?

사실은 그 진지의 소총수들도 죽어라 쏘고는 있었다. 그러나 엄폐물이 널린 바위산 진지에서는 한번 사각으로 뛰어들면 적 또한 그 엄폐물에 보호를 받는 것은 당연했다.

가지가 있는 곳에서는 약 400미터. 가지는 자신의 정면에 있는 적이 아직 움직이지 않는 것을 확인하고 나서 총의 가늠자를 400에 맞췄다. 400은 명중 한계를 넘어선 거리지만 근처까지는 갈 것이다. 측면 사격으로 수류탄 공격을 견제할 수 있을지도 모른다.

"이마니시, 데라다, 400에 맞춰서 저길 쏴라."

가지는 살아 있는 인간을 향해 처음으로 조준했다. 거총할 때 딱 한 번 마음에 대고 이것이 전쟁이야, 라고 확실히 말했다. 원한도 증오도 없이 이제부터 인간을 죽이는 것이다. 아무런 정당한 이유도 없다. 또 동시에 아무런 양심의 가책도 없다. 그저 이러는 것이 전쟁이다. 죽이지 않으면 죽으니까, 그런 확증조차 지금은 없다. 쏘지 않아도 전투는 계속된다. 쏘더라도 전투의 양상은 달라지지 않는다. 표적은 400미터 저편에서 가지와는 아무 관계도 없이 걷고 있다. 관계가 있는 것은 총구와 생명 사이에 보이지 않는 하나의 직선이 언제든 임의로 그어질 수 있다는 것뿐이다.

데라다와 이마니시는 맞히지 못했다. 이마니시가 까만 얼굴을 돌리고 맞지 않은 게 이상하다는 듯 고개를 갸우뚱거렸다. 가지는 조준선에 표적이 들어오자 발사했다. 표적은 옆으로 뛰어서 바위 뒤에 숨었다. 400미터에서는 명중하지 않는 것이 당연하다. 가지는 속으로 그렇게 중얼거리면서 두 번째 총알을 준비했다. 맞힐 작정이었다.

죽일 생각이야? 누군가가 그렇게 물었다면 가지는 대답했을 것이다.

죽일 필요는 없어. 하지만 명중시킬 거야. 이대로 그들이 퇴각하지 않으면. 전 세계에서 발사된 수천만 발의 총알 중 한 발의 의미와 책임을 가지는 무감동하게 받아넘기고 있다. 여기서는 누가 누구를 죽이는 것이 아니다. 가지는 더 이상 휴머니스트도, 인간도 아니다. 소총 분대장이자 저격수이고, 자신의 생명을 자신의 사격능력에만 의지하고 있는 생명체일 뿐이다.

불운한 목표는 바위 뒤에서 뛰어나왔다. 그 순간 한 번 뛰어오르더니 다리를 부여잡고 풀숲에 고꾸라졌다. 가지는 냉정하게 노리쇠를 움직여 세 번째 사격을 하려고 했다. 그때 이변이 일어났다. 돌출진지 여기저기에서 하얀 연기가 피어오르기 시작했던 것이다. 중기관총의 사각지대로 들어간 적군이 표적을 알리기 위해 발연탄을 터뜨린 것이라고 깨달은 것은 정지해 있던 탱크 부대가 일제히 포신을 그 방향으로 돌린 뒤였다.

탱크 부대는 불을 뿜기 시작했다. 드디어 지옥의 향연이 서막을 올린 것이다.

산이 쉴 새 없이 울부짖었다. 대기가 찢어지고 미친 듯이 요동쳤다. 저기, 왕성한 화력을 자랑하던 아군 진지는 온통 흙먼지를 뒤집어쓴 채 사신의 노호怒號에 떨고 있었다.

가지는 숨죽이고 지켜보았다. 전투에 대한 예상과 상상은 산산이 부서져서 훨훨 날아가 버렸다. 처참하고도 치열한 전투 장면을 그는 몇 편의 영화를 통해 시각과 청각으로 경험한 바 있다. 그래서 포격이 얼마나 처절한 것인지는 알고 있었다. 그러나 눈앞에 펼쳐진 광경은 단순히 처참하고 치열한 정도가 아니었다. 한마디로 경악 그 자체였다. 이토록 단적인 죽음과 절망이, 그 아비규환과 난무가, 갑작스럽게, 더군다나 냉정한 기계의 반복 작용에 의해 인간 위로 휘몰아친다는 것이!

시간이 얼마나 흘렀을까? 길어야 5분, 그 이상은 아닐 것이다. 포격이 멈추고 흙먼지는 가라앉았다. 놀라움에서 깨어나 적진을 살펴보니 적 보병들이 전열에서 나와 아군 진지를 향해 개미떼처럼 올라가고 있었다.

그곳에서는 이제 한 발의 총성도 들리지 않았다.

"……끝장난 겁니까?"

이마니시의 까만 얼굴이 아무 저항도 없는 것을 이상하게 여기며 가지 쪽을 돌아보았다.

가지는 대답하지 않았다. 너무나 완벽한 궤멸이라고밖에는 뭐라 설명할 말이 없었다. 저렇게 해서 전투는 끝나는 것이다. 저런 식으로! 이웃 중대의 궤멸은 도히 중대가 경계를 이루고 있는 도로로 적들이 쉽게 진격해온다는 것을 의미한다. 그것은 곧 가지 분대가 좌측면부터 간단히 유린된다는 뜻이기도 했다.

"……이번엔 우리 차례다."

가지는 요령부득인 웃음을 지으며 중얼거리고 나서 분대원들을 향해 큰 소리로 말했다.

"소총 분대는 들어라! 포격이 시작되면 구덩이 속에서 캐러멜이라도 씹고 있어라. 내가 명령할 때까지 절대로 고개를 들지 마라!"

명령할 때까지? 그래, 만약 살아 있다면 말이다. 그 무시무시한 향연을 본 뒤로 가지는 총을 쏠 마음조차 들지 않았다. 무의미하다. 사느냐 죽느냐조차 더 이상 문제가 아니었다. 인간의 의지나 염원이 여기서는 그 가치를 완전히 상실하고 말았다. 삶과 죽음이 단지 물리적인 법칙으로 환원되어버린 것이다.

2

이웃 중대의 궤멸을 목격한 도히 중위는 칫솔 수염을 떨며 유탄발사기 진지에 명령을 내렸다.

"저 새끼들을 날려버려라! 박살내버려! 한 놈도 남기지 말고 몽땅 죽여버리라고!"

유탄발사기 진지는 비탈면 꼭대기에 조악한 돌담을 방패로 삼아 구축되어 있었다. 도히의 예상으로는 그곳에서 발사한 탄이 적 전열에 떨어져 터지기만 하면 적은 어쩔 수 없이 후퇴하리라는 것이었다. 그런데 탄착점을 제대로 계산하지 못해서 엉뚱한 데 떨어지는가 하면 불발탄이 나오고, 유탄발사기가 고장 나서 아예 쏘지 못하는 사태가 벌어지기도 했다. 도히는 얼굴이 창백해져서 욕설을 퍼부었다. 그 욕설에 당황한 유탄발사기 사수가 허둥지둥 사거리를 수정했을 즈음 적군들은 이미 진격하고 있었다. 탱크 부대의 주력이 일제히 포신을 돌리며 다가오고 있는 것은 영거리사격으로 섬멸적인 타격을 가하려는 것이 분명했다.

"온다. 조심해라."

가지는 분대원들에게 주의를 주었다. 조심하라고 해봤자 포격이 시작되면 모든 것은 적군의 손에 달려 있다. 직격탄이 개인호 속으로 날아 들어오지 않기만을 기도하는 수밖에 없지 않은가. 그것도 한정된 면적의 진지가 이 잡듯이 포격당하면 직격탄으로부터 피할 수 있는 확률은 지극히 낮을지도 모른다.

고개를 돌려 진지를 둘러보고 있는 가지 쪽으로 육탄공격을 하러 나갔던 이하라가 머리에 피가 밴 붕대를 감고 달려왔다.

"틀렸습니다, 상등병님. 도저히 다가갈 수가 없습니다."

거친 숨을 몰아쉬며 쉰 목소리가 헐떡이고 있었다.

"포격이 시작되기 전에 퇴각하려고 했습니다. 그런데 그 순간 자동소총에 당했습니다."

"……아카보시 상등병은?"

"즉사했습니다."

어제 저녁 가지의 따귀를 때렸을 때만 해도 네모난 얼굴의 난폭한 5년병이 이렇게 쉽게 죽을 줄은 몰랐다. 총알은 어떤 사내도 경원하지 않는다. 전투에서는 미움받는 놈이 세상에 나가서 오히려 행세하는 꼴은 용납되지 않았던 것이다.

"……너만 남은 거냐?"

"잘 모르겠습니다. 진지까지 정신없이 도망쳐왔습니다."

이하라는 자리를 뜨려고 했다.

"중대장님은 어디 계십니까?"

가지는 유탄발사기 진지 쪽을 가리켰다.

"저기로 가는 것보단 이 근처의 바위 뒤에 숨어 있는 게 낫다. ……왜?"

"……탱크가 1중대를 돌파하여 뒤로 돌아올지도 모릅니다."

가지는 뒤를 돌아보았다. 오늘 아침 그가 막사에서 돌아온, 패랭이꽃이 흐드러지게 피어 있던 그 풀밭의 비탈면을 탱크가 돌파하여 언덕 위에 나타나면 말 그대로 전멸이다. 그렇다고 그것을 도히 중위에게 보고해봤자 이렇다 할 방책을 세울 수도 없을 것이다.

"이와부치의 경기관총반에 위쪽을 맡기라고 중대장님께 말씀드려봐."

"다녀오겠습니다."

이하라가 뛰어가려고 하는 것을 가지가 제지했다.

"잠깐. 지금 포격이 시작됐다. 조금 있다 가."

"괜찮습니다. 같은 놈한테 두 번은 당하지 않겠지요."

이하라는 시원한 눈과 하얀 이로 웃었다.

"빨리 손을 쓰는 게……."

말이 끊기고 이하라가 뛰어나갔다. 평소에는 얌전하던 청년이 의외로 용감하고 행동적이었다. 그는 약혼자의 사랑의 가호를 믿고 있는지도 모른다. 가지는 이하라가 소총 분대 진지를 가로질러서 유탄발사기 진지의 돌담 아래까지 뛰어가는 것을 바라보고 있었다. 이제 10초에서 15초 후면 그의 모습은 돌담 위로 사라질 것이다. 그런데 그때 지옥의 포효가 시작되었다.

순간 진지 전체가 진동하기 시작했고, 찢어지는 듯한 폭발음이 천지를 뒤덮었다. 이하라가 기어 올라가던 유탄발사기 진지는 첫 번째 집중 포화의 표적이 되었다. 가지는 돌담 중간, 정확히 이하라가 있던 곳에서 몇 조각으로 찢긴 물체가 사방으로 흩날리는 것을 보았다. 믿을 수 없을 정도로 너무 간단했다.

가지는 경악도 비탄도 느낄 겨를이 없었다. 다음 순간, 가지의 얼굴은 개인호 앞의 흙더미 속에 묻혀 있었다. 무슨 일인가가 일어난 것이 틀림없다. 그렇게 생각한 몸뚱이의 일부는 아직 흙 속에 있었다. 아프진 않았다. 그렇다면 중추신경이 다쳤거나 아무 데도 다친 데가 없는 것 중 하나다.

가지는 얼굴을 들고, 고개를 흔들고, 입 속에 들어간 흙을 뱉어냈다. 눈도 코도 흙투성이다. 뿌예서 잘 보이지 않았다. 두려움보다 기분이 나빴다. 살았다는 실감도 아직 나지 않는다. 빨리 눈과 입의 흙을 떨어내고 상황을 판단해야 한다. 개인호에 웅크리고 앉아서 수통의 물로 눈을 씻고, 입을 헹궜다. 다친 데는 아무 데도 없었다.

그렇다면 그건 뭐였지? 산 전체가 한꺼번에 날아가 버리는 것 같은 굉음이었는데 느낌으로는 뒤가 아니라 앞이었다. 앞에 떨어진 포탄이라면 개인호 밖으로 나와 있던 가지의 얼굴을 뒤로 날려버렸을 것이 아닌가. 이상했다. 자신이 다치지 않은 이유를 확인하고 싶었다.

 가지는 일어섰다. 진지 전체를 쑥대밭으로 만들며 빗발치고 있는 포탄도 지금은 개의치 않았다. 자신의 개인호 주위를 둘러보았다. 이 또한 시간으로 따지면 3초에서 5초밖에는 되지 않았을 것이다. 가지의 정면으로 2미터가 채 되지 않는 곳에 큰 포탄 구멍이 나 있었다. 그 폭풍이 가지 뒤의 급사면에 맞고 튕겨져 나와서 가지의 얼굴을 앞에 있는 흙 속에 처박은 것으로밖에는 생각할 수 없었다. 가지는 몸을 내밀고 팔을 최대한 뻗어보았다. 포탄 구멍의 가장자리에 딱 닿는다. 탄착점이 120센티미터만 더 뒤로 왔다면 직격탄이다.

 가지는 바보처럼 웃었다. 그러고 나서 개인호에 웅크리고 앉았다. 불과 120센티미터다. 포탄을 쏜 탱크는 사거리를 수정하지 않고도 다음 한 발을 가지의 구덩이에 명중시킬 수 있을 것이다. 지난 1년 8개월 동안 살아서 돌아가겠다고 그렇게 기를 써왔던 것은 뭐란 말인가! 이제 다 틀렸다. 앞으로 몇 초 후면 가지의 몸뚱이는 이하라처럼 갈가리 찢겨서 흩날릴 것이다. 가지는 웃는 것도, 우는 것도 아닌 기묘한 표정으로 얼굴을 일그러뜨렸다. 하고 싶은 일이 산더미 같았는데! 문득 그런 생각이 들었다. 무엇을 하고 싶었는지는 모른다. 이것도, 저것도 다 하고 싶었다.

 이 찰나에 죽음의 의미를, 다시 말해서 삶의 의미를 깨달은 듯한 느낌이 들었다. 죽는 것이 두려운 것은 아니었다. 아무것도 할 수 없게 된 것이 참을 수 없이 애석했다. 자신은 무슨 일이든 할 수 있었을 것이다.

할 일과 즐길 일이 무한정 널려 있었다. 그 어느 하나도 하지 못할 것은 없는 것 같았다. 미래는 가능성으로만 흘러넘치고 있었다. 생명이란 필시 그런 것이리라. 그것이 이 순간 홀연히 사라지려고 한다. 살고 싶었다! 날 제발 살려줘!

이제 틀렸다. 고작 120센티미터다. 산이 흔들리고 있다. 여기서 폭발, 저기서 작렬. 도처에서 터지고 무너지고 흔들리고 있다. 그중 한 발은 날아올 것이다. 지금이 아니면 그 다음 것이. 어느 한 발은 반드시 날아올 것이다.

이제 다 틀렸다. 미치코, 난 안녕이란 말은 하지 않을 줄 알았어. 입으로는 말해도 믿지는 않았던 거야. 그런데 이번엔 정말 안녕이야. 난 당신한테 아무것도 해준 게 없어. 포탄이 빗발치고 있는 와중에 그것을 후회하고 있었다는 것만은 믿어줄 수 있을까?

가지는 자신이 침착한지 어떤지를 확인해보고 싶었다. 무엇 때문에 그럴 필요가 있는지는 생각해보지 않았다. 혼자서 외롭게 죽는 것이다. 당황하든 태연하든 죽음 앞에서 무슨 차이가 있단 말인가. 그래도 태연하게 죽음을 맞이하고 싶었다. 이런 상황에서 이런 허세는 어디에서 나와 무엇을 목표로 하고 있는 것일까?

가지는 캐러멜을 하나 꺼내 입에 넣었다. 달콤한 맛이 즉시 온몸으로 퍼졌다. 가지는 만족했다. 태연한 것 같다. 그는 놀라서 오줌을 지리지도 않았다. 침착하다는 증거다. 다시 한 번 그 증거를 확인하기 위해서는 의연하게 오줌을 눌 수 있는지 어떤지를 실험해볼 필요가 있다.

구덩이 속에서 웅크리고 앉아 오줌을 싸볼까? 에이, 여자 같잖아. 당당히 서서 싸자.

"상등병님!"

누군가가 불렀다.

가지는 포탄이 작렬하는 소리를 들으며 일어섰다. 눈앞에서 팔 한쪽이 뒹굴고 있었다. 피는 흐르지 않았다. 누렇게 익어 있었다. 오른손이다. 그 손은 가지를 향해 거수경례를 한 적이 있는 게 틀림없다.

가지는 그 손이 누구 것인지를 식별할 의무를 느꼈다. 살펴보았지만 그 손이 젊은 손인지 어떤지조차 알 수 없었다. 가지는 너무 놀라 정신이 혼미해져 있는지도 모른다. "상등병님!" 하고 방금 부른 것이 이 사내의 손인 듯한 생각이 들기 시작했다. 가지는 침착하다는 것을 스스로에게 납득시키기 위해 그 손을 집으려고 했다. 그러나 그렇게 생각했을 때 가지의 얼굴은 다시 흙 속에 파묻혔다.

가지는 잠시 그대로 가만히 있었다. 적어도 스스로는 그렇게 하고 있었다고 생각했다. 하반신부터 몸을 움직여서 안부를 확인하며 겨우 고개를 들었다. 다시 얼굴을 흔들고, 입 안의 흙을 뱉었다.

포탄은 앞선 자리와 똑같은 곳에 떨어져서 터졌다. 120센티미터는 끝까지 고집스럽게 지켜지고 있었다. 가지는 흙투성이가 된 얼굴로 살풍경하게 웃었다. 가슴속에서 뜨거운 것이 치밀어 오르는 듯했다. 난 죽지 않는다! 이제 난 절대로 죽지 않는다! 근거가 있든 없든 아무래도 상관없었다. 이때 느낀 이 동물적인 확신은 그에게 무엇보다도 귀중한 것이었다.

 눈앞에서 뒹굴고 있던 손은 3미터쯤 자리를 옮겨 맹렬한 포격을 받으면서도 아직 가련하게 피어 있는 패랭이꽃 옆에 있었다. 가지는 자신이 전투 전에 흙더미에 꽂아놓은 패랭이꽃을 찾아보았지만, 그곳은 붉은 흙만이 새로 파헤쳐져 있었다.
 가지는 구덩이 속에 웅크리고 앉았다. 포격의 진동에 몸을 맡기자. 이제 난 죽지 않는다. 사신死神이 머리 위를 그대로 지나가게 하자. 얼마든지 퍼부어라. 이제 난 절대로 죽지 않는다. 가지는 또 캐러멜을 입에 넣고 구덩이 속에서 한정된 하늘을 올려다보았다. 하늘은 잿빛으로 흐려져 있었다. 끊임없이 으르렁거렸고, 끊임없이 울부짖었다.

3

 고이즈미는 개인호 속에서 두 팔로 안고 있는 무릎이 덜덜 떨리는 것을 억누를 수가 없었다. 무릎뿐만이 아니다. 팔도 옆구리도 저마다 별개의 생명체처럼 기분 나쁜 경련을 일으키고 있었다. 떤다고 해서 어떻게 되는 건 아니라는 것은 구차한 자위에 지나지 않는다. 그런 자위를 생각해내는 머릿속에서는 지옥의 고문과 같은 이 포격이 멈출 때까지만 견디면 살 수 있을지도 모른다는 일말의 희망이 아득한 저편에서 반짝이고 있는 단 하나의 등불처럼 타오르고 있었다.

개인호 속은 철저하게 고독한, 격리된 고도였다. 5미터에서 10미터의 간격으로 오늘 아침에 함께 밥을 먹은 동료들이 한 사람씩 같은 구덩이 속에 있었지만 빗발치는 포격 아래에서는 완전히 연락이 두절된 것이다. 혼자서 잠자코 가만히 견디고 있어야 한다. 적어도 가지 상등병의 목소리만이라도 듣고 싶었는데, 가지의 대답 역시 들을 수 없었다. 어쩌면 벌써 다 죽어버렸는지도 모른다. 고이즈미는 구덩이 속에서 좁은 하늘을 향해 소리쳤다.

"상등병님!"

"다시로!"

"미무라!"

"엔치!"

"상등병님!"

아무도 대답하는 사람이 없었다. 부르는 소리가 포탄에 날려 사라졌다 해도 누구 한 명쯤은 대답해줘도 되지 않은가. 벌써 다 죽어버린 게 틀림없다. 만약에 그렇다면 이 포격이 멈추고 적들이 진지로 몰려들었을 때 고이즈미는 외톨이가 된다. 그렇게 생각하니 눈앞이 까마득해지는 듯한 공포가 온몸을 휩쓸고 지나갔다. 코쟁이 사내들이 자동소총으로 자신의 몸뚱이를 벌집처럼 꿰뚫을 것이다. 아니면 다리나 옆구리를 쏴놓고 탱크로 서서히 깔아뭉갤지도 모른다. 그럴 바에는 차라리 포탄에 맞아 단숨에 날아가 버리는 게 낫다.

고이즈미는 스스로 불안을 만들어내고는 그 불안에 겁을 먹고 어찌

할 바를 몰랐다. 그가 전공한 응용화학의 전문지식 따위는 이런 상황에선 아무런 도움도 되지 않았다. 구덩이 속에 있는 것이 구덩이 밖에 있는 것보다 안전하다는 가장 단순한 비교조차 스스로의 의지로는 확보할 수 없게 되었다.

그는 두려움에 떨며 고개를 내밀었다. 그의 개인호 옆에 있는 덤불 속에서 피투성이가 된 얼굴이 기어오려고 하고 있었다. 코도 입도 분간할 수 없었다. 얼굴이 뭉개져서 그냥 새빨갛게 물들어 있을 뿐이다. 누군지 도저히 알아볼 수 없었다. 그래도 아직 살아 있다. 살아 있을 뿐만 아니라 고이즈미를 알아보고 도움을 청하듯 손을 뻗고 빨간 핏덩어리가 기어온다. 덤불 너머는 분명히 미무라의 호였다. 몸집이 작고 허약한 양복장이, 늘 아내가 부정을 저질렀다는 환상에 사로잡혀 고민하던 사내다. 살려달라고 할 것이다. 고이즈미는 공포와 혐오감에 등골이 오싹해졌다.

어젯밤 보슬비에 축축이 젖은 이 땅 위에서 그들은 이야기를 나누었다. 그랬던 그 사내가 지금은 가죽이 홀랑 벗겨진 동물처럼 피투성이가 되어 꿈틀거리고 있다. 고이즈미는 본능적으로 구덩이 속에 숨으려고 했다. 그 생각을 돌리게 한 것은 무엇이었을까? 필시 그것이 유일한 인간이라는 증거일지도 모른다. 그리고 전쟁터에서만은 절대로 있어서는 안 되는 감정의 망설임이었으리라.

고이즈미는 미무라 쪽으로 총을 뻗었다. 미무라가 총을 잡으면 끌어당길 생각이었다. 총은 닿지 않았다. 고이즈미는 상반신을 개인호 밖으로 내밀었다. 그가 본 것은 빨간 얼굴 앞으로 손을 뻗으려던 데까지다. 포탄이 고이즈미를 구덩이 속으로 밀어버렸다. 뒤통수가 수박을 쪼갠 것처럼 깎여 나갔다.

포격은 잠시 멈췄다. 적군이 움직이기 시작했다. 탱크로 진지 곳곳을 쏴대면서 비탈면을 기어오른다.

산개한 적군들이 소총의 사정거리 안으로 들어올 무렵에는 초년병 대부분이 얼마 안 되는 총알을 다 쏴버린 뒤였다.

엔치는 어젯밤 바보처럼 겁을 먹던 모습과는 달리 오늘은 미친 사람처럼 사격에 열중했다. 그것도 똑같은 공포의 이면에 지나지 않았는지도 모른다. 총알을 다 쏜 것도 모르고 무턱대고 노리쇠를 조작하여 방아쇠가 허무하게 당겨졌을 때 최후의, 진짜 절망이 엄습했다.

"상등병님, 총알이 없습니다!"

그의 쉰 목소리는 가지의 귀에 닿지 않았다. 가지는 총구를 이리저리 움직이며 적군을 조준선 위에 잡는 데 여념이 없었다. 몇 발의 유효 사격을 한 결과, 가지는 설령 한 발의 소총탄이라도 날아가는 한 자신의 정면에 있는 적병은 직진을 포기하고 우회한다는 것을 알아챘다. 만약 그렇다면 유효 사격을 하는 이상 적 보병은 자신의 정면으로는 올라오지 않게 된다. 적은 일본군의 소총 저항 따위는 안중에도 없을지 모른다. 피해를 최소한으로 줄이면서 진지를 돌파하면 전투 목적은 달성되는 것이다.

엔치는 사격할 총알이 떨어지자 주먹을 깨물면서 다가오는 적병을 보며 구원을 청하듯 뒤를 돌아보았다. 다른 사람을 엄호하고 있는 병사는 아무도 없었다. 열악한 화력으로 압도적인 적 전력에 단말마적인 저항을 하고 있을 뿐이다.

엔치의 정면에서 그의 시선에 들어온 적병은 처음엔 수십 명이었다. 그중 두 명만이 왠지 특별하게 그의 망막에 새겨졌다. 고릴라처럼 팔을 축 늘어뜨리고 포복조차 하지 않은 채 느릿느릿 올라온다. 총을 들고 있지 않은 것이 이상했다. 엔치는 그들이 탄약수라는 것에는 생각이 미치지 못했다. 엔치가 총알이 떨어진 것을 알고 손으로 목을 졸라서 죽이려는 것처럼 큰 팔을 흔들며 온다. 거리는 아직 꽤 되었다. 하지만 과도한 공포심이 확대경으로 작용한 듯하다. 엔치에게는 적이 이미 돌격 거리에 육박한 것처럼 보였다.

엔치는 수류탄의 안전핀을 뽑고 발화도 잊은 채 수류탄을 던졌다. 설령 발화를 했더라도 적과의 사이에는 그의 투척 능력의 네다섯 배나 되는 거리가 있었다. 그 두 사람은 느릿느릿 올라온다. 엔치는 이미 공포와 용기의 극점에 몰려 있었다. 이대로 구덩이 속에서 죽느냐, 돌격하느냐다. 엔치는 눈을 있는 대로 부릅뜨고 구덩이에서 뛰쳐나가 착검한 총을 겨누고 적을 향해 뛰어갔다.

뭔가 이상한 엔치의 고함소리를 듣고 다시로는 엔치가 개인호에서 뛰어나간 것을 알았다. 엔치는 미친 사람처럼 달리고 있었다. 다시로는 거의 무의식적으로 엔치의 전방에 있는 적을 쏘았다. 적은 그 지점에서 옆으로 뛰어 수풀 속에 엎드렸다.

엔치는 돌격 목표를 잃은 것인지도 모른다. 혹은 갑작스럽게 시야가 원래대로 돌아와서 그 시야 가득히 적병과 탱크가 다가오는 것을 보고 돌격의 무모함을 깨달은 것인지도 모른다. 다시로가 보고 있는 가운데 엔치는 몸을 돌려서 아군 진지를 향해 도망치기 시작했다. 열 걸음쯤 떼었을까? 총알이 눈보라같이 쏟아졌다. 엔치의 몸은 벌집이 되어 풀밭에서 움직이지 않았다.

"총알 있냐?"

다시로는 옆 구덩이에서 고개를 내밀었다 움츠렸다 하는 아사카에게 물었다.

아사카는 하얀 가루를 뒤집어쓴 듯한 얼굴로 끄덕였다. 아사카는 거의 쏘지 않았다. 구덩이 속에서 웅크리고 있기만 하면 적이 못 보고 지나칠 줄 알았던 모양이다. 그래도 가끔씩 걱정은 되어서 고개를 내민다. 다시로가 응전하고 있는 것을 보자 안심하고 또 움츠린다. 다시로가 싸우고 있는 것은 다시 말해서 아사카도 살아 있다는 보증인 셈이다.

그도 자기가 이렇게 될 줄은 생각도 못했다. 처음엔 용감하게 싸울 생각이었다. 그럴 수 있을 것 같았다. 사회로 돌아가 여자 친구들에게 무용담을 들려줄 기회를 얻은 것 같기도 했다. "어머나, 아사카 씨, 멋져요! 다시 봤어요!" 젊은 아가씨가 감탄하게 만들 수 있을 것도 같았다. 그런데 경천동지할 포격이 시작되었다. 멋지기는 개뿔! 이 세상이 끝나는 줄 알았다.

그는 자라면서 늘 누군가가 반드시 무언가를 해주었다. 그가 스스로 해결해야 했던 것이라면 차가 정신없이 오가는 대도시의 대로 건너편에서 아름다운 아가씨를 발견하고 서둘러서 자신의 의사와 다리로 건너가는 것 정도였다. 그 외에는 아무 걱정이 없었다. 아무것도!

"있으면 다섯 발이라도 줘."

다시로가 말했다.

아사카는 찬바람을 맞은 듯한 표정으로 고개를 가로저었다.

"싫어. 내 총알이 없어져서."

쏘지 않아도 총알은 갖고 있는 게 마음이 든든하다. 왠지 그것이 생존의 자격증서 같은 기분이 든다.

"쏘지도 않잖아?"

"……싫어."

"식충이 같은 새끼! 관둬라!"

다시로는 개인호에서 뛰어나와 가지 쪽으로 질주했다.

"그래서 무턱대고 쏘지 말라고 했잖아!"

가지는 구덩이 옆에 납작하게 엎드린 다시로에게 그렇게 말하면서 열다섯 발을 나눠주었다.

"다른 녀석들도 없을 거야. 열다섯 발 더 가지고 가."

그 열다섯 발을 꺼낼 때 포탄이 뒤에서 터져서 다시로는 흙을 뒤집어썼다. 가지는 생각이 바뀌었다.

"가지 마라. 이리 들어와서 여기서 둘이 쏘자. 그러면 적들도 분대 정면만은 우회할지도 몰라."

가지는 3, 40미터의 위험한 거리를 다시로에게 달리게 하고 싶지 않았다. 어제 저녁의 '반란' 때 맨 먼저 가지를 지지해준 것이 이 청년이다. 솔직하고, 용감하고, 효심이 지극한 이 청년이 생과 사의 기로에 놓인 지금 가지에게는 피를 나눈 동생보다도 살가운 기분이 들었다. 다시로를 자기 옆에 두고 보호해주고 싶었다. 보호한다는 기분으로 실은 자신이 살아 있다는 기분을 만끽하고 싶은 것인지도 몰랐다.

다시로는 가지의 개인호로 미끄러져 들어와서 밝고 어리광 부리는 듯한 웃음을 지었다.

"다들, 아직 살아 있겠지?"

"……엔치는 죽었습니다."

"이하라도 죽었어."

가지는 벌써 몇 번인가 본, 이하라의 몸이 산산조각 난, 유탄발사기 진지 쪽을 돌아보았다. 유탄발사기는 뭣 때문인지 침묵하고 있었다.

"……우리뿐인가, 살아 있는 건?"

가지는 중얼거리고 나서 다시로에게 말했다.

"장군을 부르고 있는 동안은 이쪽이 궁지에 몰릴 일은 없으니까 정확하게 쏴, 정확하게."

비좁은 구덩이 속에서 두 사람은 몸뚱이를 비벼대며 쏘기 시작했다. 아군의 사격은 이제 뜸해졌다. 이와부치와 이누이의 경기관총 분대가 거의 쏘지 않는 것을 깨닫고 가지가 그쪽을 보니 그 구간의 풀숲 사이로 적군들이 허리를 숙인 채 뛰어 올라가고 있었다. 돌파당한 것이다. 화선火線(사격 임무를 받은 사수가 차지하고 사격을 진행하는 점들을 연결한 선 – 옮긴이)은 이미 분단되었고, 가지의 분대는 고립되기 시작했다. 가지는 갑자기 옆구리가 서늘해지는 느낌이 들었다.

"이상합니다."

다시로가 측면의 이변은 눈치채지 못하고 말했다.

"전방에 탱크들이 사라졌습니다."

그러고 보니 방금 전까지 영거리사격을 하면서 올라오던 탱크 부대가 분대 정면에서 사라지고 없었다. 전방의 비탈면이 급경사이기 때문인지도 모른다.

가지는 이마니시 쪽으로 소리를 질렀다.

"왼쪽 도로로 탱크가 우회하지 않았나?"

이마니시는 까만 얼굴에서 눈만 희번덕이며 대답했다.

"보이지 않습니다. 보고 올까요?"

가지는 한 발 쏘고 고개를 끄덕였다.

"부탁한다."

조심해라. 이 말은 다음 조준을 하면서 가슴속에서만 중얼거렸다. 이마니시는 구덩이에서 기어 나갔다.

"우리가 이러고 있는 동안 2선 부대는 전투 준비를 하고 있겠죠?"

다시로가 장전하면서 말했다. 그는 병기를 수령하러 갔을 때 목격한

병참부의 혼란을, 혼란이라기보다는 엉망진창이던 난리법석을 잊을 수 없었다. 2선 이하의 부대에 도망갈 준비를 해주기 위해 자신들이 이렇게 고군분투하고 있는 것은 참을 수 없었다.

그 말을 들은 가지는 또 다른 생각을 하고 있었다. 후방의 전투 대비 따위는 지금 문제가 아니었다. 화선이 분단되어 고립되기 시작한 분대를 어떻게 수습하면 되는지, 아까부터 기계적으로 사격하면서 답이 떠오르지 않는 문제에 초조해하고 있었다.

"2선이고 3선이고 있을 리가 없다!"

가지는 이를 악물었다.

"우린 독 안에 든 쥐다. 어떻게 이 독을 부수고 나가느냐가 문제야."

하지만 다시로가 가지를 보는 눈에는 어린아이가 어른에게 보내는 신뢰의 빛이 깃들어 있었다.

"우린 상등병님만 계시면 마음이 든든합니다."

가지는 전방에 있는 적의 움직임을 살피면서 중얼거렸다.

"……나도 네 어머님께 널 돌려보내드리고 싶다."

다시로는 말없이 총에 뺨을 갖다 댔지만 눈은 아직도 양쪽 모두 뜨고 있는 것은 적을 겨냥하기 위해서가 아니라 자신을 애타게 기다리고 있는 어머니를 떠올렸기 때문이다.

가지는 측면에서 올지도 모르는 탱크에 신경 쓰면서 이마니시가 기어간 쪽으로 고개를 돌렸지만 이마니시는 돌아오지 않았다.

"총알이 없습니다!"

나카이가 개인호에서 일어나 소리친 것이 보였다.

"총알을 줘! 총알이 없어!"

"여기 있다!"

다시로도 일어나서 나카이 쪽으로 손을 들었다.

"갖다 주고 곧 돌아오겠습니다."

"······가려고?"

가지는 갑자기 육친과의 이별과 같은 안타까움을 느꼈다. 개인호 밖으로 나갔다가 이하라와 같은 꼴을 당하는 건 아닐까? 하지만 보낼 수밖에 없다. 나카이가 미친 듯이 애원하는 듯한 시선을 이쪽에 던지고 있다. 다시로는 위험을 두려워하는 기색도 없이 상기된 얼굴이 활기에 차 있다. 생명의 연소가 이때만큼 사나이의 얼굴에 아름답게 나타나는 때도 없지 싶었다.

"······가면 나카이의 개인호로 들어가라. 돌아오지 마. 더 이상 뛰어다녀선 안 돼. 있는 총알을 최대한 아껴가며 확실하게 쏴라. 적을 바짝 끌어들여서 명중시켜야 해. 한 명이라도 명중시키면 적은 쉽게 접근하지 못할 거야. 알았나? 뛸 준비를 해. 내가 엄호해줄게."

가지는 전방의 적을 확인했다.

"가라!"

발사와 동시에 다시로는 허리를 숙이고 뛰어나갔다. 가지는 연속으로 세 발을 쏜 뒤 다시로를 보았다. 다시로는 붉은 흙이 파헤쳐진 곳에 쓰러져서 총알을 든 손만 들고 있었다. 가지는 그 손이 떨어질 때까지

다시로가 포복해서 가려는 생각이라고 믿으려고 했다. 다시로는 끝내 움직이지 않았다.

고함인지 울부짖음인지 분간할 수 없는 소리가 목구멍까지 치밀어 올랐다. 숨 막힐 것 같은 분노가 분명한 살의의 형태를 띤 것은 그때부터다.

가지는 부릅뜬 눈을 전방에 고정시킨 뒤 뒤쪽의 탄약합을 오른쪽 옆구리로 돌렸다. 탄약합을 연다. 노리쇠를 개방한다. 이제 총알이 있는 한 계속 쏠 것이다. 눈에 보이는 적은 모두 사살할 작정이다. 원수를 갚으려는 것이 아니다. 적군도 전쟁의 무자비함을 알아야만 한다.

4

전투는 처음부터 노나카 소위의 지휘를 벗어나 있었다. 병사들은 각자의 개인호에 흩어져서 내내 각개전투를 하고 있었다. 개인호와 개인호 사이에 5미터에서 10미터의 간격을 둔 것은 피해를 최소화하기 위한 것이었지만, 그것이 또 맹렬한 포화 아래에서는 지휘의 가능성을 철저하게 빼앗고 있었다.

하긴 설사 지휘가 가능했다고 해도 적절한 전투 지휘라는 것은 이런 경우엔 애초부터 전혀 없었다고도 할 수 있다. 진지 전체를 뒤흔들고 흙먼지로 천지사방이 뒤덮인 포격이 잠시 멈췄을 때 방어선은 이미 갈

기갈기 절단되어 있었다.

적군은 노나카의 정면으로 빠르게 진격해오고 있었다. 비탈면을 기어 올라오는 수많은 적군을 상대하는 아군의 화선은 충분한 효력을 발휘하기에는 탄약이 턱없이 부족했다. 승패의 귀추는 이미 불을 보듯 뻔했다. 노나카는 뒤쪽 개인호에 있는 지휘부의 히로나카 하사에게 소리쳤다.

"중대장님께 전령을 보내라. 돌격해서 혈로를 열 수밖에 없다. 돌격하더라도 병력을 집결시켜야 한다. 어떻게 할지 물어보고 와."

히로나카는 유탄발사기반에서 전령으로 선발해둔 젊은 초년병인 야마우라를 도히 중위에게 보냈다.

야마우라 이등병은, 개척 의용소년단 출신의 아직 어린애 티도 벗지 못한 몸집이 작은 청년은, 원숭이처럼 민첩했다. 작렬하는 포탄과 비 오듯 쏟아지는 총알을 교묘히 피해가며 무너져 내린 유탄발사기 진지의 돌담을 뛰어 올라갔다.

야마우라뿐만 아니라 비탈면의 아래쪽에 있던 자들은 적군이 정면에서만 오는 줄로 알고 있었기 때문에 돌담 위에는 도히 중위를 비롯해 포격에서 살아남은 유탄발사기 사수가 있을 것이라고 철석같이 믿었다.

돌담 위로 올라간 야마우라가 처음 본 것은 배가 터져서 단말마의 고통에 몸부림치고 있는 가와무라 상등병이었다. 가와무라는 이미 말도 하지 못했다. 유탄발사기 진지는 초토화되었고, 사람도 유탄발사기도 뿔뿔이 흩어져 있었다.

　야마우라는 허리를 펴고 중대장의 위치였을 숲 언저리에서 도히 중위의 모습을 찾았다. 나무 사이로 수많은 사람들의 그림자가 움직인 것 같았다. 야마우라는 도히가 2소대나 1소대 병력을 예비로 집결시킨 것이라 판단하고 뛰어가려고 했다. 야마우라의 기억은 그 순간 끊겼다. 불같이 뜨거운 것이 옆에서 날아와 철모의 앞부분을 뚫고 이마를 베고 나갔다. 야마우라의 몸뚱이는 마치 작은 나무토막처럼 돌담 아래로 굴러떨어졌다.

　적군은 노나카 소대의 우측에 진을 친 소대를 돌파하여 바로 뒤쪽의 언덕 위로 우회했다. 히틀러 스타일로 수염을 기른 도히 중위는 그가 믿고 있던 유탄발사기로 적에게 치명타를 입히지도 못하고, 또 백병전으로 최후의 일전을 벌이지도 못하고 숲 속에서 10여 발의 총알을 맞고 즉사했다.

　"아직인가?"

　노나카 소위는 히로나카 하사를 보았다. 전령이 가지고 올 도히의 명령이 유일한 희망이었다.

　"틀렸습니다."

　히로나카는 사색이 되어서 고개를 가로저었다. 그는 야마우라가 돌담에서 굴러떨어진 것을 보았던 것이다.

　"적군은 벌써 위쪽으로 돌아갔습니다."

　노나카의 얼굴이 종잡을 수 없는 웃음으로 굳어지더니 위쪽 진지를 딱 한 번 돌아보았다. 히로나카는 노나카가 권총으로는 사정권 밖인 적을 향해 권총을 난사하는 소리를 들었다.

노나카도 전투가 이런 것이라고는 간부후보생 교육 기간 중에 배우지 못한 것이 틀림없다. '황군'이 이렇게 어이없이 패하리라고는 생각지도 못했다. 적은 속속 올라오고 있다. 이들이야 말로 '황군'과는 불구대천의 원수였다. 관동군의 빛나는 역사는 오로지 이 적들을 대비하기 위한 것이었다. 그 적이 지금 '황군'의 반격 따위는 전혀 두렵지 않다는 듯 유유히 줄지어 올라온다. 그는 국경 진지에서 가게야마 소위와 말다툼을 벌이던 일을 떠올렸다.

"순국 지사 흉내는 병사들 앞에서나 해. 호언장담하는 자가 다 용감하고 장렬하게 싸운다는 보장은 없어. 이제 머지 않았다고. 자네가 어떻게 분전하는지 내가 지켜보고 있을 테니까 기억해둬."

노나카는 어떻게 분전할까? 가능하다면 용감하고 장렬하게 싸우고 싶었지만 여기서는 권총을 난사하는 것 외에는 달리 분전할 방법이 없었다. 적은 다가오고 있고, 머잖아 노나카 소위를 사살하거나 생포할 태세다. 적은 필시 이쪽의 총알이 다 떨어지기를 기다렸다가 포로로 잡을 요량일 것이다. '살아서 포로의 치욕은 당하지 않을 것'이다.

노나카는 칼을 빼들고 적군을 향해 돌격하는 방법을 한참 동안 생각했다. 구덩이를 나와 10미터도 달려가기 전에 사살될 것이 뻔하다. 더구나 필시 자기 혼자일 것이다. 돌격 명령을 내려봤자 병사들은 움직이지 않을 것이다. 엊저녁의 소동 때 병사들 앞에서 상등병 하나한테 치욕을 당하고도 아무것도 할 수 없었던 장교의 명령 따위가 이 전장에서 위엄을 갖출 리는 없었다. 돌격해서 혈로를 뚫지도 못하고 적의 포로가 되거나 한 마리의 들개처럼 도살당하는 것을 자존심이 허락하지 않는다면 남은 방법은 하나밖에 없었다.

노나카는 포로가 되는 것은 두려워하면서도 고독과 절망의 포로가 되고 있다는 것은 깨닫지 못했다. 권총의 탄창을 점검하고 히로나카 쪽을 돌아보았다.

"히로나카 하사…… 잘 부탁한다."

히로나카는 그것이 무슨 의미인지 잠시 이해를 할 수 없었다. 적을 향해 돌아선 노나카 소위의 상반신이 둔탁한 소리와 함께 구덩이 속으로 쓰러진 뒤에도 그것을 자결이라고 이해한 것은 머릿속의 극히 일부분뿐이었다. 소대를 책임져야 할 사람이 무언중에 자신에게 옮겨온 것도 거의 의식하지 못했다.

진지의 최후는 살아남은 사내들의 측면에서 느닷없이 찾아왔다.

도로 쪽으로 탱크의 움직임을 정찰하러 간 이마니시는 덤불 아래에 엎드려 비탈면을 올라오는 적병으로부터 엄폐하면서 무시무시한 울음소리를 내며 돌파해가는 탱크 부대를 보았다. 지축을 뒤흔드는 고속 진격이다. 이마니시는 순간적이었지만 그것이 적군이라는 것조차 잊을 뻔했다. 지금 같아서는 탱크가 저항이 미미한 보병 진지 따위는 상대도 하지 않고 지나쳐버릴 것 같았다. 그것을 가지에게 보고하러 돌아가려고 했을 때 몇 명의 적병이 이마니시가 포복해온 길을 자동소총으로 맹렬하게 쏴대면서 다가오고 있었다. 필시 돌아가는 게 몇 초쯤 늦었지 싶다.

이마니시의 눈앞과 옆구리 쪽에서 풀이 총알에 맞아 찢겨 날아갔다. 앞으로 몇 초 안에 이마니시는 자동소총의 먹잇감이 되거나 발각될 게 틀림없었다. 절망적인 용기가 그에게 수류탄을 한 발 던지게 했다. 수류탄이 터지는 것과 동시에 질주하여 자기 개인호로 돌아갈 생각이었다. 수류탄은 터졌다. 그는 벌떡 일어났다. 그때 갑자기 눈앞에 거대한 철갑 괴수가 천천히 모습을 드러냈다. 이마니시가 뛰어나가려는 순간 괴수가 불을 뿜었다. 이마니시는 몸을 관통당하고도 괴수에서 도망치려고 풀숲에서 버둥거렸다. 그 위를 수십 톤에 이르는 탱크가 간단히 깔아뭉개고 지나갔다.

진지의 마지막 숨통을 끊어놓은 것도 암수 한 쌍을 보는 듯한 이 두 대의 탱크다. 두 마리의 괴수는 거대한 포신을 흔들어대며 가지의 분대 측면으로 돌진했다.

데라다는 점점 다가오는 적병에 정신이 팔려서 그보다 훨씬 무서운 괴수가 다가오는 것을 깨닫지 못했다.

"엎드려!"

가지가 낯빛이 바뀌어서 소리치는 것이 보였다. 고개를 돌린 순간 괴수가 바위를 타고 넘어왔다. 그 바위가 없었다면 필시 데라다의 무모한 행동은 기회를 잃었을 것이다. 데라다는 구덩이 속으로 엎드리는 대신 총도 챙겨 들지 못하고 뛰어나갔다. 그 순간 데라다의 몸은 팽이처럼 돌며 가지의 개인호 옆까지 굴러왔다. 탱크는 데라다를 깔아뭉개려고 노린 것은 아닐 것이다. 하지만 가지에게는 그렇게 보였다.

가지는 상반신을 내밀고 데라다의 어깨를 잡아 호 속으로 끌어당긴 다음 그 위에 엎드렸다. 바윗돌을 깨부수는 철갑 괴수의 이빨 소리와 함께 가지는 자신의 개인호가 처참하게 일그러지면서 무너져가는 것을 느꼈다. 구덩이 속이 캄캄해졌다. 지독하게 뜨거운 괴수의 체온이 등 위로 아슬아슬하게 지나갔다. 순간적인 일이었다. 구덩이 속은 다시 환해졌다. 구덩이는 한쪽이 처참하게 무너져 있었다. 괴수는 눈앞에서 엉덩이를 흔들며 방향을 바꿨다. 코를 벌름거리며 사냥감을 찾고 있는 것 같았다.

가지는 거의 반사적으로 수류탄을 발화시켜서 괴수의 배 밑으로 던져 넣었다. 폭발은 했지만 황소의 배에 작은 돌멩이 하나를 던진 것과 같았다. 철갑 괴수는 약간의 자극은 받은 모양이다. 고개를 갸웃거리듯 잠깐 멈춰 서더니 곧바로 바위와 흙과 풀과 인간을 깔아뭉개면서 전진했다.

가지는 흙투성이가 된 얼굴을 일그러뜨리며 웃었다. 저항은 쓸데없는 짓이었다. 지금 시점에서 자신이 가진 모든 능력을 발휘했다. 그런데도 적은 이미 앞에는 없고 뒤에 있었다. 진지는 철저하게 유린당했다. 이젠 그 누구도, 단 한 발의 응전도 하지 않는다.

가지는 구덩이 속으로 허리를 굽혀서 데라다를 다리 사이로 안아 일으켰다. 그때 비로소 데라다가 어깨에 꽤 깊은 찰과상을 입은 것을 알았다.

"아프냐?"

가지가 물었다. 데라다는 창백해진 얼굴을 천천히 가로저었다.

"탱크는……?"

"벌써 지나갔다."

"전투는……?"

가지는 웃었다.

"이것으로 끝났다는 신호를 적이 해주었으면 좋겠는데……."

"……적은 이제 없습니까?"

"아직 있어. 저 위에 우글거리고 있지."

"내려오겠죠?"

가지는 대답하지 않고 데라다의 부상 부위의 군복을 벗겼다. 살점이 떨어져나갔고, 가슴까지 피투성이였다.

"내려와서 수색하겠죠?"

가지가 두려워하는 것도 그것이다. 데라다의 다리가 덜덜 떨리고 있었다.

"소령의 아드님께선 용감하게 싸웠어."

데라다는 희미하게 웃었다. 몸은 더 떨고 있었다. 가지는 고개를 내밀어보았다. 위쪽에서 맹렬하게 사격하는 소리가 들렸지만 적을 확인하고 사격하는 것 같지는 않았다.

"넌 살 수 있을지도 몰라."

가지는 겁에 질려서 완전히 어린애가 되어버린 데라다의 눈을 들여다보며 말했다.

"상처를 치료해줄 테니까 눈 감고 있어."

가지는 실탄을 총구에 거꾸로 끼우고 탄피를 비틀어 열었다. 그러고는 화약을 데라다의 상처에 뿌리고 개인호 벽에 몸을 힘껏 밀어붙인 채 상처에 불을 붙였다. 데라다는 외마디 비명을 지르고 기절했다. 그대로 자는 게 낫다. 앞으로 어떤 공포가 다가올지 아무도 모른다. 가지는 상처에 승홍 거즈를 대고 삼각건으로 묶었다.

5

날씨가 흐려서 누렇게 부예진 태양은 서쪽으로 기울기 시작했지만 아직 높았다.

어딘가 멀리서 벌레가 시끄럽게 울기 시작했다. 이 근처는 포탄이 휩쓸고 간 터라 벌레들도 다 죽고 없을 것이다. 위쪽에서 이따금씩 요란한 총소리만 들릴 뿐 투명하고 끝을 알 수 없는 침묵이 흐르고 있었다.

가지는 고개를 내밀고 전장을 둘러보았다. 흐드러지게 피어 있던 도라지와 패랭이꽃은 거의 보이지 않았다.

"소총 분대."

가지는 불렀다.

"소총 분대, 고개를 내밀어라!"

소리를 목표로 총알이 날아왔다. 가지는 목을 움츠렸다가 곧장 다시 내밀었다. 이번엔 부르지 않았다. 자기가 살아 있듯이 다른 자들도 살아 있을 것이라고 믿고 싶었다.

50미터쯤 떨어진 곳에 히로나카 하사의 얼굴이 보였다. 손짓하고 있다. 가지는 웃으며 고개를 가로저었다. 웃은 것은 엊저녁의 미움을 잊었다는 뜻이다. 고개를 가로저은 것은 이 50미터가 죽음의 거리이기 때문이다.

히로나카는 계속 손짓하고 있었다. 가지는 웃음을 거두고 가만히 바라보고 있는 동안 살아남은 사람이 히로나카와 자신과 지금 여기에 기절해서 자고 있는 데라다뿐일지도 모른다는 생각이 들기 시작했다. 그러면서도 더 많은 생존자가 고독의 밑바닥에서 꼼짝도 못하고 절망적인 시간에 영혼을 깎아내고 있을 것 같은 생각도 들었다. 어떻게든 해야 할 것 같았다. 전투는 끝났지만 전쟁은 아직 끝나지 않았다. 살아남은 이상 확실하게 살 수 있는 길을 모색하지 않으면 안 된다.

히로나카는 그것이 유일한 희망이라도 되는 듯 계속해서 손짓하고 있었다. 가지는 데라다를 보았다. 데라다는 죽은 것처럼 몸을 웅크리고 자고 있었다. 가지는 개인호에서 기어 나와 위쪽을 살피고 질주하기 시작했다. 총소리가 나고 총알이 한 발 철모를 맞고 튀었다. 가지는 공중제비를 돌며 나뒹굴었다. 사격이 멈추고 위에서 말소리가 들렸다. 목청이 큰 외국 말이다. 저격 솜씨에 대한 자화자찬일지도 모른다. 내가 죽을 성싶으냐? 가지는 이를 갈며 욕을 퍼붓고 싶었지만 대신 아주 신중한 포복으로 이동했다.

히로나카의 개인호 옆까지 왔을 때 풀의 움직임을 수상히 여겼는지 눈보라 같은 난사가 시작되어 꼼짝도 할 수 없었다. 풀숲 바닥에 납작 엎드린 채 가지는 말했다.

"어떡하죠?"

히로나카는 한나절 만에 얼굴이 눈만 남은 것처럼 야위어 있었다. 그 얼굴이 이렇게 말한다.

"마지막은 돌격이니까……."

"돌격이라니, 어디로 말입니까?"

가지는 화를 냈다.

"둘이서 말입니까?"

"위험해, 들어와."

뒤에서 목소리가 들렸다. 풀이 흔들리는 것을 조심하면서 천천히 고개를 돌리자 핏기를 완전히 잃은 오노데라 병장이 보였다. 가지는 히로나카와 오노데라의 한가운데에 있었다. 가지는 뒤로 기어가기 시작했다. 히로나카의 개인호로 들어가면 '마지막 돌격'을 강요받을지도 모른다. 그것을 거부하기 위해서는 히로나카를 죽여야 할 것이다. 가지는 오노데라 쪽을 선택했다.

오노데라 병장의 개인호는 좁았다. 고참병의 허술한 작업의 결과다.

가지의 몸뚱이는 오노데라와 거의 포개지게 되었다. 그래도 오노데라가 가지를 끌어들인 것은 틀림없이 무서운 고독으로부터 벗어나고 싶었기 때문이리라.

"살 수 있을까?"

오노데라가 말했다.

"적군 나리들이 하기에 달려 있겠지요."

가지가 대답했다. 불길한 예감이 자꾸 들면서 피부 감각이 적군 쪽으로 총동원되고 있었다. 적들은 일본 병사의 생존자를 확인하고 있었다. 곧 전장 정리가 시작될 것이다.

가지의 예감은 틀리지 않았다. 적군은 삼삼오오 비탈면을 따라 내려오기 시작한 듯하다. 드르륵, 드르륵. 여기저기서 점사하는 소리가 교차하며 다가오고 있다. 이야기 소리가 온다. 쏘면서 온다. 눈을 치뜨고 지면을 살피고 있는데 코앞에서 총알이 땅에 푹 박힌다. 풀줄기가 이상한 소리와 함께 꺾인다.

마지막이다! 지금까지 어렵게 목숨을 부지해왔지만 드디어 마지막이다. 맹렬한 포화도 견뎌내고, 탱크 밑에 깔리고도 살아남은 지금 가지는 처음으로 견디기 힘든 공포에 휩싸였다. 살아남아서, 살 수 있는 가능성이 어렴풋이 보이기 시작한 순간부터 죽음의 공포가 거부할 수 없는 힘으로 영혼을 꽉 움켜쥔 모양이다.

가지의 무릎 아래에서 오노데라의 몸이 떨고 있었다.

"……올까? ……올 것 같아?"

들어봐. 발소리가 나잖아. 이야기 소리가 오고 있어. 마구 갈겨대는 충격. 그것이 온다. 반드시 온다.

"수류탄 있습니까?"

가지가 속삭였다.

"……없어."

가지는 수류탄을 한 발 오노데라에게 쥐여주었다.

"마지막 순간이 오면 뛰어나가야 하니까요."

가지는 수류탄의 안전핀을 뽑고 꽉 움켜쥐더니 숨을 죽였다. 적에게 발각되면, 아니 이렇게 풀잎을 사이에 두고 적과 시선이 마주치면 수류탄을 발화시키고 뛰어나가는 것이다. 피아 구별 없이 폭사한다. 적들아, 오지 마라. 오면 엄청난 일을 당할 것이다. 난 그냥 죽지는 않을 테니까.

가지는 귀를 기울였다. 오노데라는 구덩이 속에서 뭐라 뭐라 중얼거리고 있었다.

"신이시여, 도와주소서. 제발 부탁이니까 살려주십시오."

가지는 청각을 평소와 달리 긴장시킨 채 가슴은 부르르 떨면서 속으로는 비웃었다. 오노데라는 행복한 놈이라고 생각했다. 이런 상황에서도 의지할 신이 있다니!

수류탄을 개머리판에 대고 핏발 선 눈으로 수풀 사이를 보면서 생각한다. 불과 한두 호흡 동안만 영겁의 고통을 맛보자. 만약 지금 두 팔을 쳐들고 나간다면 어떻게 될까? 쏘지 마라, 난 항복한다. 그렇게 말하면? 누가 그 말을 이해할까? 낯빛이 바뀐 처참한 사내의 표정에서 누가 항복의 의지를 읽어낼까? 이제껏 서로 쏘고 죽이던 전장에서 누가 냉정한 판단을 내릴 수 있을까?

항복이 인정받는다는 확증은 없었다. 그래서 이렇게 수류탄을 움켜쥔 채 기다리고 있다. 적 또한 그렇기 때문에 풀숲 곳곳에 난사하면서 다가오는 것이다.

발자국 소리가 가까이에서 들렸다. 다섯 명에서 여섯 명씩, 몇 개의 무리로 나뉘어 있는 모양이다. 여기저기에서 풀을 짓밟는다. 가지는 개인호 가장자리에 한 손을 올렸다. 드디어 최후의 순간이다. 이왕 올 거라면 한 방에 와라! 앞으로 열 걸음만 더. 한 걸음, 두 걸음. 점점 줄어든다. 또 한 걸음. 발소리가 멎었다. 무서운 정적이다. 발각된 것이 틀림없다. 이쪽에선 보이지 않는다. 하지만 발각된 것이 틀림없다. 그래서 조심스레 다가오고 있는 것이다. 발소리를 죽이고, 총구를 겨눈 채 조심조심 다가온다. 들리는 것이 적의 숨소리인지, 자신의 고동소리인지조차 분간할 수 없다. 가지는 수류탄을 개머리판에서 약간 들었다. 수직으로 맞부딪치는 것이다. 그것으로 모든 것이 끝난다. 자, 드디어 마지막이다. 지금이다!

그때 갑자기 위쪽에서 큰 소리로 부르는 소리가 났다. 가지의 바로 옆에서 날카로운 휘파람소리가 대답했다. 짧게 끊어지는 대화가 어지럽게 오가다 멈췄다. 그리고 이번엔 다른 곳에서 휘파람소리가 두세 번 날아갔다. 풀숲이 소란스러워졌다. 갑자기 발소리가 어지럽게 흩어지며 멀어지기 시작했다. 물러간다. 죽음이 멀리 물러가고 있다.

가지는 뜨거운 한숨을 내쉬었다. 온몸에서 극에 달했던 긴장이 빠져나가자 열병의 발작 같은 떨림이 찾아왔다.

"갔어?"

구덩이 속에서 오노데라가 울먹이듯이 중얼거렸다.

"갔어? 간 거야?"

가지는 부들부들 떨리는 무릎을 진정시키려고 했다.

"침착하십시오. 적은 아직 위에 있습니다. 안심할 수 없습니다."

하지만 가지는 이때 비로소 본능적인 확신으로 살 수 있다는 희망을 느끼고 있었다. 그 기분이 떨리는 입술에 엷은 미소를 짓게 했다.

이게 무슨 꼴이람. 미치코, 나 떨고 있어. 비웃지 말아줘, 난 이게 최선이라고. 다시 당신을 만날 수 있을지도 모르겠어.

6

기묘하게 농축된 짧은 시간이 좁은 구덩이 속에서 흘러갔다. 살았다는 실감이 나는 순간부터 끓어오르는 불안과 공포는 억누를 길이 없었다. 아마도 이 생명을 지키는 유일한 방법이 적극적인 행동에 있는 것이 아니라 조용히 숨을 죽인 채 죽은 사람처럼 숨어 있는 수밖에는 없기 때문이리라. 그러면서도 화려한 일상의 환상이 처참한 사내의 머릿속에 퍼져가고 있었다.

가지는 주위의 동정에 귀를 기울이면서 사랑하던 여인을 공상으로 끌어들여 숨 막힐 것 같은 공포와 불안을 견디고 있었다. 이 무참한 전투는 인간의 생활을 지키기 위한 것이 아니었다. 그런데도 사내는 사랑하는 사람과의 생활로 돌아가기 위해서는 어쨌든 뚫고 나가야 하는 포탄 세례였다고 생각하려고 했다. 그렇게 생각하지 않으면 자신이 너무 비참했다. 우스꽝스럽다는 생각조차 든다.

자신은 단 한 번도 그 정당함을 믿은 적이 없는 대전쟁의 한 귀퉁이, 이 인적 없는 산속에서 '최후의 한 명이 될 때까지' 충실하게 싸웠다는 사실을 과연 무엇으로 자신에게 설명하고 납득시킬 수 있을까? 그렇기 때문에 그 용감하고 충실하고 우스꽝스러운 전사는 자신의 생명에 대한 희망, 아직은 필시 환상에 지나지 않는 것을 향해 한사코 도망쳐 들어가려고 하는 것이다.

위쪽에서는 아직 적병의 목소리가 들리고 있었다. 그 목소리는 밝고 거침이 없었다. 압도적인 승리로 전투의 비참함을 잊은 듯한 목소리다. 그 목소리로 적군의 대략적인 배치 상황을 상상하면서 가지는 지금 미치코에게로 돌아갈 날을 생각하고 있다. 그 집 문 앞에 섰을 때 어떤 기분이 들지 지금부터 벌써 손에 잡히듯 보였다.

문을 두드린다. 이름은 절대 부르지 않으리라. 깜짝 놀라게 해서 기쁨이 수백 배로 커지게 하는 것이다. 미치코, 나 돌아왔어. 문을 두드리는 손은 그렇게 말할 것이다. 문이 열린다. 눈앞에 미치코가 서 있다. 휘둥그레진 눈이 자신의 가슴과 얼굴로 올라가면서 금세 닭똥 같은 눈물로 글썽인다. 그래, 미치코. 난 당신의 기쁨에 버금갈 만한 노력은 할 작정이야.

갑자기 바로 옆에서 총소리가 났다. 그것에 대답하듯 위쪽에서 비명이 들렸다. 총소리는 계속되고 있었다. 히로나카가 총을 쏜 것이다. 위에서는 무차별 난사와 수류탄으로 응수했다.

"빌어먹을! 저 병신 같은 새끼가!"

가지는 으르렁거렸다. 그러고 나서 얼굴을 내밀고 물어뜯을 듯한 눈초리로 말했다.

"그만둬!"

히로나카는 보지도 않고, 듣지도 않았다. 낯빛이 완전히 달라져서 풀숲 너머로 위쪽의 적을 겨냥하고 있다.

"좀 말리고 와."

오노데라가 몸을 떨면서 속삭였다.

"제발 살려줘. 다 죽게 생겼어."

가지는 포복자세로 기어 나가 히로나카의 개인호로 미끄러져 들어갔다.

"사격을 멈춰!"

"저기 봐! 다리에 맞아서 비명을 질렀단 말이야."

히로나카는 눈을 번뜩이며 웃었다.

"쌍! 저 새끼들이 신나서 떠들어대니까 그렇지!"

"쏴봐야 소용없어."

가지는 의식적으로 난폭하게 말했다.

"전투는 졌다. 우린 이제 패잔병이니까 두더지처럼 구덩이 속에 처박혀 있어!"

"전투는 아직 끝나지 않았어. 마지막은 돌격이다!"

"미친 놈!"

가지는 히로나카의 총을 잡았다.

"똑똑히 봐! 개죽음을 당하고 싶으면 혼자서 뛰어나가란 말이야."

두 사람의 사나운 눈빛이 한동안 맞부딪쳤다. 가지는 필사적이었다. 여기서 시선을 거두면 어렵게 살아남은 목숨이 허사가 될 것만 같았다. 어떻게든지 히로나카 하사를 꺾어야 한다.

눈빛으로만 불꽃을 튀기는 듯한 무언의 싸움에서 히로나카가 먼저 탈락한 것은 궤멸된 이 진지에서는 계급의 보장이 없어져버렸기 때문이다. 이렇게 일대일의 대결이 되면 엊저녁의 '반란'에 대한 인상이 거부할 수 없는 힘으로 되살아나는 만큼 히로나카에게는 불리했다. 군대의 〈영전범〉이 인간에게 강요하던 것도 이 상황에선 아무 의미가 없다. 그 어느 하나 히로나카에게 신념이나 정열로 녹아들어가지 못했던 것이다.

"……어쩔 거야?"

흙빛이 된 얼굴을 돌렸을 때는 목소리도 나약해져 있었다.

"어두워지고 나면 생존자들을 모아서 후퇴하자. 목적지는 일단 무단장牡丹江으로 하고……"

가지는 입을 다물었다. 사실 이때 이미 가지는 허공의 지도에 아득히 먼 집으로 가는 길을 한 줄의 직선으로 그어놓고 있었다. 그것을 지금은 아직 말할 수 없었다. 지금은 아직 육군 하사와 상등병의 차이가 가지의 의식 속에서 무너지기 시작한 채 남아 있었다.

"……지금은 우선 내가 선두에 서는 게 좋을 것 같다. 무단장도 이런 상태로는 우리가 도착하기 전에 함락되겠지만, 어디선가 아군에 합류할 때까지 나이가 많은 내 말을 들어주면 좋겠어. 합류하면……."

가지는 피식 웃었다.

"난 다시 상등병으로 돌아가겠지만……."

가지가 그렇게 되지 않기를 바라고 있다는 것을 간파할 기력조차 히로나카에게는 이미 없었다.

"너한테 맡길게. 소대장도 자결했고……."

가지는 노나카 소위의 개인호를 보았다. 그 주변에는 마침내 황혼이 깃들기 시작했다.

"부하를 저승으로 끌고 갈 지휘관이군."

가지는 히로나카가 노나카 소위라도 되는 듯 노려보았다.

"우린 그렇게 두들겨 맞고도 겨우겨우 살아남았건만. 이젠 됐어. 이렇게 된 이상 끝까지 살아남겠다는 생각만 하자고."

말을 마치고 나자 그제야 산 공기가 쌀쌀해진 것이 느껴졌다. 석양은 어느새 산등성이로 넘어갔다. 어둠이 깊어질수록 오늘 밤만은 생명을 보장받을 수 있다는 생각 또한 짙어졌다.

가지는 저녁 어스름이 산을 감싸는 감촉을 격동 후의 목욕처럼 맛보았다. 살아 있다. 야릇한 꿈을 꾸는 듯한 기분이었다. 지금 저물어가는 태양이 내일 어떤 하루를 가지고 올지 앞으로의 일은 상상조차 할 수 없다. 여기 적막한 산속의 풀숲에 숨어 있는 사내들이야말로 모든 소속을 잃었다. 살아남을 가능성은 있다고도, 없다고도 할 수 있다. 어느 쪽이든 공상 속의 일일 뿐이다. 이런 허무 속에서만 인간은 자기 자신을 해방하고 되찾을 수 있었다.

긴 침묵 후에 가지가 중얼거렸다.

"전쟁은 이미 끝났을 거야, 아마도……."

"……일본이 항복했다는 거야?"

"……아마도."

그러고는 다음 사건이 갑작스레 터질 때까지 둘은 잠시 아무 말이 없었다.

두 사람은 바로 옆에서 누군가가 토하는 듯한 소리를 들었다.

"오노데라다."

히로나카가 말했을 때 가지는 이미 들짐승처럼 사지를 긴장시키고 있었다. 오노데라가 등 뒤에서 습격을 받아 칼에 찔렸다고 판단한 점에서 두 사람의 생각은 일치했는지 서로 얼굴을 바라보며 고개를 끄덕였다.

토하는 소리가 두세 번 이어지고 나서 두 사람을 놀라게 한 것은 적병이 아니라 오노데라 자신이었다. 개인호에서 뛰쳐나온 오노데라는 대검으로 근방의 풀숲을 마구 후려치기 시작했다.

"알았다. 너희들이 강하다는 건 이제 알았다고!"

대검을 휘두르면서 그렇게 외치고 있었다.

"잘난 척하지 마, 이 새끼들아! 관동군을 얕보지 말란 말이다!"

가지가 중얼거렸다.

"……미쳤어."

가지는 짚이는 데가 있었다. 적병이 다가오는 발소리를 들으면서 개인호 속에서 공포에 떨며 신께 도움을 청했을 때부터 오노데라는 이미 정신 줄을 놓았던 것이다. 그래도 아직 가지와 같은 구덩이 속에 있을 때는 그럭저럭 공포와 절망을 견뎌내고 있었다. 가지가 히로나카의 발포를 막기 위해 나갔던 것이 오노데라에게는 운명의 갈림길이었던 모양이다. 견디기 힘든 고독이란 공포를 억누를 길도 없고, 그렇다고 아군을 찾아 적 앞에 모습을 드러낼 용기도 없는 그. 필시 수백 번에 이르는 방황의 진폭이 인내력의 한계를 넘어 그런 그의 영혼을 갈기갈기 찢어놓았지 싶다.

관특련(관동군특별대연습. 1941년 독일과 소련의 전쟁이 시작되자 소련과의 전쟁에 대비하여 관동군을 70만 대군으로 증강시킨 것-옮긴이) 출신의 5년병인 오노데라 병장은 미친 듯이 계속 소리를 질러댔다.

"야, 로스케露助(러시아인을 얕잡아 부르는 말-옮긴이)! 이리 나와! 단칼에 베어버리겠다!"

그 소리에 대답하듯 위쪽에서 총을 쏘았다. 위쪽엔 아직 소련군의 후위가 남아 있는 모양이다. 이미 어둑어둑해지기 시작했기 때문에 위에서 아래로는 맹사(盲射)에 불과했지만 비탈면을 이용해 위에서 던지는 몇 개의 수류탄이 위험 구역에서 터졌다.

"어떡하지?"

히로나카가 가지를 보았다.

"막아야 돼."

"막아줘."

"당신 동기 아닌가?"

히로나카가 망설이고 있는 동안 오노데라가 왔다.

"야, 로스케!"

그러더니 느닷없이 짧은 대검을 아래쪽으로 휙 휘두른다. 처음엔 총으로 막았지만 두 번째는 가지의 철모에 맞아 큰 소리가 났다. 가지는 오노데라의 다리를 걸어서 넘어뜨린 뒤 구덩이에서 뛰어나가 얼굴을 난타했다. 눈이 뒤집어지고 입에서는 거품을 뿜었지만 5년병의 육체만은 단단해서 의외로 강하게 저항했다. 그냥 막을 생각이었는데 그것이 어느 틈에 끼어든 살의에 살기로 바뀌었을까? 나중에 생각해보니 왼손을 미친개처럼 물어뜯은 오노데라의 목덜미로 가지의 오른손이 간 것이 참극의 시작이자 끝이었지 싶다.

가지는 오노데라의 목을 정신없이 졸랐다. 온몸의 힘을 죄다 쥐어짜내면서 그냥 급소만 쳐서 쓰러뜨리면 되지 않을까, 하고 후회 비슷한 것이 스쳤지만 목을 조르는 손을 풀지는 않았다. 단순히 미친 사내의 목을 조르는 것은 아니었을지도 모른다. 일본 육군의 5년병, 인간을 소나 말처럼 때리던 사내들, 가지의 입에 실내화를 처넣은 사내, 아무 이유도 없이 포악한 짓을 저지르던 자들. 그 모두를 대신하는 자에게 복수의 폭력을 휘두르는 것에 가지는 쾌감과 의미를 느꼈던 것은 아니었을까? 그뿐만이 아니었다. 오노데라의 저항이 급격하게 약화되는데도 손에서 아직 힘을 빼려고 하지 않은 것은 미쳐 날뛰는 손발을 가장 간단한 방법으로 처리해버리고 싶었음이 틀림없다.

오노데라는 사지를 쭉 뻗고 움직이지 않았다. 가지는 오노데라 위에 멍하니 앉아 있었다.

"……어떻게 됐어?"

히로나카가 겨우 입을 열었다.

"죽었어."

대답한 것은 방심 상태에 있는 가지가 아니라 그 방심의 밑바닥을 직시하려는 냉정한 의지였다.

"편안하게 해주려고 목을 졸랐다고는 말하지 않겠어. ……내가 죽인 거야."

가지는 만에 하나라도 오노데라가 되살아나지 못하도록 철모 끈으로 피해자의 목을 단단히 조였다.

"……난 악마야."

가지가 중얼거렸다. 그러고 나서 갑자기 무시무시하게 타오르는 눈동자를 히로나카에게 돌렸다.

"악마가 되어서라도 끝까지 살아남겠어."

개인호로 돌아온 가지에게 히로나카가 말했다.

"죽일 것까진 없었잖아?"

가지는 느닷없이 히로나카의 멱살을 움켜쥐었다.

"날 탓하는 거냐? 밤중에 자고 있는 놈을 두들겨 패서 깨워놓고 술자리의 여흥으로 엎드려뻗쳐를 시킨 깡패 같은 새끼가 날 탓하는 거냐고? 오늘 밤부터는 적중을 돌파하는 난행군難行軍이 될 텐데 나보고 미친놈의 간호사나 하라는 말이냐?"

가지는 히로나카를 떼밀고 한동안 노려보다가 가슴 주머니에서 담배를 꺼냈다. 위쪽을 살피고 나서 히로나카의 발밑에 웅크리고 앉은 것은 적에게 불빛을 보이지 않으려는 조심성만은 결코 잊지 않았기 때문이다. 불은 좀처럼 붙지 않았다. 손이 떨려서 춤을 추듯 흔들린다. 격동이 몰아친 후 흔히 생기는 근육의 피로 때문만은 아니다. 이것은 마음이 어지럽다는 증거다.

과연 그것이 유일한 방법이었을까? 설령 그렇다 해도 살기 위해서는 무슨 짓을 해도 용납된다는 말인가? 뭐가 어떻든지 간에 가지는 이미 부정할 수 없는 살인자였다. 늘 인간이기를 바랐던 사내가 말이다. 늘 인간이기 위해 그 어떤 고난과도 싸우겠다고 결의했던 사내가 말이다. 인간들 사이에서 언젠가, 무언가가, 미쳐 날뛰기 시작했다.

악몽 같던 하루는 저녁 어스름 속으로 녹아들어가고 있었다. 멀리 산등성이의 숲속에서 이름도 모르는 새가 괴상한 소리로 끽끽 울었다. 포성과 화약 연기가 잦아들자 돌아온 새가 둥지를 잃고 헤매고 있는지도 모른다. 창자를 쥐어뜯듯이 정말 요란스럽게 또다시 끽끽 울었다.

"생존자를 찾아보고 올게."

가지는 히로나카의 개인호에서 나왔다. 총구를 앞으로 겨누고 걷는 다리가 구름을 밟는 것처럼 불안했다.

"도히 중대, 생존자는 없나?"

가지는 저녁 어스름에 빨려 들어가서 다시는 절대로 돌아오지 않는 자신의 목소리를 들었다.

"노나카 소대, 생존자는 없나?"

아무도 대답하지 않았다. 어둠이 그 순간 더욱 깊어진 것 같았다.

"경기관총 분대, 살아 있는 자는 아무도 없나?"

산은 잠에 빠지기 시작했다. 풀이 발밑에서 흔들리며 부딪치는 소리가 희미하게 들릴 뿐이다. 죽은 자는 결코 대답하지 않는다.

"아무도 없는 거야?"

가지는 몸을 부르르 떨면서 소리쳤다.

"대답해! 아무도 없는 거냐?"

가지는 귀를 기울였다. 해가 완전히 기운, 터무니없이 넓은 산골짜기에서 들리는 것은 사신의 싸늘한 숨소리뿐이었다.

가지는 떨리는 다리에 힘을 주었다.

"소총 분대, 난 가지 상등병이다. 살아 있는 자는 나와라. 부상자는 대답해라! 도와주겠다. 대답해라!"

싸늘한 바람이 얼굴을 핥고 지나갔다. 가지는 모두가 죽어버린 세상에 홀로 서 있는 듯한 기분이 들었다. 구슬피 들리는 귀신의 울음소리라는 말은 누가 했을까? 어둠에 싸인 적막 속에서는 분명히 귀신이 흐느껴 울고 있었다.

"죽었나……?"

"아무도 살아 있지 않은 거야……?"

"대답하지 않으면 버리고 간다……."

"대답해!"

가지는 갑자기 자신의 개인호 쪽으로 뛰기 시작했다. 그곳에는 부상당한 채 기절한 데라다가 있을 것이다. 그것만 믿었다.

"데라다!"

개인호 가장자리에 엎드려서 두 팔을 구덩이 속에 넣었다. 구덩이 속에서 넋을 잃고 올려다보고 있는 데라다의 시선과 마주치고도 그의 목소리를 듣기 전까지는 마음을 진정시킬 수 없었다.

"……상등병님입니까?"

데라다가 멍하니 말했다.

"이 멍청한 놈아! 왜 대답하지 않았어?"

가지는 구덩이 속으로 뛰어 들어가서 데라다를 일으켜 세웠다. 그러고는 어깨를 부여잡고 꼭 끌어안았다.

"어이, 소령 아들! 너라도 살아주어서 고맙다."

데라다는 부상 덕분에 그 마지막 순간의 견디기 힘든 공포를 모르고 잠 속에서 보냈다. 아직 사태 파악이 제대로 안 된 듯 사방을 두리

번거렸다.

"어떻게 됐습니까?"

"부대는 전멸했다. 앞으로는 우리끼리 행동한다. 히로나카 하사가 저기에 있으니까 가서 날 기다리고 있어."

데라다는 가지가 시키는 대로 꼭두각시처럼 걸어가기 시작했다.

단 한 명의 생존자를 확인했을 뿐이지만 가지는 갑자기 기력을 회복했다. 더 이상 사신의 숨결 아래에서 떨고 있던 사내가 아니다. 사고력과 주의력이 기능을 회복하여 앞으로의 전장 이탈과 그 뒤에 이어지는 위험하고도 난감한 도피 행각에 무엇이 필요한지를 분주하게 생각하기 시작했다.

구덩이 속에 우비로 싸둔 건빵 두 봉지를 집어 들었다. 반합과 수통도 필요하다. 잡낭도 있어야 할 것이다. 그 외에는 먹다 남은 콩과자가 조금 있을 뿐이다.

히로나카의 개인호로 돌아와보니 가지가 부르는 소리에 정신이 돌아왔는지 전투 중에 전령으로 나가 유탄발사기 진지에서 굴러떨어졌던 야마우라가 기어와서 신음하며 누워 있었다. 상처를 보니 이마에서 아슬아슬하게 비껴가 치명상은 면한 것 같다. 히로나카가 일단 승홍거즈로 출혈은 막아주었지만, 데라다의 어깨 상처처럼 화약으로나마 응급처치를 할 수 있는 곳도 아닌지라 곪아서 악화될 위험이 있을지도 모른다.

"이것뿐인가?"

가지가 주위를 둘러보며 나지막하게 중얼거렸다. 오늘 아침에 전투 배치된 160여 명은 단 네 명밖에 남지 않았다. 아니 정확하게는 다섯 명이었다. 그중 한 명은 방금 전 가지의 손에 살해되었다. 하지만 오노데라의 시신을 보는 가지의 눈에는 이미 감상적인 빛은 전혀 없었다. 가지는 오노데라의 탄약합을 확인해보고 거의 쏘지 않은 실탄을 꺼냈다. 이제부터 의지할 것이라곤 자신의 다리와 총과 실탄, 그리고 남은 네 개의 수류탄뿐이다.

"평탄한 곳으로 나갈 때까지 야마우라는 내가 업고 가겠다."

가지가 말했다.

"식량이 남아 있는 사람은 아무도 없겠지?"

히로나카가 대답했다.

"나한테 건빵이 한 봉지 있어. 그리고 노나카 소위가 뭔가 갖고 있을지도 몰라."

가지는 노나카의 개인호로 갔다. 자결한 사체는 모래 자루처럼 차갑고 무거웠다. 일으켜 세워서 손으로 더듬어 양갱 하나를 찾아냈다. 권총을 확인해보았으나 실탄은 한 발도 없었다. 가능한 범위에서 최대한으로 준비했다. 앞으로 무슨 일이 일어날지 모른다. 하지만 지금 여기 있는 네 명만은 분명히 살아 있다.

"데라다와 야마우라도 잘 들어. 우리는 어쨌든 살아남았다. 앞으로 아무리 고통스러워도 여기서 살아남은 것을 무의미하게 끝내서는 안 돼. 앞으로는 희망을 향해 걸어가는 거야. 적어도 그렇게 생각하기로 하자."

가지는 야마우라를 업었다.

"출발하자. 하룻밤만 적이 온 방향으로 간다. 후속 부대의 동정을 살피고 나서 적의 후미를 따라간다. 발포 등의 전투 행위는 내가 지시할 때까지 절대로 해서는 안 돼."

걷기 시작했다. 이것이 죽음으로 가는 여행이 될지 어떨지는 네 사람의 희망과 의지와는 상관없다. 네 사람에겐 단지 별조차 없는 어둠 속에서 한 줄기 삶을 응시하는 것밖에는 허락되지 않았다.

궤멸된 진지를 비스듬하게 가로질러서 빠져나왔다 싶었을 때 측면의 어둠 속에서 울먹이는 듯한 소리가 들렸다.

"누가 좀 도와주세요. 걸을 수가 없습니다. 누구 없어요? 살려주세요."

말투로 봐선 초년병 같았다. 타 중대의 부상자일 것이다.

가지는 업고 있는 야마우라를 내려놓으려다가 생각을 고쳐먹고 어둠 속을 향해 소리쳤다.

"부상당한 곳이 어디냐?"

"……배입니다. 배에 총을 맞았습니다."

목소리가 갑자기 약해진 것은 사람의 목소리를 듣고 긴장이 한꺼번에 풀렸기 때문이리라.

"……배를 맞아서 걸을 수가 없습니다. ……미안하지만 좀 도와주세요."

"……배를 맞았으면 틀렸어."

히로나카가 중얼거렸다. 가지는 한두 걸음 목소리가 나는 쪽으로 걸음을 옮겼다. 그러고 나서 갑자기 싸늘하게 굳은 목소리만을 던졌다.

"총과 실탄은 갖고 있나?"

부상자는 그 질문의 의미를 모르는 것 같았다.

"······있습니다."

간신히 나직한 목소리로 대답하는 것을 듣고 가지는 냉혹하게 다른 방향으로 발길을 돌렸다. 죽으라는 것이다. 살려줄 힘도, 살 가망도 없다. 이 어둠과 다가오는 죽음의 그림자가 무섭다면 스스로 죽는 길 외엔 없다.

"······살려주세요, 부탁입니다······."

흐느껴 우는 듯 가냘프게 애원하는 목소리를 뒤에 남기고 네 사람은 걸음을 옮겼다.

품속 깊숙이 수많은 죽음을 안고 산은 암흑의 잠에 빠진다. 산 자는 이렇게 비정한 의지의 화신이 되어 산을 내려간다.

7

어둠이 터무니없이 깊었다. 음산한 산은 하루 동안 천여 명의 사내를 삼킨 것만으로는 모자랐는지 살아남아서 산을 내려가는 사내들의 발을 끊임없이 걸어 넘어뜨렸다. 히로나카 하사는 전장 이탈의 행동이 개시됨과 동시에 앞으로의 주도권이 가지에게 넘어간 것을 못마땅하게 생각했지만 자신의 능력에 상응하는 수준에서 그 불만을 표현할 줄 아는 현명함은 갖춘 듯하다. 다시 말해서 가지가 야마우라를 업고 아무리 힘들어해도 히로나카는 절대로 선두에 서려고 하지 않았다. 가지는 가지대로 또 히로나카가 선두에서 이끄는 것을 절대로 신뢰하지 못했던 것도 사실이다.

오기로라도 야마우라를 업고 선두에서 걸었는데, 체력이 놀랄 정도로 빨리 소모되었다. 그럴 만도 했다. 오늘 아침에 식사를 했을 뿐 이삼 일 동안 거의 잠을 자지 못했다. 전투를 치르며 소모된 에너지를 계산하면 엄청날 것이다. 가지는 넘어질 뻔할 때마다 점점 신경질적이 되어서 끝내는 야마우라를 내동댕이치고 싶어졌다.

야마우라는 나지막하게 신음 소리를 내면서 가지의 등에서 거의 자고 있다. 가지는 처음엔 산을 따라 적이 온 방향으로 깊이 들어가서 후속 부대의 동정을 확인한 뒤에 천천히 진로를 잡을 생각이었지만, 이대로라면 한시라도 빨리 걷기에 편한 평지로 내려가서 체력적인 부담을 덜어야만 했다. 우선 언제 맞닥뜨릴지도 모르는 위험에 대비해야 한다. 히로나카나 데라다가 겁에 질려서 발포라도 하면 ─ 물론 충분히 있을 수 있는 일이다 ─ 그 순간 네 사람은 거의 틀림없이 죽은 목숨이나 다름없다.

가지는 생명이 다 빠져나갈 것 같은 땀을 흘리면서 가쁜 숨을 몰아쉬며 산자락을 우회하여 적 전투부대가 통과한 산간 도로와는 반대쪽 평지로 나오자 야마우라를 내려놓았다. 야마우라는 아직도 몽롱한 상태라 세워놓아도 맥없이 비틀거릴 뿐이다.

　어둠에 익숙해진 눈으로 살펴보니 풀숲의 약간 앞쪽이 허옇게 떠 있는 듯했다. 가지는 세 사람을 그 자리에 남겨두고 앞으로 나아갔다. 전투가 벌어지기 전에 이리저리 옮겨 다닌 탓에 지형을 파악하는 데 곤란했는지, 거기에 길이 있을 거라고는 생각지 않았는데 가지의 발밑에 있는 평탄한 지면은 분명히 길이었다. 게다가 꽤 폭이 넓다. 그렇다면 이 길을 적 별동대가 지나가지 않았다고는 단정할 수 없다. 자칫했다간 적군들 사이로 가게 될지도 모른다.

　가지는 어둠 속에 잠깐 멈춰 서서 방향을 정한 다음 나지막하게 세 사람을 불렀다. 이제부터는 서남쪽으로 그들의 도피 행각이 시작되는 것이다. 서남쪽은 지난날 일본인의 생활 터전이 있던 곳으로 가는 막연한 방향이다. 설령 이곳이라고 정해진 목적지가 있다 해도 과연 어디로 나가게 될지, 언제 끝날지는 필시 네 사람의 의지로 결정되는 것은 아니리라. 그들은 단지 앞으로 일어날 예측 불가능한 사태에 대해 반응을 나타내는 데 지나지 않을 것이다.

　"야마우라도 데라다도 쓰러지면 그걸로 끝인 줄 알아."

　가지는 총구를 앞으로 겨누고 걷기 시작했다. 야마우라는 따라오긴 했지만 가지가 주위를 경계하며 멈춰 서면 곧장 땅바닥에 누워버렸다. 그때마다 데라다가 투덜거렸다.

　"병신 같은 새끼! 부상당한 게 너밖에 없는 줄 알아?"

　데라다는 전투 중에 자기가 그런 식으로 가지에게 구조를 받을 줄은 생각지도 못했기 때문에 지금은 가지에 대한 체면상 상처의 통증을 참으며 바짝 긴장하고 있는 듯 똑 부러지게 행동하고 있었다.

잠시 동안은 그저 어둠뿐인 노정이었다. 그때 가지의 뒤에서 오던 데라다의 발에 무언가가 걸려서 쇳소리가 났다. 조그만 소리에도 온몸의 피가 얼어붙을 것 같은 때다. 네 명은 일시에 걸음을 멈추고 변화를 기다렸다. 괴괴한 적막이 주위를 둘러싼다. 가지는 손으로 더듬어서 데라다의 발에 걸린 것을 찾았다. 철모다. 만져보고 일본군 철모와는 다른 것을 알았다. 이제 분명해졌다. 이 길을 소련군이 지나간 것이다. 게다가 철모를 떨어뜨리고 갈 정도라면 결코 소규모 부대는 아니다. 그렇다면 이 길가의 어딘가에서 야영하고 있는 부대가 있을지도 모른다.

"우측을 경계해."

가지는 걷기 시작했다. 왼쪽은 지대가 낮아서 아무것도 보이지 않지만 가지는 그것이 습지대라는 것을 알고 있었다. 물 냄새라고 단정할 수는 없지만 왠지 그런 냄새가 나는 것 같았다. 습지대가 있는 부대에서 초년병 시절을 보낸 가지에게는 익숙한 냄새다.

5분도 채 걷지 않았는데 갑자기 오른쪽 전방에서 사람 소리가 났다. 단 두 마디의 짧은 소리였지만 가지에게 첫 번째 결단을 촉구하기에는 충분했다.

모른 척하고 지나가 버릴까? 수하誰何를 당하면 어둠을 틈타 달아나 버릴까? 무기를 버리고 투항할까? 뛰려면 야마우라를 놔두고 가야 될 것이다. 어두워서 무기를 버린다 해도 무턱대고 쏘면 끝이다.

가지는 전진하는 것을 단념하고 습지로 내려갔다. 키를 훌쩍 넘기는 풀이 무성하게 자라 있었기 때문에 몸을 숨기기에는 안성맞춤이었다.

"날이 밝아서 상황 파악이 되면 어떻게 되겠지."

야마우라는 물 위에 놓인 다리처럼 두 개의 들못 땡추에 몸을 눕히고 엉덩이를 물에 담근 채 자기 시작했다. 히로나카와 데라다도 물에 다리를 담근 채 졸고 있다.

가지는 야마우라가 잠결에 큰 소리로 신음할 때마다 간담이 서늘해졌다. 야마우라의 이마에 난 상처가 골막에 닿았는지도 모른다. 통증이 심한 건 분명해 보인다. 가지는 야마우라의 입을 손으로 막았다. 그래도 칭얼대며 우는 아이처럼 신음하기 시작하자 노나카 소위의 시체에서 가져온 양갱을 얇게 잘라서 야마우라의 입에 넣어주었다. 이것이 모유의 역할을 하여 야마우라는 입 안의 단맛이 없어질 때까지는 신음 소리를 내지 않았다.

가지는 피로를 잊고 야마우라 곁에 붙어 있었다. 지금까지는 가지와 별로 친하게 지내지 못한 소년이었지만 이 소년도 데라다도 꼭 살려주고 싶었다. 오늘 하루 너무나 많은 사내들이 죽었다. 그 참혹한 전장에서 살아남는 것이 오히려 이상하다고 해도, 그들은 죽을 의무를 양해하고 죽은 것이 아니다. 얼마나 많은 원한과 집념을 저 산은 무정하게 삼켜버렸단 말인가.

그들은 죽을 때까지 자신의 희망과 욕망을 완전히 무시당했고, 죽은 뒤에는 백골이 삭아 없어질 때까지 저 산에 버려져 있을 것이다. 이 사내들의 죽음이야말로 아무런 위로도 긍지도 없다. 무엇을 위해 죽었는지 그 의미조차 모른다.

"죽어서는 아무 보람이 없다. 살아서 돌아갈 필요가 있어. 이런 무의미한 전쟁에서 죽는다면 그건 개죽음이야."

가지는 꿈과 현실의 경계에서 신음 소리를 흘리고 있는 야마우라에게 속삭였다.

"참아. 안전지대로 데리고 가 줄 테니까."

하룻밤 사이에 가지는 같은 말을 몇 번이나 되풀이했는지 모른다. 패잔병으로 행동하는 이상 안전지대 따위는 어디에도 없다. 그러나 그것을 인정하는 것은 이성뿐이다. 감정은 평화롭고 자유로운 생활로의 복귀를 간절히 바라고 있다. 그것에 이르기까지의 과정은 빠져 있다.

만약 스스로 포로가 된다면 생명의 안전은 일단 보장될지도 모른다. 그 대신 철저한 구속이 기다리고 있는 것은 두말할 필요가 없다. 가지는 지금 어쨌든 자유롭다. 1년 8개월의 군대 생활 후 가지는 비로소 자신이 자신의 주인이 된 것이다. 이토록 비참한 들개나 다름없는 상태에 빠지고 나서야 비로소. 하지만 이 자유에는 약간의 위험을 무릅쓸 가치가 있어 보였다.

여름의 짧은 밤은 습지 위의 어둠을 어느새 몇 겹이나 벗겨내고 우윳빛 새벽이 그 살갗을 드러내기 시작했다.

일어서서 풀을 헤치고 도로 쪽을 살펴보니 내심 두려워했던 일이 눈앞에 펼쳐져 있었다. 그 일대가 붉은 군대의 야영지였던 것이다.

가지는 전부 깨웠다.

"적군의 한복판이야."

가지는 쓴웃음을 지었다.

"앞으로 당분간 가는 곳마다 이럴지도 몰라. 다들 의견을 말해봐. 여기서 넷이 다 같이 손을 들고 나가면 아마 죽지 않고 포로가 될 거야. 그게 좋은지, 아니면 고생이 되더라도 계속 도망쳐 다니면서 갈 수 있는 데까지는 가 보는 게 좋은지 말이야."

"넌 무단장으로 간다고 했잖아?"

히로나카가 가지의 변심을 나무라듯 말했다.

"……갈 수만 있다면야."

가지가 쌀쌀맞게 받아 넘기자 데라다가 거칠게 고개를 가로저었다.

"포로는 싫습니다!"

"히로나카 반장은?"

"당연하지! 포로가 될 것 같았으면 그때 나 혼자서라도 돌격했어!"

"……나도 싫어."

가지는 쓸쓸하게 웃었다. 명예롭지 못해서가 아니다. 자유롭지 못한 것이 싫어서다. 그뿐만이 아니라 일본인이 포로를 어떻게 취급했는지를 뼈에 사무치도록 알고 있기 때문이다. 무지한 사내들이 갖기 쉬운 강박관념조차 일조했지 싶다.

붉은 군대는 포로를 신사적으로 다룰 것이다. 머릿속의 극히 일부분만 그렇게 생각하고 있다. 방금 전까지만 해도 서로를 죽여왔기 때문에 피아 모두 극도로 예민해져 있다. 전쟁은 끝난 것이 아니다. 내일도 그들은 일본군과 전투를 벌일 것이다. 개인적인 원한이야 없다 해도 지금은 아직 살육의 법칙만이 지배하고 있다. 그것도 한 부대가 통째로 투항한다면 모를까 서너 명의 떠돌이 들개 같은 패잔병 따위는 귀찮아서라도 처치해버리지 싶다.

소련군이라고 모두 사상 교육이 철저한 것은 아닐 것이다. 소련군 중에도 아카보시 상등병이나 요시다 상등병 같은 자가 없다고 누가 보장할 수 있겠는가?

가지는 자신의 걱정이 다분히 인간 불신에 근거하고 있다는 것을 자각하면서도 이렇게 말했다.

"그럼, 위험해도 패잔병 사냥은 각오하고 행동하겠나? 아군은 어디에 있는지 몰라. 이런 식이라면 아마 관동군은 모두 궤멸되었을 거야. 우린 결국 적의 후미에서 도망 다니는 꼴이 될 것 같은데, 그래도 갈 수 있는 데까지는 가 볼까?"

세 사람은 잠자코 있었다. 잠자코는 있었지만 동의하지 않은 것은 아니다. 앞으로 무슨 일이 일어날지 모를 뿐이다.

"그럼 그렇게 결정되었으니까 낮엔 여기에 숨어 있기로 하자. 어두워지기 시작하면 이 습지를 건너서 건너편 산으로 들어갈 거다. 어떻게 되겠지."

가지는 건빵을 한 줌씩 나눠주었다.

"오늘 하루치 식량이야."

네 사람은 얼마 안 되는 건빵을 씹고 습지의 물을 마셨다. 건빵은 허기를 채우기엔 형편없는 양이었다. 네 사람의 뱃속에서 습지의 물이 꾸르륵 울었다. 모두 잠자코 있었다.

데라다가 부끄럽지만 말하지 않고는 도저히 참을 수 없다는 듯 히로나카와 가지를 번갈아 보며 입을 열었다.

"식량이 떨어지면 어떡합니까?"

"……풀이라도 먹어야지."

가지는 키가 훌쩍한 풀을 조심스럽게 넘어뜨려서 두 개의 들못 땡추에 걸쳐놓으며 데라다를 보고 씁쓸하게 웃었다. 눈빛이 그윽했다.

"막다른 상황에 처하면 쳐들어가서 스탈린의 배급품이라도 빼앗아 먹어야지. 지나친 걱정은 하지 않는 게 좋아. 위험은 말이지, 데라다, 그게 닥치기 전까지는 두려워해야 해. 하지만 그것과 직면하면 두려워해선 안 돼. 우린 지금 위험에 직면해 있어. ……난 좀 자야겠다. 히로나카 반장님, 뒤를 부탁드립니다. 이상이 생기면 깨워주쇼."

가지는 누워서 하반신을 물에 담근 채 금방 잠에 곯아떨어졌다.

8

고르고 골라서 왜 하필 그런 곳으로 나왔을까? 밤새 별에게 방향을 물으면서 구릉지로 가며 적과 마주치는 일을 최대한 피할 생각이었다.

이 언덕을 넘으면 국경으로 이어지는 지방도와 그 길을 따라 난 철도가 나올 것이라는 짐작이 선 뒤로는 그 횡단 지점을 찾으려고 세심한 주의를 기울이며 움푹 팬 땅만 골라 풀잎을 스치는 소리조차 내지 않고 나왔더니 하필이면 적 보초의 바로 옆이었던 것이다.

그곳은 두 개의 젖가슴처럼 봉긋하게 솟은 언덕 사이에 낀 곳으로 거기서부터 완만한 초원을 약 30미터만 가면 지방도가 허옇게 가로지르고 있다. 엎어지면 코 닿을 데였다. 하지만 실은 그 지방도가 허옇게 보이는 것이 이 경우엔 오히려 치명적이었다.

그 길을 국경 방면에서 붉은 군대의 트럭들이 거의 끊임없이 헤드라이트로 휘황하게 밝혀가며 달려온다. 그것은 왕성한 수송력과 불빛의 흐름이었다. 조명은 끊기는 데가 없었다. 끊기는 데는 없어도 그뿐이라면 돌파하지 못할 것도 없다. 불빛 속을 수상한 네 개의 그림자가 가로지른 것을 알아채고 트럭이 설령 급정거한다 해도 그 틈에 네 사람은 지방도를 횡단하여 건너편의 움푹 팬 곳으로 미끄러져 내려가서 그곳에 있는 철도를 뛰어넘어 반대쪽 산의 어둠 속으로 숨어들 수 있을 것이다.

그런데 그것이 그렇게는 되지 않는 것이다. 네 사람이 기어 나온 곳에서 오른쪽 언덕 위에 보초가 서 있었다. 그림자가 불빛 속으로 뛰어드는 것과 동시에 자동소총이 불을 뿜을 것이 뻔하다. 게다가 실수할 일이 없는 지근거리다. 오른쪽만큼 가깝지는 않지만 왼쪽 언덕 위에도 보초가 역시 경계를 서고 있다.

가지는 땅바닥에 엎드린 채 결단을 내리지 못하고 있었다. 날이 밝을 때까지 이제 시간도 얼마 남지 않았다. 다른 횡단지점을 찾기 전에 날이 밝을 것이다. 되돌아간다고 해도 날이 밝으면 역시 위험하다. 지금까지 적과 맞닥뜨리지는 않았지만, 이 구릉지 또한 적의 '한복판'일지 모른다. 불확실한 상황에서는 망설이는 것이 가장 위험하다는 것을 깨달아야 한다.

"어떡하지?"

히로나카가 속삭였다.

"곧 날이 밝아."

"방법은 두 가지밖에 없는 것 같군."

가지 또한 속삭였다.

"단숨에 달려 나가는 거야. 그러나 그렇게 했다간 저 길 근처에서 보초에게 발각되어 희생자가 생길지도 몰라. 빌어먹을, 저놈의 헤드라이트가 문제야!"

"……다른 하나는?"

"저놈이야."

가지는 히로나카의 코앞에서 오른쪽 언덕 위에 있는 보초 쪽으로 턱짓을 했다.

"저놈을 죽일 수 있다면 이 언덕 자락을 비스듬히 달려서 가로지를 수 있어. 왼쪽에서 발견하고 쏘더라도 이렇게 하면 크게 문제는 없을 거야. 당신은 어느 쪽을 택하겠어?"

가지는 히로나카가 첫 번째 방법을 택하기를 내심 바랐다. 단숨에 달려 나간다면 가지 자신은 필시 무사히 건너편 어둠 속으로 숨어들 수 있을 것 같은 생각이 들었다. 그 대신 야마우라는 거의 틀림없이, 데라다는 10중 5는 사살될 것이다. 그런데 만약 보초를 죽여야 한다면 그 위험하기 짝이 없는 역할은 십중팔구 가지가 맡게 될 것만 같았다.

"그렇게 빨리 뛸 수는 없어."

히로나카가 중얼거렸다.

"여기서 저 보초를 쏠 수는 없을까?"

"내가 쏘는 순간 당신들은 뛰겠다는 거야?"

가지는 어둠 속에서 분노로 시커먼 웃음을 흘렸다.

"좋은 생각이지만, 그럼 난 어떻게 되지?"

총소리는 죽음을 불러들이는 것과 같다. 지근거리이지만 어두웠기 때문에 일발필중을 기대하기 위해서는 사격자세를 제대로 갖출 필요가 있다. 그 자세로 발사하고 나서 출발할 때까지의 순간적인 지체 때문에 도로 위의 휘황한 불빛 속에서 가지의 몸뚱이는 알맞은 표적이 될 것이다.

"……어떻게라니, 그럼 어떡할 건데?"

"당신은 하사관이자 중대에서도 손꼽히는 총검술의 명수이니 접근해서 찔러 죽이고 와. 그동안 내가 두 사람을 건너편으로 데리고 갈 테니까."

히로나카는 입을 꾹 다물고 어둠의 일부가 되었다. 결심하기 위해 고민하고 있는 것이 아니라 이제는 절대로 입을 열지 않는 것이 이득이라고 생각한 모양이다.

트럭은 여전히 줄을 지어서 도로를 흰 불빛으로 밝히며 질주해온다. 마치 국력의 차이를 과시하는 듯한 왕성한 수송력이다.

시간은 인정사정없이 흘러간다. 기분 탓만은 아닐 것이다. 산골짜기에 새벽빛이 번지는 것 같았다.

"어떻게 하겠습니까?"

데라다가 초조한 목소리로 속삭였다.

이런 상황에서는 망설이고 있어봐야 호전될 게 없다.

가지는 총을 놓고 탄띠, 수통, 잡낭을 벗어서 몸을 가볍게 했다.

"어떻게 하죠?"

데라다가 다시 한 번 속삭였을 때 가지는 대검을 빼고 있었다.

"내가 실패하든 말든 상관하지 말고 뛰어. 죽기 아니면 살기다."

가지는 언덕을 기어오르기 시작했다.

어둠 속에서 한층 검게 보이는 보초는 일정한 구간을 왔다 갔다 하고 있었다. 3보, 5보, 7보, 그리고 뒤로돌아. 또 3보, 5보, 7보, 멈춰 선다. 뒤로돌아. 적의를 띤 일본 패잔병이 발밑으로 다가오고 있는 줄은 꿈에도 생각하지 못하고 있으리라. 그는 전투를 해봤을까? 해봤다면 어이없는 일본군의 패배에 방심해져 있을지도 모른다. 해보지 않았다면 전투를 하지 않고도 지낼 수 있는 행운이 계속되기를 바라고 있을 것이 틀림없다.

가지는 지면에서 얼굴만 들고 보초의 몸집이 자기보다 큰지 어떤지 가늠해보았다. 보초가 맞은편으로 걸어갈 때는 자신과 같거나 작게 보였다. 자기 쪽으로 올 때는 자기보다 세 치에서 네 치가량 커 보였다.

견디기 힘든 기분을 대지에 문질러 넣듯이 기어간다. 과연 이럴 필요까지 있을까? 보초 아저씨, 우릴 그냥 못 본 척해줘. 우린 그저 평화로운 일상으로 돌아가고 싶을 뿐이야. 죽지도 않고, 포로로 잡히지도 않고, 또 죽이지도 않고 무사히 돌아가고 싶을 뿐이라고. 못 본 척해줘, 난 아무 짓도 하지 않을 테니까. 30초만 어디로 가 있어줘. 30초만 눈과 귀를 막고 있어줘.

3보, 5보, 7보, 뒤로돌아. 가지는 한 치씩 기어간다. 가슴이 터질 것처럼 시끄럽게 뛴다. 밖에서도 분명히 들릴 것이다. 보초가 숨을 들이쉰다. 가지도 숨을 들이쉰다. 보초가 숨을 내쉰다. 가지도 내쉰다. 다가간다. 어떻게 몸을 일으킬까? 3보, 5보, 7보, 보초가 코앞으로 온다. 뒤로돌아다. 가지는 오른다리를 구부리며 한 번 호흡한다. 보초가 다시 온다. 가지는 오른손으로 대검을 움켜쥔다. 어떻게 일어설까? 3보, 5보, 7보, 보초는 멀어져간다. 가지는 왼다리를 구부린다. 어떻게 찌를까? 만약 실패하면? 만약 고함을 지른다면? 보초가 온다. 이쪽 자세는 높아져 있다. 만약 발각되면? 보초가 멈춰 선다. 그러곤 가만히 서 있다. 이상한 낌새를 챈 건 아닐까? 숨이 얼어붙는 영원과 같은 순간. 보초가 돌아섰다. 지금이다! 가지의 온몸을 경련이 훑고 지나간다. 의지의 명령을 몸은 받아들이지 않았다. 3보, 5보, 7보, 보초는 멀어져간다.

틀렸다. 이제 그만두자. 난 도저히 할 수 없다. 날이 밝아서 발각될 테면 발각되라지. 보초 아저씨, 이젠 오지 마. 거기에 그냥 있어줘. 거기에 서 있어. 보초는 맞은편에서 뒤로돌아를 하고 이쪽으로 오기 위해 멈춰 섰다. 도로 쪽에서 육중한 굉음이 울리기 시작했다. 국경에서 밤새 들은 견인차 소리다. 연달아서 오는 모양이다. 점점 강하고, 굵고, 높아진다. 보초는 걷기 시작했다. 3보, 5보, 7보. 그런 다음 뒤로돌아.

보초의 어깨를 두드렸다. 상반신을 뒤로 돌렸을 때 늑골 밑에서 위로 푹, 죽음이 뚫고 들어갔다.

가지는 희생자 위에 쓰러져서 악마의 숨을 토해냈다. 숨은 나오기만 하고 한동안 들어갈 줄 모른다. 잊었다 싶었을 때 폐는 피 냄새를 들이마셨다. 팔다리가 부들부들 떨리며 말을 듣지 않았다.

어차피 난 살인자다. 가지는 피에 젖은 대검을 쥐고 일어났다. 필요하든 필요하지 않든 살인은 살인이다. 열정은 물론 의미도 없었다. 짐승조차 상대를 물어죽일 때는 온몸에 열정을 담아 싸우련만. 가지는 증오도 악의도 없이, 하물며 선의의 목적도 없이, 그저 고작 50미터의 도로 맞은편으로 가기 위해 생전 처음 보는 사내의 어깨를 툭 치고는 푹 찔러 죽인 것이다. 누가 그럴 필요가 있다고 정해놓았단 말인가. 누가 쓸데없는 살인이었다고 비난한단 말인가.

가지는 동료들이 있는 곳으로 내려가서 장비를 다시 착용했다. 세 사람은 잠자코 가지의 신호를 기다리고 있었다.

네 사람이 검은 바람결처럼 뛰어나가서 도로를 완전히 건넜을 때, 왼쪽 언덕에서 요란한 충격이 어둠을 찢었다. 네 사람은 절벽을 미끄러져 내려가서 철도를 뛰어넘어 산자락의 수풀 속으로 몸을 숨길 때까지 머리 위에서 어둠을 찢는 무시무시한 총탄의 신음 소리를 들었다.

9

산마루에 올라섰을 때 날은 완전히 밝았다. 산꼭대기는 거기서부터 평탄한 고원이 시작되고 있었고, 우윳빛 아침 안개 속에서 위험한 낌새는 느낄 수 없었다.

가지는 말없이 계속 걷기만 했다. 데라다는 몇 번인가 가지의 옆얼굴과 피가 묻은 오른손을 훔쳐보더니 도저히 참을 수 없다는 듯 물었다.

"어떻게 해치웠습니까?"

가지는 퉁명스럽게 대꾸했다.

"쓸데없는 건 묻지 마!"

지난 일은 잊어버리고 싶었다. 하고 싶어서 한 것이 아니다. 그 도로를 건너기 위해서는 그 외의 방법은 생각할 수 없었다. 네 사람이 더 멀리 도망가기 위해서는 그 도로를 건너지 않을 수 없었다. 그래서 했다. 하지만 멀리 도망가는 것이 꼭 필요한 일이었다고는 단정할 수 없다. 그냥 더 멀리 도망가고 싶었을 뿐이다. 도망가지 않으면 총에 맞아 죽는다. 그것도 어떻게 될지 모른다. 그저 패잔병의 모든 육체적 기능이 그렇게 믿고 있었던 것에 지나지 않을지도 모른다.

"우린 어쨌든 철도를 건너서 지금 이렇게 걷고 있다. 생각할 거면 앞으로 어떻게 할지부터 생각해."

가지의 걱정은 지금 살인과 양심의 문제에 머물러 있을 수는 없었다.

식량을 손에 넣어야만 한다. 건빵은 이미 다 먹었다. 긴장의 연속이었기 때문에 지금까지 그럭저럭 공복감은 속일 수 있었지만, 뱃속을 쥐어뜯는 듯한 통증이 점점 심해지는 것은 적과는 다른 위험이 다가오고 있는 것을 뜻한다.

"오노데라 병장님은……"

지금까지 몽유병자처럼 비틀비틀 걷기만 하던 야마우라가 불쑥 말을 꺼냈다.

"반장님 옆에서 어떻게 죽었습니까?"

가지의 다리가 그 자리에 얼어붙었다. 히로나카가 비쩍 마른 얼굴에는 어울리지 않게 커다래진 눈을 움직였다. 보초를 죽이고 위기에서 벗어난 뒤로 히로나카는 가지 앞에서 완전히 주눅이 들어 있었다. 그 부담이 이유 없는 적의로 바뀐 것은 뒤바뀐 계급이 그것을 요구하고 있는 것 같았다.

"……가지가 목 졸라 죽였다."

"……가지 상등병님이?"

신음하듯이 말한 야마우라의 목소리를 듣지 않았다면 가지는 히로나카에게 덤벼들었을지도 모른다. 가지는 멈춰 서서 자기를 뚫어지게 바라보고 있는, 아직 어린 티가 가시지 않은 야마우라의 눈을 마주 보았다.

"내가 죽였다, 이 손으로. 그럴 필요가 있었는지 없었는지는 너 좋을 대로 생각해."

미친 오노데라를 데리고 다녔다간 보초들을 돌파할 수 없었을 것이다. 가지는 마음속에서 그렇게 자기변호를 했다. 그렇지만 보초선 돌파가 절대로 필요했다는 증거는 역시 어디에서도 찾을 수 없었다.

그럼 만약 내가 걷지 못하게 되면 역시 상등병님한테 죽임을 당할 것이 틀림없다고 야마우라는 으스스 떨면서 생각했다. 몽유병자 같던 자신을 업어주기도 하고 습지의 풀숲에서 양갱을 한 조각씩 입에 넣어주며 밤새 지켜준 가지와 이 무서운 사내가 어떻게 동일인물일 수 있는지 도저히 이해할 수 없었다.

어색한 공기가 잠시 무겁게 짓누르고 있었지만 네 사람을 기다리고 있는 생각지도 못한 행운이 그 무거운 분위기를 한순간에 잊게 했.

전방에 마치 방공호처럼 쓰다 버린 진지가 있어서 안에 들어가 보니 한 가마니의 쌀과 먼지투성이인 절인 생선이 멍석 위에 흩어져 있었다. 주식과 부식이 맞춤하게 갖춰져 있는 셈이었다. 이것은 이 근방의 숲속으로 숯을 구우러 파견된 병사들이 버리고 간 것인데, 네 사람이 이 넓은 대지에서 하필이면 그곳을 지나가게 되었다는 우연이 뭔가 각별한 의미를 지니고 있는 것처럼 느껴졌다.

네 사람은 잡낭에 넣을 수 있는 만큼 최대한 쌀과 절인 생선을 넣었다. 이제 굶어죽을 걱정은 없다.

이렇게 당황해서 버리고 간 진지가 곳곳에 있을 것이다. 가지는 평소의 그답지 않게 낙관적인 기대를 살짝 품으며 이것이 네 사람의 여행길에 주는 마지막 전별 선물이 될지도 모른다고는 생각조차 하려고 하지 않았다.

그날 오후 늦게 불그스름한 태양이 자못 피로한 듯 고원 끝으로 잠기려 할 무렵, 가지 일행은 병사 하나가 그들이 걸어가는 방향과는 직각으로 교차되는 방향에서 오고 있는 것을 보았다. 그는 날이 저무는 길을 서두르듯 걷고 있었지만 다가왔을 때 보니 생오이를 씹으면서 꽤나 한가로운 표정이었다.

"……어디로 가나?"

고참 병장으로 보이는 그는 히로나카의 하사 계급장을 보고 존댓말을 써야 할지 말아야 할지 잠깐 망설이는 듯하더니 결국 반말로 물었다.

"어디라고 정한 건 아니지만."

가지가 대답했다.

"무단장을 지나갈 생각이야."

상대는 이를 드러내며 웃었다.

"무단장은 저쪽이야."

그러면서 돌아보며 자신이 온 방향을 가리켰다.

"가 봐야 헛일일 텐데. 적들이 벌써 와 있을걸?"

가지는 고개를 끄덕였다. 그것을 예상했던 것은 아니지만, 무단장을 통과할 철도를 가로질러 반나절을 철도 연변에서 멀어지는 방향으로 걸어온 것은 그곳으로 가서 아군과 합류하는 것이 급선무라고도, 의무라고도 결코 생각하지 않았기 때문이다.

"당신은 어떡할 생각이야?"

"조선 쪽으로 가 보려고."

그는 주머니에서 오이를 하나 더 꺼내 들고는 씩 웃었다.

"조선은 만주보다 일본에 가까우니까."

"원대는?"

히로나카가 입을 열었다.

"원대란 것이 어제까지는 있었지만……"

병장은 거기까지만 말하고 오이를 크게 한입 베어 물고 맛있다는 듯 우적우적 씹으면서 얼버무렸다.

"조만 국경은 조심하는 게 좋아."

가지가 말했다.

"김일성의 성역이니까 일본 육군 따위는 별로 환영받지 못할 거야."

"그럴까?"

그는 불안한 빛을 보였지만 오래가지는 않았다.

"나 같은 놈은 군기를 잡는 병장도 될 수 있지만 굽실거리는 장사치도 될 수 있거든."

넉살 좋게 웃으면서 그렇게 말하는 것이었다.

"빨갱이한테 가면 빨갱이인 척하면 되지. 동지란 말을 중국어와 조선

어로 뭐라고 하는지 모르지?"

"중국어로는 통즈, 조선어로는 동무야."

"통즈와 동무라……. 아무튼 고맙군. 이것만 알고 있으면 어떻게 되겠지. 통즈와 동무. 그럼 잘 가게. 통즈와 동무."

그는 씩 웃고 나서 갔다.

"……어이없는 놈이군."

가지는 쓴웃음을 지으며 그의 뒷모습을 바라보았다. 그는 끝을 알 수 없는 낙천가임이 틀림없다. 얼치기 좌익사상을 가지고 있는 가지 따위는 도저히 무서워서 다가갈 수 없는 항일 지역을 그는 통즈와 동무라는 말로 어떻게 될 것이라고 믿고 있다.

"저놈, 탈영병이야!"

히로나카가 나지막하게 신음하듯 말했다.

"관등성명을 물어볼 걸 그랬어."

"물어봐서 어쩌려고?"

가지가 멀리 사라져가는 사내의 뒷모습에서 히로나카 쪽으로 시선을 돌리며 물었다.

"아군에 합류하면 보고해야지."

"바보 같은 놈!"

가지는 노골적으로 비웃었다.

"무단장조차 이렇게 빨리 함락된 걸 보면 아군은 전부 패주하고 있다는 생각은 안 들어? 관동군은 궤멸했단 말이야."

"바보라니 무슨 말버릇이야?"

히로나카는 퍼렇게 노기를 띠며 땅에 떨어진 하사관의 권위를 회복하려고 했다.

"너한테 이번 행동의 지휘를 맡긴 것은 네가 지리에 밝기 때문이다. 난 아직 하사관이야. 하사관을 모욕하는 건 용서할 수 없어!"

"알겠습니다, 반장님."

가지도 서슬이 퍼런 분노를 드러냈다.

"하지만 이번 행동의 지휘자는 어디까지나 나야. 하사관 행세는 집어치워! ……말이 나온 김에 여기서 확실히 해두겠는데, 데라다와 야마우라도 잘 들어라. 난 아군이 무단장 저항선을 이렇게 빨리 포기했다는 것은 관동군이 사실상 붕괴되었다는 것을 의미한다고 판단한다. 따라서 난 이제 아군과 합류하는 것은 생각하지 않을 거야."

"……어떻게 하려고요?"

데라다가 당혹한 표정으로 히로나카와 가지를 번갈아 보았다.

"……돌아가는 거야, 집으로."

이렇게 말했을 때는 지도상에서 결코 잊은 적이 없는 한 지점으로 굵은 직선을 단숨에 그은 것처럼 명확한 군적 이탈의 결의가 새로운 열정으로 끓어오르고 있었다.

"난 어떤 장애에 부딪혀도 모두가 각자의 생활로 돌아갈 수 있도록 최대한 노력할 거다. 그것이 싫은 자는 이 자리에서 떠나라. 나중에 싸우긴 싫다. 지금 여기서 결정하자. 어때?"

세 사람은 나무토막처럼 잠자코 서 있었다. 야마우라는 고향의 일상으로 돌아가거나 개척단으로 돌아가는 것을 생각하면 기쁨으로 가슴이 터질 것 같았지만 가지를 따르는 것이 탈영 죄가 되지 않을까 두려웠다.

데라다에게 가지의 의지 표시는 명백하게 비국민의 불온한 획책으로 들렸다. 히로나카가 반격하지 않는 것이 못마땅해서 견딜 수가 없었다. 그러면서도 쇄도하는 탱크로부터 자기를 구해주기도 하고, 묵묵히 보초를 찔러 죽이러 간 가지에게 기대고 싶은 마음도 든다. 정말로 관동군은 붕괴된 것일까? 이런 사람과 행동을 함께했다가 훗날 인생의 오점으로 남는 것은 아닐까?

히로나카는 전투 말미부터 보인 가지의 언동을 다시 생각해보고, 가지의 계획적인 반역에 말없이 따른 자신의 비열함에 절망적인 후회를 맛보았다. 어디서든 잃어버린 위엄을 회복해야 한다는 초조함이 침착함을 잃은 눈동자의 움직임에 나타나 있었다.

세 사람은 잠자코 있을 뿐 독자적인 행동으로 옮기려고 하지 않는 것은 위험과 미지에 가로막힌 도피 행각을 단신으로 뚫고 나갈 자신이 없었기 때문이다. 가지에게도 자신이 있다고는 말할 수 없었다. 가지를 다른 세 사람과 구별하고 있는 것이 있다면 가지는 다른 세 사람이 군대 생활에 충실하게 임하고 있을 때 삶에 대한 집념을 단련하고 있었던 것인지도 모른다.

"……어딘가에서 아군 부대와 만날 때가 있을 거야."

가지가 조용히 말했다.

"그때 합류하고 싶은 사람은 합류해도 돼."

"해도 되는 게 아니라 해야 하는 거다."

히로나카가 격렬한 어조로 말했다.

"병 일반의 마음가짐을 무시하는 것은 용서하지 않겠다!"

"병 일반의 마음가짐이라."

가지는 비웃었다.

"당신이 내무반에 돌아갈 일이 있다면 그렇게 말해보시던가. 이런 경우에 무시하는 것을 용서하지 않는 것은 패잔병의 마음가짐이야. 군대에 미련이 있다면 당신이 이 두 사람을 데리고 어디로든 가란 말이야!"

데라다와 야마우라는 얼굴을 마주 보았다. 당황하는 기색이 역력한 그들의 표정을 보고 히로나카는 입을 쭉 내밀고 아무 말도 하지 않았다. 히로나카는 두 부상자를 데리고 목적지도 없이 적중을 돌파할 만한 기력도 열정도 없었던 것이다.

가지는 히로나카에게 한 발짝 다가갔다. 그러더니 아무렇지도 않게 손을 뻗어 느닷없이 히로나카의 한쪽 계급장을 잡아 뜯었다.

"히로나카 반장, 내가 당신을 반장이라고 부르는 것은 엊그제까지의 습관이 남아 있어서다. 또 군이니 씨니 하지 않는 것도 어감이 좋지 않기 때문이다. 단, 그뿐인 줄 알아라. 당신이 아군에 합류하는 것은 당신 맘이지만 그때 나한테 병 일반의 마음가짐을 적용하려고 한다면 이걸 먹을 줄 알아라."

가지의 총구가 히로나카의 가슴을 정면으로 겨누었다.

"난 선두에서 걸을 테니까 누구든 날 뒤에서 쏠 수 있을 거다. 하지만 지금 날 쏜다면 손해다. 그동안 차차 내 마음도 알게 될 거다."

네 사람은 가지를 선두로 하여 어두워지기 시작한 고원을 묵묵히 걷기 시작했다.

10

정밀하게 그려져 있는 지도를 가지고 있었다면 가지는 결코 그 길을 선택하지는 않았을 것이다. 가지에게는 머릿속에 단순한 지도가 있었다. 그 지도에 서남쪽으로 굵은 직선을 하나 그어놓았다. 그 선 위에 산이 있으면 넘고 강이 있으면 건너간다. 이 경우 생명이란 단지 그런 의지뿐이었다.

가지는 만주를 꽤 자세히 알고 있다고 생각하고 있었다. 넓이는 물론 지리 또한. 그것이 자만심에 불과하다는 것을 가르쳐준 것이 전방에 깊숙이 가로누워 있었다.

고원을 내려가 숲속으로 들어갔을 때 가지는 자신의 튼튼한 다리를 과신하며 이 숲은 하루면 통과할 것이라고 예상했다. 식량은 있고, 저지대라 물 걱정도 없다. 필요한 것은 언제 맞닥뜨릴지 모르는 위험을 없애는 것뿐이다.

얼마 걷지도 않아서 어두컴컴해진 것은 시간이 지났기 때문이 아니라 울창한 밀림이 햇빛을 가로막고 있었기 때문이다. 사방으로 뻗어 나간 나뭇가지는 마치 바리케이드처럼 네 사람의 발길을 막고 있었다. 지면을 뒤덮고 있는 낙엽은 오랜 세월을 두고 쌓이고 썩어서 아직 인간이나 짐승의 발에 밟힌 적이 없는 듯 푹신푹신했다.

그들은 그 근방에서부터 길을 잃고 의외로 깊은 숲에 둘러싸인 자신들을 새삼 깨달았다. 그래도 아직 불안이나 걱정은 일지 않았다. 오히려 적에게 발각될 염려가 없는 만큼 마음이 편안했다.

같은 상태가 하루 종일 이어졌다. 어디를 봐도 나무의 바다는 모양을 바꾸지 않았다. 비슷해 보이는 나무의 모양과 울창함이다. 허리를 구부리고 나무 사이를 빠져나가기도 하고, 큰 나무의 뿌리를 밟고 넘어가기도 하고, 옆으로 곧게 뻗은 가지 밑으로 지나가는 동안 방향을 잃고 같은 곳을 헤매고 있는 듯한 착각이 들기 시작했다.

"가지, 숲에서 나갈 수 있겠어?"

후미에서 히로나카가 먼저 불신에 찬 목소리로 물었다.

"방향은 어때?"

"여긴 내 땅이 아니야."

가지는 뒤도 돌아보지 않고 내뱉듯이 말했다. 정상적인 감각을 잃지 않는 한 걸어서 나갈 수 없는 미로는 실재하지 않는다고 믿고 있다. 단, 방향만은 어쩐지 불안했다. 해는 이미 서쪽으로 기울 시간이지만 어디가 서쪽인지 짐작이 가지 않았다. 사방이 비슷하게 밝고 비슷하게 어둡다. 아까 큰 나무 사이를 왼쪽으로 돌았으니까 이번엔 오른쪽으로 조금 간다. 아까는 몸을 오른쪽으로 틀었으니까 이번엔 왼쪽으로 조금 수정한다. 그렇게 대략적으로 방향을 잡으며 간다고 생각하고 있었지만, 어딘가에서 한 번 방향을 잃었다면 이미 모든 게 엉망이 되어버렸을지도 모른다.

"물소리가 납니다."

야마우라가 말했다.

가지에게는 아직 아무 소리도 들리지 않았지만 산골에서 자란 소년병은 부상당한 몸으로도 민감하게 알아들었다. 야마우라가 가리킨 쪽으로 잠시 가 보니 삼림을 헤치고 흐르는 개울이 있었다.

"네 귀를 나한테 좀 빌려줘라."

가지는 웃었다.

"이놈이 어디로 가고 있는지 귀나 코로 알 수 있으면 좋으련만."

개울이 쓸데없이 흐르지는 않을 테니 그것을 따라가면 북쪽으로든 남쪽으로든 나갈 수 있다.

"조금 더 가 보자. 아직 밝으니까."

가지는 거기서 당연히 숙영할 것이라고 생각하고 있던 세 사람을 재촉하며 앞장서서 걸었다.

개울가에는 나무가 별로 없고 대신 풀이 무성했다.

그 풀숲에서 느닷없이 비명소리가 들려서 가지는 깜짝 놀랐다. 풀숲에 숨어 있던 열두세 명의 민간인 남녀가 총을 겨누고 걸어오는 가지 일행을 적군으로 착각하고 겁을 먹었던 것이다. 그들은 가지 일행이 같은 일본인이라는 것을 알자 일제히 간절함인지 희망인지 분간이 가지 않는 얼굴로 네 사람을 지켜볼 뿐 아무도 말을 하지 않았다. 모두 지칠 대로 지쳐 있는 것 같았다.

"여기엔 언제부터?"

가지가 묻자 민간인 사이에 섞여 있던 두 병사가 겨우 일어서서 다가왔다.

"오전이었던 것 같아. 너무 많이 쉬었더니 이제 움직일 수가 없게 됐어."

그의 말로는 국경 마을에서 피난하다 길을 잘못 잡아 이 밀림지대로 들어왔다는 것이다. 지금은 이미 체력과 기력을 모두 소진한 듯했다.

"국경에서 수송 사령관의 지휘로 군인과 민간인이 함께 피난했지만 걷는 속도가 다르고 먹을 것도 부족해져서 도중에 헤어졌네."

나이가 들어 보이는 일등병이 지친 목소리로 말했다.

"우리 두 사람은 낙오돼서 이 사람들과 함께 있게 됐지."

다른 한 명의 일등병이 말했다.

"부대는 먼저 갔는데 그들도 어떻게 됐는지 모르겠어."

"버려진 거예요. 군인 아저씨들은 다리 힘이 약한 사람들을 버리고 갔어요."

젖먹이에게 젖을 물리고 있던 여자가 갑자기 흐느껴 울며 말했다.

"함께 데리고 가 주세요, 군인 아저씨."

"먹을 게 있으면 아무 거라도 좀 나눠주실 수 없을까요?"

중년의 사내가 굶주린 들개가 매달리는 듯한 눈으로 가지를 올려다보았다.

"벌써 닷새나 변변히 먹지 못했습니다."

가지는 고개를 돌리고 끄덕였다.

"윗도리든 뭐든 거기 펴놓으세요."

그가 풀 위에 윗도리를 펼치자 가지는 세 사람의 잡낭에서 쌀을 다 쏟아놓게 했다. 여자들은 괴상한 소리를 지르며 쌀을 쏟아놓은 곳으로 기어왔다. 저마다 손을 들이밀고 한 손에 든 쌀을 다른 손으로 차르르 쏟아보기도 하고 쓰다듬기도 한다. 그들에게 그것은 더 이상 식량이 아니었다. 그들은 흡사 그 어떤 것과도 바꿀 수 없는 보석을 만지는 듯했다.

"이렇게 받아도 될까요?"

아이를 안은 여자가 눈물에 젖은 눈으로 올려다보았다.

"우리가……"

히로나카가 불안한 듯 말을 꺼내자 가지가 가로막았다.

"우린 어떻게 되겠지요. 내 잡낭에도 아직 있고. ……서로 도와야지요, 이럴 때는."

어떻게 되겠지. 가지는 아직도 앞날을 낙관적으로 생각하고 있었다. 굶주린 사람들을 보고 쌀을 아까워하지 못하는 것도 기아의 위험을 아직 자기들의 운명 앞에서 실감하지 못했기 때문이다.

밀림이 어둠에 묻힐 무렵, 갓 지은 밥에서 달콤한 냄새가 피어오르고, 사람들의 감사와 기쁨의 목소리가 땅 속에서 솟아오르는 거품처럼 주변으로 퍼져나갔다.

가지는 얼마 남지 않은 담배를 손으로 에워싼 채 피우면서 내일이면 시작될 고난의 행군을 상상했다. 다리 힘이 약한 민간인들을 데리고 걷는 것은 확실히 보통 일이 아니었다. 가지 일행뿐이라면 닷새에 돌파할 수 있는 곳도 그들과 행동을 같이하면 열흘은 걸릴 것이다. 그렇다고 못 본 척 버리고 갈 수도 없지 않은가.

"······이제야 살겠네요."

어둠 속에서 여자의 목소리가 들렸다.

"지옥에서 부처님을 만난다는 게 이런 걸 거야."

사내가 말했다.

"국경 부대가 먹을 것은 아무것도 주지 않고 우릴 버리고 갔을 때는 속이 뒤집힐 것 같더니······."

"다행이구나! 오늘 밤엔 젖이 듬뿍 나오겠어."

아이 엄마가 젖먹이에게 말하고 있는 것이 어둠 속에서도 눈에 보이는 듯했다.

"······어쩔 거야? 데리고 갈 거야?"

"생각 중이야. 버리고 가면 이 사람들은 다 죽어버릴지도 몰라······."

말이 끊기고 가지의 입 앞에서 담뱃불이 빨갛게 타올랐다. 난처해도 데리고 가야 할 것이다. 만약 미치코가 이런 상황에 처해서 하늘같이 믿던 군인들에게 버려진다면 얼마나 서글플까?

갑자기 한 여자가 소리쳤다.

"뭐예요? 군인들이 당신들한테만 쌀을 준 건 아니잖아요?"

그러자 사내가 말했다.

"너희들은 처음부터 먹을 걸 아예 가지고 오지 않고 다 우리한테 얻어먹기만 했잖아!"

"맞아요!"

다른 여자가 화난 말투로 쏘아붙였다.

"좀 사양하면 얼마나 좋아! 다 함께 걷고 있을 때는 군인들한테 들러붙어서 아양이나 떨더니. 우린 말이야 갓난아기한테 젖을 물릴 것까지 당신들한테 나눠주었다고!"

"……왜 저렇게 시끄러워?"

가지는 민간인과 함께 있던 군인들인 히키타와 이데에게 물었다.

"위안소 여자가 두 명 섞여 있어."

히키타가 대답했다.

"부대와 같이 있을 때 저 두 사람은 군인들의 노리개 노릇을 하며 감미품을 받아먹기도 했거든. 그걸 민간인들이 샘이 나서 부대와 떨어지고 난 뒤로 저 둘을 아예 따돌려버렸어."

"……군인 아저씨들한테 판결을 내려달래야겠다. 가자, 우메코!"

두 매춘부가 가지의 담뱃불을 향해 다가왔다. 시큼한 여자의 체취가 가지의 코를 찔렀다. 사내들의 땀 냄새와는 전혀 다른 것이었다.

"군인 아저씨, 우린 창녀라서 밥도 같이 먹을 수 없다네요!"

"뭐야, 저 새끼들!"

다른 한 명이 욕했다.

"로스케에게 강간당할 것 같은 위험이 있을 때만 우릴 이용해먹고."

"시끄럽게 굴지 마시오."

가지가 말했다.

"있는 걸로 골고루 나눠먹으면 되잖아. 여기 앉아서 먹어요."

"저 계집년들은 말이죠, 군인 아저씨."

다른 사내의 목소리가 들렸다.

"도망 나올 때부터 남의 물건만 노리고 있었습니다!"

"그게 어쨌다고요!"

언니뻘 되는 쪽이 흥분해서 일어서려고 했다.

"가지고 나오고 싶어도 아무것도 가지고 나오지 못한 사람은 그럼 어쩌란 거죠?"

가지는 일 바지에 손을 뻗어 끌어 앉혔다.

"잔말 말고 먹어! 싸울 거면 우린 전부 다 버리고 가겠다."

그 말에 모두 잠잠해졌다. 캄캄한 어둠 속에서 타다 남은 모닥불이 이따금 숨을 쉬듯이 빨갛게 타올랐다가 사그라지곤 한다.

밀림 속에서는 날이 늦게 밝는다. 가지가 잠에서 깼을 때는 아직 어두웠다. 잠에서 깬 것과 동시에 의식을 점령한 것은 방향 유지였다. 개울을 따라가면 어디로든 나갈 수 있을 테지만, 그것이 생각지도 못한 방향이면 곤란하다. 민간인들도 남만주를 목표로 하고 있다. 이 지점에서는 아마도 서남쪽으로 방향을 잡아야 할 것이다. 별도 보이지 않고, 태양도 보이지 않고, 나침반도 없지만 그래도 서남쪽 방향만은 확실하게 알아야 할 필요가 있다.

가지는 낙엽과 풀이 깔린 잠자리에서 일어나 주위를 어슬렁어슬렁 돌아다녔다. 매우 난감했다. 30년 동안 쌓아온 지혜를 총동원해봐도 이 밀림 속에서는 동서남북조차 판단할 수 없다. 어슬렁어슬렁 돌아다니다 어두운 나무의 바다 밑바닥에서 위를 올려다보며 아침 햇살이 어디에서 흘러드는지를 알아내려고 했지만 새벽빛은 먹물을 흩뿌려놓은 듯 우듬지 사이로 퍼져 나가고 있을 뿐이었다.

그러는 도중에 가지는 요의尿意를 느끼고 굵은 나무뿌리에 오줌을 누었다. 그 나무줄기를 양손으로 끌어안듯이 만진 것은 어떤 의미가 있어서가 아니라 그저 오줌을 누기 위한 동작에 지나지 않았다. 다음 순간 가지의 손은 바쁘게 나무껍질을 더듬기 시작했다. 줄기의 한쪽이 약간이지만 차갑고 축축했다. 이끼가 돋은 모양도 다른 쪽과는 약간 달랐다.

가지는 다음 나무로 옮겨서 똑같이 해보았다. 같은 동작을 다시 두세 그루의 나무줄기에 되풀이해보았다. 어느 것이나 같은 방향에 같은 감촉이 있었다. 그렇다면 필시 차갑고 축축한 쪽이 북쪽일 것이다. 만약 그것이 틀림없다면 서남쪽은 저절로 정해지게 된다.

가지는 더 이상 망설이지 않았다. 아직 어두운 나무 사이에서 엷은 미소조차 띠고 있었다.

  날이 완전히 새서 출발할 때 가지가 개울에서 떨어져 나무들 사이로 뛰어 들어가는 것을 보고 히로나카가 말했다.

"개울을 따라서 가는 게 아니었나?"

"그쪽으로 가면 수십 일이 지나야 조선이야. 우린 이쪽으로 간다."

11

  이틀을 걸었는데도 밀림에서 벗어날 수 없었다. 마음은 점점 초조해졌지만, 튼튼한 다리를 믿고 내키는 대로 걸음을 서두를 수만은 없었다. 다리 힘이 약한 여자들이나 아이들이 뒤처지는 것을 서서 기다리기도 하고, 다시 후미로 돌아가서 일행을 독려하기도 하고, 조금씩이나마 휴식도 취해야 했기 때문에 행군은 좀처럼 진척되지 않았다. 게다가 방향을 일정하게 유지하기가 쉽지 않았다. 사방으로 가지를 뻗은 나무 사이를 헤치고 나아가려면 걷기에 수월한 틈새를 찾아 이리저리 방향을 바꿔가며 가야 했기 때문에 걸핏하면 방향이 틀어졌다.

  사흘째 되는 날에도 밀림은 사람들을 놓아주지 않았다. 식량도 떨어졌다. 가지의 잡낭에 5홉 정도의 쌀이 남아 있을 뿐이다. 인가에서 멀리 떨어진 밀림에는 식용할 만한 풀조차 없다. 이따금 큰 나무를 타고 올라간 머루덩굴에서 파란 열매를 발견하면 사람들은 다투어 따 먹었다. 그러나 입 안이 마비될 정도의 신맛이 오히려 식욕을 자극해서 사람들은 뱃속이 뒤집힐 것 같은 허기에 고통스러워했다.

밀림 속에 풍부하게 있는 것은 빛깔이 선명한 버섯류뿐이었다. 보기에도 맹독을 지닌 것 같은, 그러면서 또 보기에 따라서는 식욕을 자극하는 색채이기도 했다.

"버섯만은 절대로 먹지 마라."

가지는 자신에게 주의를 주고, 사람들에게도 거듭 말했다.

"머루 잎이라면 독은 없을 테니 삶아서 먹자."

하지만 도저히 목구멍으로 넘길 만한 것이 아니었다.

"빌어먹을! 쓸데없이 거치적거리는 것들을 데리고 가니까 이런 꼴이 되지."

히로나카가 바짝 마른 얼굴에 눈을 희번덕이며 가지를 보면서 야마우라에게만 들리도록 혼잣말을 했다.

가지는 말은 들리지 않았지만 희번덕이는 시선의 의미만은 확실히 느낀 듯 역시 날카로운 표정을 히로나카에게 돌렸다. 히로나카는 악의에 찬 시선의 교환에 초조해져서 날카롭고 말라서 갈라진 목소리로 말했다.

"가지, 어차피 없어질 거 아냐. 마지막 쌀로 미음을 만들어 먹자고. 이러다간 다 뻗어버리겠어."

모두들 기대에 찬 얼굴로 가지의 눈치를 살폈다.

"……안 돼."

가지는 망설이듯 몇몇 얼굴을 둘러보다가 갑자기 냉혹해졌다.

"이건 이 밀림을 벗어날 가망이 있을 때가 아니면 모두 나란히 누워서 죽을 때 외에는 쓰지 않을 거야."

가지는 장비를 풀어놓고 총만 들고 히로나카와 데라다를 데리고 먹을 것을 구하러 나섰다. 가지는 나뭇가지를 보면서 걸었다. 새를 찾고 있었다. 데라다는 땅을 보면서 걸었다. 뱀이나 들쥐류를 찾기 위해서다. 히로나카는 흰자위만 번뜩이면서 아무것도 찾지 않았다. 그는 싸우다가 죽지 못한 것을 후회하기 시작했다. 국경 병영에서는 하사관실에 버티고 앉아 가져오는 밥상을 받고, 밤이면 밤마다 술을 마실 수 있는 특권과 자유가 있었다. 지금은 어떤가. 2년병인 상등병에게 지휘권을 빼앗기고 이 밀림에서 나뭇잎을 먹고, 뱀이나 쥐를 찾아다녀야 한다. 이럴 바엔 차라리 싸우다 죽는 게 훨씬 낫지 않았을까?

가지는 새를 잡아서 모두를 행복하게 해줄 수 있다고 생각하고 있었다. 그런데 그 새가 한 마리도 없었다. 새조차 살지 못하는 곳인 모양이다. 그런 곳에서 인간이 먹을 것을 찾는다는 것은 쓸데없는 짓일지도 모른다.

고개를 숙이고 걸어가던 데라다가 말했다.

"상등병님, 달팽이는 먹을 수 있습니까?"

새를 찾느라 정신이 팔려서 가지는 미처 보지 못했지만, 달팽이는 나뭇잎 뒤와 작은 나뭇가지에 군데군데 붙어 있었다.

"독은 없을 거야. 아이들이 장난감으로 갖고 놀 정도니까."

크고 작은 달팽이를 3, 40마리 잡은 것이 수확의 전부였다.

불에 구운 달팽이를 나눠주자 히키타가 맨 먼저 탄성을 질렀다.

"맛있다!"

정말로 눈을 감은 사람의 입에 넣어주면 무슨 조갯살로 착각할지도 모를 맛이었다. 그래도 여자들은 손바닥 위에 올려놓은 두어 개의 달팽이를 꺼림칙하게 들여다보고 있다가 서글퍼져서 우는 사람도 있었다.

"사진사 아주머니."

히키타가 말을 걸었다.

"도미 회나 비프스테이크 같을 순 없어요."

"그도 그렇겠구먼."

마른 나뭇가지처럼 야윈 늙은 교사가 역시 깡말라서 늘 말이 없는 아내에게 엷게 웃어 보였다.

"어디 하나 먹어볼까?"

"관동군만 똑바로 해줬으면 됐잖아!"

처음에 가지에게서 쌀을 받았던 잡화점의 중년 사내가 말했다.

"민간인은 관동군을 믿고 안심하고 생업에 종사하라더니 이게 무슨 꼴이냐고?"

"우린 싸웠어!"

데라다가 얼굴이 벌게져서 소리쳤다.

"당신들은 재산을 잃었는지 모르지만 우린 160명이 네 명이 될 때까지 싸웠다고."

"그렇다곤 해도 여자나 아이들 정도는 미리 대피시켜줄 수 있지 않았나요?"

그 장사치의 아내가 아이를 안고 원망스럽다는 듯 말했다.

"우린 군인들을 위해서 충분히 했다고 생각하는데……."

"돈푼깨나 들어올 때만 겨우 생색이나 내놓고, 무슨 개소리야?"

나이가 많은 창녀가 비꼬았다. 식사 때의 차별대우에 대한 분풀이였다.

"아무리 으르렁거려봤자 더 이상 먹을 건 없소."

가지가 험악한 눈빛으로 말했다.

"출발이다."

밀림 속을 기다시피 하는 난행군이 계속되었다. 한 시간도 되지 않아 민간인들은 나무에 가려 보이지 않게 되었다.

가지가 멈춰 서자 히로나카가 말했다.

"이봐, 가지. 돌봐주려고 들면 끝이 없어."

실제로 그들을 끝까지 돌봐주기는 어려울 것 같은 느낌이 가지의 마음속에서도 점점 강해지고 있었다. 걸음을 멈추고 기다려주어도 그들이 정처 없는 노정을 마지막까지 버텨줄지도 의문이었다. 어차피 나중에 버릴 거라면 여기서 버리고 가도 마찬가지가 아닌가. 누구나 자기 목숨을 지키기 위해 걷고 있다. 그것만으로도 힘에 부친다. 거치적거리는 사람들을 버리지 않으면 다 같이 죽을지도 모른다.

가지는 자신의 마음속에서 냉정함이 점차 세력을 넓혀가는 것을 의식하자 헐떡거리며 뒤따라오는 사람들 중에 미치코가 섞여 있다고 상상하려고 했다. 기다려주세요. 버리지 말아요. 그들은 저마다 아득한 전방에 누군가의 환영을 그리며 그렇게 말하고 있을 것이다.

"가지 씨 갑시다."

이데가 말했다.

"가서 뭐라도 먹을 걸 찾자고. 저들과 같이 죽는다는 건 말도 안 돼."

"저들이 먹을 걸 갖고 있었다면 넌 그렇게 말하지는 않았겠지?"

가지는 되돌아가기 시작했다.

두 창녀가 땀을 뻘뻘 흘리면서 다가왔다.

"기다려주셨군요."

나이가 많은 다쓰코가 거의 알아들을 수 없을 정도로 헐떡거리며 말했다.

"의외로 강하군, 당신들."

"군인 아저씨들한테 버림받으면 끝장이니 어쩔 수 없죠."

가지는 두 여자를 그 자리에서 쉬게 하고 되돌아갔다. 사람들은 아직 걷고 있었다. 터벅터벅 걷고 있었다. 전봇대만 한 굵기의 나무가 넘어져 있어도 그것을 밟고 넘을 힘조차 없어서 손을 짚고 네 발로 기어서 겨우 넘었다. 손가락으로 튕겨낼 만한 자갈에 걸려도 몸을 가누지 못하고 넘어졌다. 그렇게 헐떡거리면서 터벅터벅 걸어온다.

석탄 도매상을 했다던 쉰 내외의 사내는 어린 딸을 등에 업고 아내의 손을 끌고 왔다.

"어디까지 가는 거요?"

가지의 얼굴을 보지도 않고 화난 것처럼 말했다.

"극락 따윈 어디까지 가든 없수다."

그게 내 탓이란 말이야? 가지는 잠자코 있었다.

잡화상 부부가 둘 다 아이를 업고 왔다.

"군인 아저씬 좋겠어요, 아이가 없어서. 그렇게 빨리 걸어서야 어디 따라가겠습니까?"

"빨리 갈 필요가 있으니까요!"

가지는 내뱉듯이 말했다.

"나흘은 버텨도 닷새는 버티지 못할지도 모르니까요."

그렇다. 앞으로 이삼 일은 버틸 수 있을 것이다. 그 이상은 가지도 자신이 없었다.

사진사의 가족과 늙은 교사 부부는 걸어온다기보다도 반 실신 상태가 되어 비틀거리고 있었다. 사진사는 원래 몸이 허약한지 아내 혼자서 세 아이를 등에 업고 양손에 끌고 오고 있었고, 그 뒤에서 남편이 비틀거리며 따라오고 있었다.

"……군인 아저씨, 죽었죠? 등에 업은 아이가 죽었나요? 네?"

여자는 신음하듯 중얼거리며 가지 앞에서 업은 아이를 흔들었다. 아이의 목이 건들거렸다. 얼굴은 흙빛이었다. 자고 있는지 죽은 건지 알 수 없었다. 손을 잡고 있는 두 아이는 죽은 생선처럼 뿌연 눈을 하고 다리만 저 혼자서 움직이고 있었다. 아이들의 아버지는 이미 가장이기를 포기했고, 아내만이 아직 남아 있는 삶의 의지에 힘겹게 끌려오고 있을 뿐이었다.

늙은 교사 부부는 손을 잡고 있었다. 번갈아가며 넘어지고 비틀거릴 때마다 잡은 손이 떨어졌지만 서로 부축해서 일어서면 또 반드시 손을 잡았다.

"당신 혼자 죽게 내버려두진 않으리다."

늙은 교사가 중얼거렸다.

"수고가 많습니다."

가지에게는 인사를 했다.

"늦어서 미안하오. 나이를 당할 수가 없구려……."

그러더니 또 아내에게 중얼거렸다.

"어디서 쓰러져 죽은들 뭐 어떻겠소? 내가 당신 곁에 있는데."

가지는 갑자기 가슴이 울컥해서 나뭇가지를 올려다보았다. 눈물을 참으려고 그랬지만 어느새 눈물은 양 볼을 타고 흘러내렸다. 무한한 힘을 가지고 싶었다. 이 사람들을 한 명도 빠짐없이 안전지대로 데리고 갈 때까지 마법의 힘을 신께 청하고 싶었다.

12

시냇물이 군데군데 있는 것이 그나마 다행이었다.

시냇물 곁에서 불을 피워 풀을 삶았다. 먹을 수 있든 없든 그것밖에는 굶주림을 달랠 길이 없었다.

　사람들의 시선과 마주칠 때마다 가지는 자신의 잡낭에 들어 있는 약간의 쌀 때문에 원망을 듣는 듯한 느낌을 받았다. 언제쯤 내놓을 작정이냐? 죽으면 먹을 수 없다고. 너만 몰래 혼자서 먹을 생각이지?

　차라리 5홉도 되지 않는 쌀로 미음을 끓여서 다 같이 마셔버릴까? 그 후엔 운에 맡기는 거다. 가지는 끈끈한 침을 삼키며 참았다. 이런 걸음으로 가다간 밀림을 언제 벗어날지 모른다. 그렇다고 이것이 절망적이라고는 생각하지 않는다. 이 쌀은 마지막 희망이다. 마지막은 아직 오지 않았다. 버티지 못하고 죽는 자를 위해 삶의 마지막 희망을 잃을 수는 없다.

　여자나 아이들은 풀을 먹고 나서 토하기 시작했다. 사내들은 삼킬 때마다 눈을 꼭 감았다. 모든 의지를 집중시키지 않으면 도저히 목구멍을 넘어가지 않았다.

　"찹쌀떡이 먹고 싶다."

　히키타가 중얼거렸다.

　"여자의 엉덩짝만 한 놈을 말이야!"

　음탕한 비유였지만 아무도 웃지 않았다. 웃기는커녕 여자의 엉덩이처럼 큰 하얀 찹쌀떡은 그들에겐 지금 꿈이자 신이었다.

　가지는 찹쌀떡 대신 노르스름하게 튀긴 도넛을 상상했다. 도넛을 특별히 좋아하는 것은 아니다. 미치코가 그것을 언젠가 만들어주었기 때문이다.

"어서 드세요."

미치코는 도넛 접시를 가지 쪽으로 내밀며 행복한 듯 미소를 지었다.

"귀한 거예요. 밀가루와 설탕을 좀 얻었어요."

그날 밤 미치코는 그렇게 말했다. 그러고 나서 가슴속에 모래가 날아든 것처럼 뒷맛이 좋지 않은 말다툼을 벌였는데, 왜 그것이 지금 이리도 풍요롭고 행복한 추억으로 되살아나는 것일까? 도넛은 눈앞에 산더미처럼 쌓여 있었다. 자, 드시고 싶은 만큼 실컷 드세요. 가지는 어둠 속에서 꿀꺽 침을 삼켰다.

미치코, 당신은 또 날 위해 도넛을 만들어주겠지? 나 지금 배가 너무 고파. 끔찍할 정도로 배가 고프다고. 솔직히 말할까? 얼마 안 되는 이 쌀을 나 혼자서 먹을 수 있도록 다른 사람들은 전부 죽어주었으면 좋겠어.

"……어머님은 말이죠, 상등병님."

데라다가 불쑥 말했다.

"내가 단팥죽을 좋아한다고 단팥죽만 만들어주면 좋아하는 줄 아셨어요. 그야말로 사흘이 멀다 하고 만들어주셨죠. 나중엔 단팥죽이라면 꼴도 보기 싫어졌지만 먹지 않으면 불효를 저지르는 것 같아서 몰래 버리곤 했어요. 그러면 또 어머, 벌써 다 먹었니? 하시는 거예요. 지금 생각하면 참 아까워요."

야마우라의 뱃속에서 꼬르륵거리는 소리가 가지에게도 들렸다.

"찬밥에 식은 된장국이라도 좋으니까 한 대접 말아서 실컷 먹어봤으면 정말 원이 없겠다!"

이데가 침을 꿀꺽 삼키며 말하자 어둠 속에서 날카로운 사내의 음성이 날아왔다.

"거 먹는 이야기 좀 그만합시다. 그렇지 않아도 배가 고파 죽을 지경인데!"

목소리로 봐서는 잡화상 사내 같았다.

"자자."

가지가 중얼거렸다.

"떠들면 배만 더 고플 뿐이야."

땅바닥에 눕기가 무섭게 땅속으로 빨려 들어갈 것처럼 잠이 쏟아졌다. 그러면서도 의식의 일부는 깨어 있었다. 잠 속으로 빠져드는 자신을 보면서 잠에서 깨어봤자 내일도 절망적인 굶주림이 이어질 것이라고 생각한다. 차라리 이대로 잠에서 깨어나지 않으면 얼마나 편할까?

어느새 그 의식도 사라져버리고 허무에 가까운 잠에 빠져들었다.

나무 사이로 얼굴에 떨어진 물방울 때문인지, 아니면 무슨 기척을 느꼈기 때문인지 가지는 갑자기 눈을 떴다. 누군가가 가지가 베개로 삼고 있던 탄약합 옆에서 잡낭을 조심스럽게 더듬고 있었다. 가지는 움직이지 않았다. 손이 겨우 잡낭의 입구를 찾았을 때 가지는 벌떡 일어나서 주먹을 휘둘렀다. 살을 때리는 둔탁한 소리에 이어 여자가 흑하고 소리를 죽이고 울었다.

"누구냐?"

가지는 손을 뻗어서 여자의 머리카락을 무자비하게 움켜쥐었다.
"굶고 있는 건 당신들뿐만이 아니야!"
사진사의 아내는 난폭하게 몸이 흔들리는 동안에는 울음소리를 죽이고 있었지만 가지가 밀쳐버리자 갑자기 몸부림을 치며 흐느껴 울기 시작했다.
"먹지 않으면 아이가 죽어요. ……우리 집 양반은 이제 걷지도 못하고요."
"……다 그렇소."
가지는 낮고 쉰 자기 목소리를 남의 것처럼 들었다.
"……제발."
여자는 흐느껴 울면서 분명히 가지에게 빌고 있었다.
"아주 조금만…… 아이와 우리 집 양반한테 아주 조금만…… 난 절대로 안 먹을 테니까……."
"안 됩니다."
가지는 냉정하게 뿌리쳤다.
"돌아가서 주무세요. 배가 고프면 풀이라도 씹어요."
마지막엔 목소리가 거칠어졌다.
"……죽을 거예요. ……아이가 죽을 거예요."
여자는 같은 소리를 중얼거리면서 비틀비틀 물러갔다.
"아이라고 특별대우는 할 수 없지."
가지가 땅바닥에 누운 채 말했다.

"누가 살아남을지 모르지만 이 쌀은 죽어가는 사람에겐 먹일 수 없어."

"당신 혼자 먹겠단 거요?"

사내의 목소리가 들렸다. 석탄 도매상 같았다.

"어차피 내일도 여기서 빠져나갈 수 없다면 다 죽을 거요."

"먹을 때까지 살아남으면 되지."

가지가 심술궂게 말했다.

"입 다물고 잠이나 자요."

어둠은 침묵으로 돌아갔다. 인간의 목소리 대신 나뭇가지 전체가 웅성거리기 시작했다. 비가 온다. 촘촘한 나뭇잎 지붕은 한동안 비를 막아주었다. 빗방울이 한쪽에 몰려 이따금 후드득 소리를 내며 여기저기에서 쏟아졌다.

가지는 어둠 속에서 보이지도 않는 자신의 손을 바라보았다. 오노데라를 목 졸라 죽이고, 보초를 찔러 죽이고, 남의 아내를 때린 오른손을. 한때는 펜을 쥐는 것만이 습관이지 않았던가. 그 손이 왜 이렇게까지 타락했단 말인가. 화가 나고 짜증이 나서 견딜 수가 없었다.

이런 더러운 역할을 자신과 자신의 몸에 부여한 자신의 마음을 이해할 수 없었다. 모두 다 내버리고 자기 혼자만 전장에서 빠져나왔다면 이런 죄를 짓지 않아도 되지 않았는가. 이제 내일부터는 나 혼자 걸어가자. 이까짓 쌀은 저들에게 줘버리자. 다 먹고 나서 들판에 쓰러져 죽든 말든 내가 알 바 아니다. 모두 다 깨워서 이 쌀을 먹게 해주자. 한 사람 앞에 기껏해야 반합 뚜껑 하나 정도의 미음이다. 마음대로 하라지.

그러나 가지는 그렇게 하지 않았다. 그 대신 잡낭에서 쌀을 한 줌 꺼낸 다음 야마우라를 흔들어 깨웠다. 야마우라는 깊은 잠에서 좀처럼 깰 줄을 몰랐다. 이마의 상처가 곪아서 얼굴을 가까이 가져간 가지의 코를 이상한 냄새가 찔렀다. 구역질이 날 것처럼 묘하게 달짝지근하고 역겨운 냄새다.

가지는 속삭였다.

"이걸 사진사 부인에게 가져다 줘라."

야마우라는 겨우 상황을 파악한 듯 양손에 쌀을 받아들고 일어섰다. 그가 걸어가면서 잽싸게 쌀을 한 입 털어 넣은 것을 시커먼 그림자의 모습으로 알 수 있었지만 가지는 아무 말도 하고 싶지 않았다.

"갖다 주고 왔습니다."

야마우라는 금방 돌아왔다.

"누가 좀 와줘요! 아이가! 아이가!"

그런데 그가 돌아오자마자 사진사의 아내가 소리를 지르기 시작했다.

"이를 어째! 우리 아이가 죽었어요! 누가 좀 와줘요, 의사를 좀 불러줘요! 우리 아이가……"

여자의 울음소리는 천식환자의 기침소리처럼 쉴 새 없이 주위 사람의 신경을 긁어댔다.

"쌀을…… 쌀을…… 입으로 넣어주었는데 죽어 있었어요!"

"시끄러워!"

히키타가 소리를 질렀다.

"다들 죽어가고 있다고."
"내일이면 아이고 어른이고 다 죽을 거야."
석탄 도매상이 말했다.
"떠들 건 없잖아."
"남편이란 사람은 뭐 하고 있는 거야?"
잡화상이 화난 목소리로 말했다.
"여편네랑 아이가 울지 못하게 좀 해!"
그 말이 끝나자마자 아이들의 당장이라도 꺼질 것 같은 울음소리가 나기 시작했다. 그것은 확실히 겨울을 앞두고 죽어가는 벌레소리보다도 가냘프고 음침했다.
사진사가 뭐라고 두세 마디 했다. 마치 유령이 중얼거리는 것 같았다. 여자는 훌쩍거리며 주위 사람은 아랑곳하지 않고 목 놓아 울었다. 가지는 몸을 뻣뻣하게 긴장시킨 채 가만히 자신을 억누르고 있었다.
"어떻게 좀 해봐!"
히로나카가 소리쳤다.
"내가 다 미칠 것 같아!"
"울고 싶은 만큼 울게 내버려둬요."
창녀인 다쓰코가 어둠 속에서 일어나 잠자리를 옮기며 말했다.
사진사의 아내는 이성을 잃고 마구 지껄였다.
"자, 가자. 일어나 아가야. 이런 데 있다간 죽어. 자, 일어나! 어서 일어나! 가야 한다니까……."

"그만 좀 하라니까!"

히키타가 소리를 질렀다.

가지는 돌연 나뭇가지를 향해 발포했다. 그 뒤로 캄캄한 밀림 속에서는 빗소리만이 들렸다.

13

아침에 또 풀을 삶았다. 잡화상 부부는 몰래 알록달록한 버섯을 따다 먹었다. 가지가 데라다와 히키타를 데리고 사냥하러 나간 사이의 일이다. 사냥에서 돌아왔을 때 가지는 창녀인 다쓰코와 우메코가 반합에 버섯을 씻고 있는 것을 보고 시냇물에 반합째 차버렸다.

"자살하고 싶으면 총을 빌려주지."

가지는 수염이 덥수룩한 얼굴로 무섭게 웃었다.

"너희들은 각자 자기 엉덩이의 피하지방을 만져봐라. 그것만으로도 우리보단 오래 버틸 수 있을 거다. ……누가 또 독버섯을 먹은 사람은 없겠지?"

"먹었어요, 저 사람들이. 아주 맛있게……."

다쓰코가 못마땅하다는 듯 입을 삐죽이며 말했다.

"남이야 죽든 살든 상관하지 마시오."

잡화상이 말했다.

"신세는 안 질 테니까요."

"제발 그래 주시오."

가지가 싸늘하게 대꾸했다.

"우리가 큰 짐을 더는 셈이니까."

잡화상의 가족은 아무렇지도 않은 것 같았다. 원래 가지는 독버섯을 정확하게 식별하고 있는 것은 아니었다. 잘 알지 못하는 버섯에는 왕왕 맹독이 있다는 소리를 들었을 뿐이다. 어쩌면 이 근방에 있는 버섯은 먹어도 되는 것일지도 모른다.

출발할 때 사진사의 아내 때문에 또 한 번 분란이 일어났다. 죽은 아이를 막무가내로 업고 가겠다는 것이었다. 그녀는 어떻게 이런 곳에 버리고 갈 수 있겠어요? 하고 덤벼들었다. 업고 갈 힘이 있다면 살아 있는 아이를 교대로 업고 가라고 타일러도 헛일이었다.

죽은 아이는 푸르스름하게 변해서 어미의 등에 축 늘어져 있었다. 피난민에게 으레 붙어 다니는 이는 집을 옮기려는지 아이의 작은 얼굴 위에서 바쁘게 기어 다니고 있었다.

"묻어줄 테니까 내려놔요."

가지가 외면하며 말했다.

"업고 간다고 해서 살아 돌아오는 것도 아니니까."

그러자 여자는 눈을 치켜뜨며 말했다.

"당신이 이 아이를 죽인 거예요!"

가지는 하마터면 따귀를 날릴 뻔했다.

"어디 마음대로 해보시오."

이 여자는 오늘 반드시 죽고 말 것이다.

"출발!"

화를 낸 것이 이때는 가지 자신에게도 필요했던 것 같다. 당연히 힘이 빠졌을 거라 생각했던 무릎이 흥분한 탓인지 아직 체중을 떠받치고도 떨리지 않았다. 어쩌면 그의 소화기관은 요 며칠 사이에 소나 말처럼 풀로 살아가는 요령을 터득했는지도 모른다.

하지만 걷기 시작하자 몸이 쇠약해졌다는 증거가 금방 나타났다. 속보로 걷는 것도 아닌데 자꾸 숨이 가빠졌다.

오늘이나 적어도 내일까지는 마을이나 밭으로 나가지 않으면 이 일행은 굶어죽을 것이다.

가지는 풀을 뜯어서 우적우적 씹어 먹고는 이따금 푸른 위액을 토하면서 걸었다. 역시 아직은 완전한 초식동물이 되지는 못한 모양이다.

몸 마디마디가 멋대로 떨리기 시작한 것도 그로부터 얼마 지나지 않아서였다. 숲속은 햇볕이 들어오지 않아서 덥지는 않았지만 진땀이 기분 나쁘게 줄줄 흘렀다. 그것이 묘하게 차가웠다.

마침내 죽을 때가 온 것일까?

그렇게 생각하는 것 자체가 이 경우에는 가장 위험했다. 희망에서 멀어지면 그 몇 배의 속도로 절망이 다가온다. 가지는 아직 절망을 증오할 만한 힘은 가지고 있었다.

느리지만 끈기가 있는 기계처럼 걸음을 옮긴다. 지금까지는 뒤따라

오는 사람들에게 빈번하게 기울이던 걱정이 차츰 뜸해졌다. 그저 다리가 걸어간다. 마음은 밀림과의 인내심 겨루기를 명령할 만큼의 기능밖에 가지고 있지 않다.

문득 새가 날갯짓하는 소리를 듣고 가지는 걸음을 멈췄다. 비둘기만 한 크기의 새가 가지의 눈앞에 있는 나뭇가지에 앉았다. 유유히 앉아서 쉬고 있다. 가지는 손을 들어 뒤쪽에 정지 신호를 보냈다. 나무에 기대 총을 겨눌 때까지는 어떤 자세로 쏴도 실수할 리 없는 거리라고 생각했다. 새는 바로 눈앞에 있었다. 총구가 자신에게 겨눠진 경험 따위는 한 번도 없었음이 틀림없다. 주둥이로 날개를 긁기도 하고, 목을 빼고 이제 어디로 날아갈지 궁리하기도 한다.

나무에 기대 총을 겨눈 왼손이 심하게 떨렸다. 이상해, 이럴 리가 없어! 이 새만은 무슨 일이 있어도 잡아야 돼. 그렇게 생각하자 왼손은 더욱 힘이 빠지면서 떨렸다. 방아쇠에 건 오른손 손가락도 바르르 떨고 있다. 겨냥은 했지만 조준선이 도무지 고정되지 않았다. 숨을 멈춘다. 한쪽 눈을 감는다. 그러자 새의 모양이 흐릿해진다.

이때다, 하고 생각했을 때 총소리와 함께 새는 날아가 버렸다.

"젠장맞을!"

뒤에서 이데가 탄식했다.

"새 구이가 날아갔구나!"

"형편없는 저격수군."

히로나카가 눈을 흘기며 비웃었다.

무슨 말을 들어도 할 말이 없었다. 이 정도로 쇠약해져 있으리라고는 생각지도 못했다.

가지는 잠자코 민간인들이 오고 있는 쪽으로 되돌아갔다.

다쓰코와 우메코가 급경사를 오를 때처럼 몸을 앞으로 숙인 채 얼굴만 들고 헐떡거리면서 다가왔다. 뒤처지는 것이 두려웠으리라. 가지를 보자 뛸 힘도 없으면서 뛰어오려다가 바로 다리가 걸려 넘어졌다.

"다른 사람들은?"

"석탄집 아저씬 저기서 쉬고 있어요."

"잡화상은?"

두 여자는 얼굴을 마주 보았다가 나이가 어린 우메코가 대답했다.

"아까 그 사람들이 갑자기 괴로워하면서 피 같은 걸 토하더니 뻗어버렸어요. 걷자마자 금방."

"……버섯 때문에?"

두 여자는 말없이 동시에 고개를 끄덕였다.

"사진사와 선생들은?"

두 여자는 이번엔 고개를 가로저었다.

"여기서 쉬고 있으면 곧 올 거예요."

가지는 왜 그들에게 되돌아가는지 자신의 다리에 물어보고 싶었다. 안부를 확인해봤자 뭘 어떻게 할 수 있는 것도 아니다. 그들이 아직 걸어오고 있다고 해도 살 가망은 전혀 보이지 않는다. 괜한 짓인지도 모른다. 피로만 더 심해질 뿐이지 않은가.

그럴지도 모른다. 그래도 그는 되돌아간다. 마치 그럴 의무를 스스로에게 지우는 것만이 그 자신이 살아가기 위해 필요한 것이라고 마음속 한 구석에서 정해놓은 것 같다. 뒤집어 생각하면 나는 할 만큼 했다는 것에서 자기만족과 살아남을 권리를 주장하는 근거를 찾았던 것인지도 모른다.

가지는 이제 꽤 먼 거리까지 왔던 길을 되돌아갔다. 아무도 만나지 못한 것은 서로 길이 엇갈렸거나 나머지 사람들이 이제는 전혀 걸을 수 없게 되었기 때문이리라.

가지는 단념하려고 했다. 그때 사진사의 아내가 혼자 비틀비틀 나무 사이에서 나왔다.

"아이랑 남편은?"

여자의 퀭한 눈이 느릿느릿 움직였다.

"알게 뭐람."

"죽었소?"

"……알게 뭐람."

"확실히 말해봐요. 살아 있다면 데리고 올 테니까. 뒤에서 따라오고 있어요?"

"……걸을 수 있는 건 나밖에 없었어요."

여자가 말했다.

"달리 방법이 없었어요."

가지는 여자가 고개를 앞뒤로 까딱까딱하면서 가는 것을 바라보았다. 그렇게 고집을 부리며 아이를 업고 걷던 여자가 결국 업은 아이는 물론 손을 잡고 오던 아이와 병약한 남편마저 버린 것이 틀림없다.

다시 조금 더 되돌아가자 큰 나무의 뿌리 밑에 석탄 도매상이 머리를 감싼 채 웅크리고 앉아 있었다.

"아이랑 부인은?"

"그건 물어서 어쩌려고?"

사내는 갑자기 무서운 눈초리를 보냈다.

"어쩌려는 게 아니라 그냥 물어보는 거요."

사내는 이번엔 일그러진 웃음을 지었다.

"……편히 쉬게 해주었지, 저기에."

숲 안쪽을 턱으로 가리킨다. 그러고는 정색을 하며 이렇게 말했다.

"어떻소, 군인 양반. 우리 협상합시다. 당신이 갖고 있는 쌀을 나한테 준다면 돌아가서 1만 엔을 드리리다. 거짓말이 아니오. 현찰로 한방에 드리지. 펑톈奉天까지만 가면 돈은 얼마든지 있으니까."

1만 엔이면 거금이다. 월급쟁이가 그만큼 모으려면 평생이 걸릴 것이다. 그러나 지금은 1만 엔이 아니라 100만 엔이라도 종잇조각에 불과하다.

가지는 총구를 움직여서 자기가 오던 방향을 가리켰다.

"빨리 가시오. 다들 기다리고 있소. 내가 선생들을 찾아서 돌아올 때까지 가지 않으면 당신도 편히 잠들게 해줄 테니까."

늙은 교사 부부는 거기에서 5분 정도 떨어진 곳에 있었다. 늙은 교사는 나뭇가지에 늘어져 있었다. 그의 발밑에 숨이 끊어진 늙은 아내가 누워 있었다. 목을 매고 죽은 것을 보면 아내를 먼저 죽이고 노인이 뒤를 따른 것이리라. 필시 목을 맬 끈이 하나밖에 없었을 것이다. 죽은 노파의 가슴 위에 사진이 한 장 놓여 있고, 원숙한 글씨로 '인정 있는 분의 후의를 부탁드립니다. 이 사진을 다음 주소로 보내주십시오.'라는 글과 함께 고향 주소가 쓰여 있었다.

사진 속 노부부는 미소를 머금고 있었다. 이들은 비록 비참한 최후를 맞이했지만 해로동혈偕老同穴의 서약만은 지킨 셈이었다.

가지는 사진을 사자의 가슴 위에 돌려주고 마음속으로 말했다. 죄송하지만 저는 이 사진을 맡을 수가 없습니다. 솔직히 내일 하루는 저도 살아 있겠죠. 하지만 모레는 모르겠습니다.

인정 있는 인간은 여기엔 없었다. 인간은 단순히 생물화하고 있었다. 그것을 거부하고 싶으면 죽는 수밖에 없었다. 게다가 죽어가는 사람은 필시 그 불행의 이유와 의미를 아무에게도 전하지 못하고 그저 허무하게 죽어갈 뿐이었다. 몇 년, 혹은 몇 십 년이 지났을 때 이 밀림을 개척하는 사람들이 어느 나무 아래에서 썩어버린 백골 조각을 발견하고 백골의 유언에 귀를 기울여줄지 어떨지조차 모를 일이다.

돌아가 보니 다쓰코와 우메코를 기다리게 한 곳에 석탄 도매상이 와 있었다.

"사진사의 아내는 오지 않았나?"

"안 왔어요."

가지는 고개를 끄덕였다.

5부 죽음의 탈출 · 117

"⋯⋯오늘 하루 동안 너무 많이 죽었어."

말은 그렇게 했지만 특별한 감상은 없었다. 네 사람은 다른 사람들이 기다리고 있는 쪽으로 걷기 시작했다.

그날 오후, 가지는 풀숲에서 시체에 걸려 넘어졌다. 군인의 사체였다. 벌써 썩는 냄새가 나고 있었다. 그날 하루 동안에만 일행은 여덟 구의 시체를 보았다. 다들 굶어죽었다. 많은 사람들이 동부 국경 방면에서 남하하여 길을 잃고 헤매다 이 밀림으로 들어온 것 같다. 그렇다면 살아서 걸어 다니고 있는 자도 있을 것이다. 가지는 나뭇가지를 향해 총을 쐈다. 두 번째 쐈을 때 멀리서 총소리가 대답했다. 걸으면서 가끔 쐈다. 그때마다 각기 다른 방향에서 반응이 왔다. 어느 것이나 멀었다. 숲속은 벌써 밤으로 접어들고 있었지만 아직 아무도 만나지 못했다.

해가 지기 전에 잠자리를 정하고, 그 주변에서 식용할 만한 부드러운 풀을 찾고 있을 때 이데와 야마우라가 뱀 두 마리를 발견했다. 그들은 즉각 쫓아가기 시작해서 한참을 숨바꼭질한 끝에 결국 잡긴 했지만 둘 다 기진맥진하여 쓰러져버렸다.

이데는 어깨를 들썩이며 숨을 쉬면서 자기가 잡은 뱀의 반을 히키타와 둘이서 나눠 먹겠다고 주장했다. 그 정도의 공로상은 받아도 된다는 것이다.

가지가 반대하자 이데는 처음으로 노골적인 적의를 드러내며 말했다.

"넌 새도 못 맞힌 주제에 뭔 말이 많아? 네가 무슨 분대장이라도 돼? 난 히키타와 둘이서 먹겠어."

가지는 히로나카가 눈을 희번덕이며 고소하다는 듯 웃은 것을 보자 피가 끓어올랐다.

"먹어봐."

살기가 느껴지는 이상하게 낮은 목소리는 스스로도 예상치 못한 것이었다.

"새는 맞히지 못했지만 네놈을 맞히지 못하지는 않을 테니까."

"총은 너만 쏠 줄 아나 보지?"

이데가 대꾸하고 몸을 움직이자 가지는 나무에 기대어놓은 총으로 달려갔다.

"가슴이냐? 머리냐?"

총을 두 손으로 잡고 손가락을 방아쇠에 거는 모습으로 보아 까딱 잘못했다간 정말로 쏠 것 같았다. 사실 가지는 이 바보 같은 사태에 가슴속이 서늘해져 있는 한편으로 아무렇지도 않게 한 사내를 사살할 수 있을 것 같은 기분이었다.

"그만둬요!"

다쓰코가 가지의 총구 앞을 가로막고 서며 소리쳤다.

"애들처럼 이게 뭐예요?"

"정말이야."

가지가 중얼거리며 입술을 일그러뜨렸다.

"우리가 지금 뭘 하고 있는 건지……."

가지는 두 손에 든 총을 못마땅한 눈으로 내려다보았다.

"자네가 더 지도력이 있는 것 같군."

가지가 다시 총을 나무에 기대 세워놓는 것을 보고 히키타가 말했다.

"가지 씨, 다 같이 공평하게 나눠 먹을 테니까 당신도 쌀을 내놓는 건 어때?"

"쌀은 내일 먹는다."

가지는 쌀쌀맞게 말했다.

"내일이면 어떻게든 결판이 나겠지. 이 밀림에서 나가지 못하면 우린 끝장이야."

뱀과 삶은 풀 야식이 완성되자 가지는 대검에 구운 뱀 고기 조각을 찍어 이데에게 가지고 갔다.

"내 것까지 먹어. 아깐 내가 좀 지나쳤다."

이데가 차마 받지 못하고 망설이고 있는 것을 보고 고기 조각을 무릎 위에 던져놓고 돌아오자 다쓰코가 자기 몫의 반을 나눠주었다.

"당신이 기운을 내야 해요. 의지할 사람은 댁밖에 없으니까."

뱀은 질긴 고무 같았지만 맛있었다. 벌써 며칠째 이로 씹어서 삼키는 음식을 먹지 못했다. 뱃속에서는 빨리 음식물을 내려 보내라고 아우성이었지만 가지는 입 안에서 되씹고 되씹으면서 언제까지나 씹는 맛을 즐겼다.

"……내일이면 벗어날 수 있을까요?"

다쓰코가 조용히 물었다.

"……몰라."

가지는 모닥불을 내려다보며 대답했다.

"단지 난 이런 생각이 들어. 전투가 치열하게 벌어지고 있을 때 눈앞에 포탄이 떨어졌는데도 난 상처 하나 입지 않았으니까 설마 이까짓 숲에서 죽지는 않겠지, 라고."

미신에 가까운 낙관은 우스꽝스럽기 짝이 없지만 아무런 확증이 없을 때는 이것만큼 힘이 되는 것도 없지 싶다.

"그럼, 당신 옆에 착 달라붙어서 가면 나도 죽지 않겠네요?"

불빛을 받은 다쓰코의 한쪽 뺨에 애처로운 웃음이 떠오른 것이 보였다.

"뭐 그렇게 생각해도 되겠지."

가지는 나뭇가지를 불 속에 던져 넣었다. 불꽃과 연기가 여러 가지 모양으로 흔들리며 캄캄한 정적에 싸여 있는 숲을 주위에 비춰내자 숲은 오히려 그 깊이를 더하며 섬뜩함을 고조시켰다.

"……그렇게 생각해요."

다쓰코가 세운 무릎에 턱을 괴고 고개를 끄덕였다. 뭔가를 생각하고 있는 것이겠지만 그 모습은 상대를 완전히 신뢰하고 있는 듯했다. 가지는 문득 거기에 미치코가 있는 듯한 착각에 빠졌다.

"내일은 기운 내서 걸어요."

기운 내서 걸어요, 기운 내서. 설령 이 여자가 미치코가 아니라도 상관없었다. 착각에 지나지 않더라도 거기서 다양한 환상을 끄집어내어 이 어둡고 희망이 없는 현실로부터의 탈출을 시도해보는 것이다.

미치코, 난 계속 걸을 거야. 반드시 이 죽음의 숲에서 탈출하겠어.

"남만주는 어떻게 되었을까요?"

다쓰코가 뜬금없이 말했다.

"여동생이 있어요. 혈육이라곤 그 애 하나죠. 그 애는 나랑 달라요. 남편이 만주철도회사에 다녀요."

가지는 환상에서 깨어났다.

"거기로 가는 거야?"

여자가 고개를 끄덕였다.

"데려다 주시겠어요?"

이번엔 가지가 고개를 끄덕였다.

"……남만주가 무사해야 할 텐데."

"사모님이 걱정되세요?"

가지는 또 고개를 끄덕였다.

"어떻게 됐는지도 모르는데 이렇게 찾아가고 있으니……."

"집이고 뭐고 다 엉망이 됐으면 어떡하죠?"

"자네는?"

"……그렇게 됐으면 당신 옆에 찰싹 붙어 다닐 거예요."

여자가 킥킥 웃었다.

"괜찮죠?"

"아무렴."

가지도 웃었다.

"남만주는 괜찮을 거야, 분명히. 붉은 군대가 민간인에게 심하게 굴지는 않을 테니까."

그러자 석탄 도매상이 불쑥 끼어들었다.

"그럼 니콜라예프스키 사건(조선과 러시아의 급진세력이 일본 민간인 수백 명을 죽인 사건-옮긴이)은 어떻게 된 거지?"

"옛날 일은 난 모릅니다."

가지는 피했다.

"지금의 붉은 군대는 해방군이오. 나치나 일본 군대와는 다를 겁니다."

데라다가 고개를 쳐드는 것이 보였다. 가지는 데라다가 반격하기를 기다렸지만 데라다 대신 석탄 도매상이 다시 말했다.

"그럼 왜 당신은 이렇게 도망 다니는 대신 항복하지 않았소?"

"그 이유를 나도 가끔 생각하는 중이오."

가지는 슬쩍 말머리를 돌렸다.

"당신이 실제로 전투를 해보면 알 겁니다."

"로스케 개새끼들!"

석탄 도매상은 갑자기 이야기의 방향을 바꿨다.

"비겁하게 야습을 하다니! 덕분에 난 전 재산을 날려버렸어."

펑톈 은행에 돈이 잠자고 있었던 게 아니었나? 가지는 비웃었다.

"부인이나 아이보다 재산이 더 소중한 거요?"

그렇게 말하고 나서 상대에게 쓸데없이 상처를 주지는 않았는지 안색을 살폈지만 상대는 가지와는 다른 사고방식의 소유자였다.

"마누라나 자식새끼는 만들려고만 들면 언제든지 만들 수 있지만, 난 내 재산을 일구기 위해 평생을 바쳤단 말이야."

가지는 입을 다물고 자기보다 스무 살 정도는 많은 상대의 지금은 몹시 수척하지만 한 고집 할 것 같은 얼굴을 모닥불 불빛 속에서 뚫어지게 보았다. 어찌 되었든 간에 이 사내가 오늘 하루를 걸을 수 있었던 것은 물욕 덕분이다. 이자는 만약 가져올 수만 있었다면 아무리 무거위도 지폐다발을 짊어지고 왔을 것이고, 끝까지 짊어지고 갈 것이다. 아내나 아이는 짐이 된다며 도중에 '편안하게' 해주더라도 재산만은 절대로 버리지 않았을 것이다.

"군인 양반, 당신은 어떻게 생각하시나?"

석탄 도매상은 아주 진지한 표정으로 말했다.

"전쟁이 끝나면 천황이 정부에 명령하여 우리들의 재산을 보상해줄까?"

"끝나다니, 어떻게 끝난다는 말이오?"

가지는 다시 한 줌의 나뭇가지를 불 속에 던져 넣었다.

"전쟁이 끝났을 때 천황이란 존재가 아직 있느냐 없느냐가 문제겠죠."

그렇게 말하고 데라다 쪽을 보자 데라다는 황급히 고개를 숙였다. 이전의 그라면 고개를 빳빳이 치켜들고 덤벼들었을 것이다. 전투에 지고 나서 조금은 회의적이 된 것인지, 아니면 지금 가지의 비위를 거스르면 손해라고 계산하고 있는 탓일지도 모른다.

"그럼, 뭐요, 일본은 역시 이대로 진다는 건가?"

석탄 도매상은 필시 그렇게 생각하고 싶지 않지만 자꾸 그런 생각이

들어서 견딜 수가 없을 것이다. 누군가가 그럴 리가 없다고 부인해주기를 기다리는 듯 모닥불 주위를 둘러보았다.

"관동군이 후방에서 소련을 격퇴하지 않을까? 내지에선 본토 작전으로 미군을 박살내지 못하나?"

거기엔 여섯 명의 관동군 병사가 있었지만 아무도 말 한 마디 없었다. 훈련을 받으며 배양되었을 '필승의 신념' 따위는 그날 갑자기 내리찍힌 패전이란 도끼날 아래에서 산산조각이 났던 것이다.

모두 말없이 모닥불만 바라보고 있었다. 신념도 없고, 의지할 데도 없고, 그저 막연한 삶에 대한 집착이 불안 앞에서 떨고 있을 뿐이다. 요 며칠 전에 '대일본제국'은 이미 역사에서 사라져버린 것을 이들은 아무도 몰랐다. 알았다면 같은 고난의 길을 걷는다 해도 저마다 다른 생각을 가질 수 있었겠지만…….

가지는 일본이 패전할 것이라고는 예상하고 있었지만 그래서 어떻게 해야 되겠다는 행동 지침과는 연결시키지 못하고 있었다. 그는 심신의 힘을 다 쏟아서 도피 행각을 무사히 수행할 것을 결의하고 있는 데 지나지 않았다. 전장으로부터의, 적으로부터의, 죽음으로부터의 도피일 뿐만 아니라 그를 괴롭혀온 비인간적인 부자유로부터 도피하기 위해서는 무슨 수를 써서라도 지금의 이 비생물적인 부자유를 견뎌내야 한다고 각오하고 있을 뿐이다.

"전쟁은 끝날 거야."

가지는 힘없이 중얼거렸다. 그러자 데라다가 비로소 입을 열었다.

"지면 어떻게 되는 겁니까?"

"몰라."

가지가 그렇게 말하자 그때까지 불 옆에 누워서 가지와 석탄 도매상의 대화를 아니꼽게 듣고 있던 히로나카가 벌떡 일어나 앉았다. 가지에게 뭔가 하고 싶은 말이 있는 것처럼 보였지만 히키타 쪽을 보며 이렇게 말했다.

"지면 좆되는 거야. 일본인을 깡그리 죽여버릴 테니까. 미군은 화염방사긴가 뭔가로 태워 죽인다고 한대. 만주도 그래. 로스케나 팔로군이 일본인을 그냥 살려둘 것 같아?"

"⋯⋯그럴까요?"

다쓰코가 가지에게 조용히 물었다.

"보도부 선전이야."

가지는 부인했다.

"그렇게 말해서 선동하면 국민들이 죽기를 각오하고 싸운다는 거지."

가지의 얼굴은 피로 위에 증오와 경멸이 겹치고, 거기에 다시 자기혐오까지 뒤섞여서 불빛에 비참하게 일그러져 보였다. 가지 자신이 죽기를 각오하고 싸웠다. 대본영大本營(다이혼에이, 전시나 사변 시에 설치되었던 일본의 최고 통수기관 - 옮긴이)의 의도에 충실했기 때문이 아니라 오히려 그 반대편으로 몸을 옮기기 위해서였다고는 해도 여기 있는 여섯 명의 군인 중에서는 그가 아마도 가장 충실하게 '용전분투'했으리라.

데라다는 그것을 봐서 알고 있었기 때문에 가지의 '망국적 언사'를 더욱 이해할 수 없었다.

"지면 외국에 점령당합니까?"

"그러겠지."

"……그럼 국가가 망하는 거네요?"

"……국가란 게 뭐지?"

가지는 데라다 쪽으로 일그러진 표정이 굳어버린 얼굴을 돌렸다.

"네가 배워서 알고 있는 국가라면 망해. 그런 국가는 망해도 싸. 우리는 다 살기 위해 노력하고 있지? 다시 말해서 우리가 우리의 의지대로 살 수 있는 국가가 어떤 형태로 이루어지느냐 이루어지지 않느냐, 그것만이 문제야."

가지는 모닥불 주위를 둘러보고 뒤에서 덮칠 것만 같은 섬뜩한 숲을 둘러보았다. 그는 지금 누군가에게 묻고 싶었다. 전쟁이 끝나면 종전 처리는 어떤 세력에 의해 어떤 식으로 되는 겁니까? 우리가 인간으로서 살 수 있다는 약속을 받을 수 있습니까? 우리가 돌아가려고 하는 사회는 우리를 받아줄까요? 몇 십 일, 몇 백 일이 지난 후에 우리 중 누군가는 자기 집 문 앞에 서게 되겠지요. 그 문을 두드렸을 때 안에서 낯선 사람이 나오는 일은 없겠죠?

여기엔 그런 질문에 대답해줄 수 있는 사람은 한 명도 없었다. 모두 굶어죽을 위험을 등에 지고 그 질문의 한가운데를 걸어가려는 사람들뿐이었다.

14

배고픔은 잠 속에서도 눈을 뜨고 있다. 무언가에 짓눌려 압사할 것 같은 답답한 잠에서 깨었을 때는 마치 방금 전까지 모닥불을 지켜보며 앉아 있었던 것 같은 기분이 들었다. 모닥불은 꺼져 있었다. 연기 냄새조차 나지 않는 것은 벌써 꽤 많은 시간이 흘렀기 때문이리라.

머리 위, 대밀림의 지붕 사이로 어슴푸레한 새벽빛이 새어 들어오고 있었다. 옆에서는 데라다와 다쓰코가 자고 있다. 데라다는 뭐라고 웅얼웅얼 잠꼬대를 했다. 다쓰코는 가슴을 북북 긁고 있었다. 젖가슴 사이로 이가 기어 다니고 있나 보다.

오늘도 걸어야 한다. 여태까지 걸은 것만으로도 충분하지 않으냐고 말하고 싶었다. 포기하면 바로 굶어죽게 되겠지만, 그 편이 차라리 편할지 모른다. 희망 같은 건 있을 리가 없다. 없는데 만들려고 하는 것 자체가 무리가 아닐까?

그런데도 가지는 일어났다. 이제 와서 포기하느니 그 전쟁터에서 항복하는 게 나았다. 왜 그렇게 하지 않고 도망쳐왔는가. 자기 의지로 살아보고 싶었기 때문이다. 그렇다면 역시 걸어야 한다.

일어서자 무릎이 덜덜 떨렸다. 처음엔 아직 잠이 덜 깨서 그러는 줄 알았다. 그러나 그렇지 않다는 증거로 아무것도 하지 않았는데 벌써부터 식은땀이 배어나오고 있었다. 온몸에서 중심이 다 빠져나간 느낌이다. 그냥 서 있는데도 숨이 가쁘다. 이것은 벌써 몸 안에서 아사餓死가

시작되었다는 징조다. 필시 오늘이 마지막일 것이다. 누구에게 기댈 수도 없는 공포가 등골을 서늘하게 했다.

의지를 단단히 긴장시켜야 한다. 가지는 차가운 시냇물을 떠 마시고 가슴에도 한 줌 흘려 넣었다. 소름이 쫙 돋을 정도로 차가웠다. 불을 피우고 전부 다 깨워 일으켜서 부드러운 풀을 뜯어오게 했다. 모든 반합에 쌀을 공평하게 나누고 풀죽을 끓였다.

"오늘 난 밭이나 인가가 나올 때까지 멈추지 않고 걸을 거요."

모두에게 말했다.

"이 밀림에서 나갈 수 있을지 어떨지 모르지만 어쨌든 나갈 겁니다. 그때까지는 절대로 멈추지 않아요. 죽고 싶지 않으면 따라 오시오. 어제까지처럼 뒤처지는 사람을 돌아가서 데리고 오는 일은 없을 거요. 오늘 승부를 봐야 합니다. 알겠습니까?"

걷기 시작했다. 목적지도 없고, 마음은 초조하고, 길은 멀었다. 나무뿌리에 발이 걸려서 넘어지고, 덩굴에 발이 얽혀서 넘어졌다. 넘어지면 그대로 모든 것을 포기하고 누워버리고 싶어지는 유혹 때문에 일어나기가 쉽지 않았다.

걷고 또 걸었다. 뒤에서 따라오는 사람들과의 거리가 점점 벌어졌다. 알고 있지만 멈출 수 없었다. 멈춰서 쉬면 그 다음에 다시 움직일 기력과 체력을 불러일으킬 수 있을지 어떨지 의문이었다. 보행의 의지 자체의, 혹은 반대로 말하면 무의지화한 관성 자체의 보행이었다.

데라다가 뒤에서 따라왔다. 어깨의 상처는 가지의 응급처치가 효험이 있었는지 별로 곪지도 않고 잘 아물고 있었으나 열이 좀 있다. 이 상처만 없었다면 가지를 따라잡을 수 있을 텐데! 걸핏하면 가지의 모습을 나무 사이로 놓치고 만다. 젠장! 왜 저렇게 걸음이 빨라? 가지 상등병, 당신은 나더러 바보라고 했지? 잊지 않겠어. 그리고 날 탱크에서 구해주었지? 그것도 절대 잊지 않겠어. 당신은 도대체 어떤 사람이야? 우릴 어디로 데리고 갈 생각이야? 일본은 정말로 망할까? 그렇다면 우린 어떻게 되는 거지? 어딘가에서 아군 부대를 만난다면 가지와 헤어져 합류하는 게 낫지 않을까? 아군 부대는 분명히 어딘가에 있을 것이다. 어쨌든 여길 빠져나가야 한다. 어쨌든!

 야마우라는 자기 이마의 상처에서 나는 달짝지근하게 썩는 냄새에 구역질을 느끼며 데라다의 뒤를 쫓아왔다. 난 머리부터 썩어가는구나. 이 숲을 빠져나갈 즈음에는 머리가 고름으로 범벅이 되는 건 아닐까? 그럴 리는 없을 거야. 난 걷고 있어. 이런 부상을 당하고도 세 번째로 강해. 난 틀림없이 살 수 있을 거야. 가지를 놓치지 않고 따라가기만 하면 반드시 살 수 있을 거야. 그렇긴 해도 어쩌면 저렇게 무자비하게 걸을 수 있지? 멈춰 서서 좀 기다려주면 어때서. 내 군화를 좀 보라고. 아가리가 벌어져서 뻐끔뻐끔하잖아. 맨발로 걷는 거나 마찬가지야. 이럴 바엔 차라리 맨발로 걷자. 발이야 어떻게 되든 알게 뭐냐!

 히키타는 기진맥진해서 술 취한 사람처럼 비틀비틀 걸었다. 갖가지 음식물이 번갈아가며 자꾸 눈앞에 떠올랐다. 배가 터지도록 먹을 테다. 이제 세상에 돌아가면 먹을 것만은 산처럼 쌓아놓을 것이다. 이 지경이 되고 보니 색욕이고 물욕이고 다 소용 없었다. 식욕 전문가가 되어줄 테다. 병영에 있었을 때는 계집의 엉덩이나 넓적다리만을 생각했지만, 이 지경이 되고 보니 계집 따위가 있든 없든 생사에는 아무 상관이 없다는 것을 뼈저리게 느꼈다. 인생에서 무엇이 가장 중요할까? 이전의 그라면 헤벌쭉 웃으며 늘 여자라고 대답했다. 아무리 위대한 정치가나 사상가도 여자 없이는 하루도 유쾌하게 살 수 없었을 것이라고 했다. 그렇게 믿기도 했고, 말하기도 했다. 지금은? 지금은 먹을 것이다. 어린아이 머리통만 한 주먹밥을 하나만 줘도 내 계집을 한 달이든 두 달이든 빌려줄 것이다.

히로나카는 히키타의 뒤에 있었다. 머리가 쑥 빠져서 먼저 가고 있다. 다리가 비틀비틀 따라간다. 초년병에게 엎드려뻗쳐를 시키던 때의 기세는 온데간데없다. 그의 인생은 전투 전날 밤의 '반란' 이후 급격하게 방향을 틀어버린 것 같다. 전장에서 살아남았을 때 가지에게 단호하게 돌격 명령을 내렸으면 좋았을 것이다. 듣지 않으면 총살하면 되었다. 그러나 사실은 정반대였다. 가지에게 멱살이 잡혀서 앞뒤로 흔들리며 위협을 당했다. 가지에게는 있고, 자신에겐 없었던 힘의 정체를 알 수 없었다. 일단 권력을 넘겨주면 다시 되찾아오는 것은 대단히 어려운 일이다. 분통이 터지지만 끌려가고, 그래서 더 분통이 터지고 끝내는 기력조차 없어져버린다. 빌어먹을, 저 새끼는 어디서 저런 기운이 생기는 걸까? 이대로 가다가 아군과 맞닥뜨리기라도 하면 상등병의 인솔을 받는 하사라고 아마도 자신은 개망신을 당할 것이다. 무슨 수든 내야 한다! 하지만 다리를 어쩔 도리가 없었다. 히로나카는 히키타의 뒤를 따라가는 것만도 최선이었다.

이데는 뒤로 처졌다. 자포자기 상태였다. 바보 같은 짓이야! 걸어가 봤자 어차피 이 근방 어디에서 노숙하는 게 고작일걸? 빠져나갈 수 없어. 그렇게 미친놈처럼 걷지 않아도 살 수 있으면 살 것이고, 살 수 없으면 죽을 거야. 그런데 자기가 살 수 있을지 없을지는 자긴 모르는 법이야. 빌어먹을, 맘대로들 하라고, 난 이제 기권이다!

석탄 도매상이 쫓아왔다. 눈을 번뜩이며 기분 나쁘게 웃고 있었다.

"이보게 내 생각엔 말이야……."

쉬어서 공기가 새는 듯한 목소리로 말했다.

"저자가 방향을 잘못 잡고 있어. 저자는 동쪽으로 가고 있는데 아무래도 블라디보스토크로 가려는 것 같아. 난 이쪽으로 갈 건데, 같이 안 가겠나?"

석탄 도매상이 가리킨 방향은 만약 가지의 방향이 정확하다면 서북쪽이었다. 그쪽은 광활한 만주 대륙을 오지로 더 깊이 들어가는 방향이다.

"아무래도 상관없죠."

이데가 말했다.

"이 근방에서 기다리면 어디서든 대부대가 꼭 올 거요. 국경 방면에는 우리 부대만 있었던 게 아니니까."

"그땐 이미 미라가 돼 있을걸?"

석탄 도매상은 자기 방향으로 비틀거리며 걷기 시작했다.

"난 펑톈 은행까지는 무슨 일이 있어도 갈 거야."

다쓰코가 가쁜 숨을 몰아쉬면서 우메코를 끌고 왔다. 우메코는 이데가 쉬고 있는 것을 보자 일부러 큰 소리를 내면서 나무뿌리 근처에 몸을 내던지고는 더 이상 꼼짝도 하지 않으려고 했다.

"놓치겠어! 일어나라니까!"

다쓰코가 끌어 일으키려고 했지만 지칠 대로 지친 여자의 힘으로는 자신과 비슷한 몸무게를 움직일 수 없었다.

"내버려둬요!"

엎드려 있는 우메코에게서 다쓰코가 들은 말은 그뿐이었다.

그 무렵 가지는 큰 나무 밑에 누워 있는 다섯 명의 군인을 발견하고 걸음을 멈췄다. 나란히 누워 있다. 어떤 자는 모자로 얼굴을 덮고, 어떤 자는 모포를 뒤집어쓰고 있다. 식량을 충분히 갖고 있어서 여유롭게 자고 있는 것이 틀림없다.

염치불구하고 부탁해보자. 만약 충분히 갖고 있어도 나눠주지 않으면 어떡하지? 무릎을 꿇고 애원해도 좋으니 어쨌든 달라고 해보자.

"어이, 전우."

가장자리에서 자고 있는 사내의 군화를 툭 찼다.

"일어나. 낮부터 웬 노숙이야?"

다시 한 번 찼다. 그러고는 총구로 얼굴 위의 모자를 치웠다. 드러난 얼굴은 연보랏빛이었다. 당황한 벌레 몇 마리가 허둥지둥 기어 내려갔다. 죽은 것이다. 그런데 무슨 죽음이 이렇게 정연하단 말인가. 다섯 명의 얼굴은 다 같은 색이었다. 필시 자살했을 것이다. 독약을 먹었거나, 아니면 전날 밤에 모든 것을 포기하고 마지막 힘을 이렇게 정연하게 죽는 것에 썼지 싶다.

"뭐야, 이게."

가지는 중얼거렸다.

"무슨 일입니까?"

데라다가 와서 깜짝 놀라 걸음을 멈추고 가지의 얼굴을 보았다.

"난 포기하지 않아."

가지는 데라다에게는 이해가 가지 않는 미소를 흘리며 말했다.

"이 사람들 멋있게 죽긴 했지만 포기가 너무 빨랐어. ……우린 오늘 여기서 벗어난다."

"……그렇겠죠?"

데라다의 목에서 끈적끈적한 침이 넘어가는 소리가 났다.

야마우라가 다리를 절뚝거리며 왔다. 맨발이다. 아가리가 벌어진 군화에 화가 나서 버리고 온 것이다.

"넌 시체한테 도움을 받게 됐구나."

가지는 말하면서 총구로 시체의 군화를 가리켰다.

"그걸 한 켤레 실례해라."

야마우라가 군화를 갈아 신고 있는 동안 가지는 시체들의 탄약합을 열어보았다. 전부 다 실탄이 꽉 차 있었다. 총알은 어쨌든 도움이 된다.

가지는 그것을 전부 빼내서 데라다와 야마우라에게도 나눠주었다.

"실탄뿐이군, 충분한 것은. 정작 전투가 벌어졌을 때는 모자라더니……"

태양이 이제 하늘 꼭대기에서 서쪽으로 기울겠구나 하고 생각할 즈음까지 걸었을 때 선두의 가지는 마침내 밀림에서 벗어나 풀이 무성한 평지로 들어서기는 했으나 그것으로 굶주림의 지옥이 끝난 것은 아니라는 증거가 군데군데 뒹굴고 있었다. 말라비틀어진 아사자들이다. 어린아이가, 노인네가, 여자가, 남자가, 저마다 따로따로 버려져서 죽어 있었다. 남자는 여자를 버리고, 여자는 아이를 버리고, 아이는 부모를 버렸음이 틀림없다. 국경 주변에서 남만주를 향해 가며 얼마나 많은 일본인이 살려고 발버둥 치다가 이 들판에서 쓰러졌을까? 그것은 마치 죽음의 신이 흘린 똥처럼 뒹굴고 있었다.

초원은 열기로 후끈했다. 밀림에서 가는 길을 방해하던 나뭇가지가 없는 대신 여긴 파리매가 우글우글했다. 죽은 자들은 파리와 개미에게 맡겨두고 파리매는 살아 있는 인간을 노렸다. 모기보다 작은, 작은 만큼 쫓아버리지도 어쩌지도 못하는 벌레 떼가 전투모의 가장자리와 옷깃에 악착같이 달라붙었다. 생피를 빠는 것인지, 생명을 빠는 것인지 미칠 것만 같았다. 파리매에 쫓겨 걸음이 빨라졌다. 언제 끝날지 모르는 초원은 걸으면 걸은 만큼 앞으로 더 멀리 펼쳐졌다. 겨우 파리매의 습격으로부터 벗어났을 무렵에는 다리가 꼬이고 머릿속은 안개가 낀 듯 몽롱했다.

나갈 수 있을까? 도대체 어디를 어떻게 걷고 있는 걸까? 이렇게 걸어 봐야 아무 소용도 없는 건 아닐까? 가령 어딘가로 나갈 수 있다고 치자. 어찌어찌 남만주까지 도착했다고 치자. 거기도 전쟁터와 마찬가지로 폐허가 되어버렸다면 어떻게 되는 걸까? 관동군이 후퇴하면서 최후의 한 명까지 싸웠다면 이렇게 걸어가는 앞길은 어디나 폐허가 되었을 것이다. 이제 일본인은 갈 곳도, 살 곳도 그 어디에도 없는 건 아닐까? 미치코는 아직 살아 있을까? 미치코는 내가 이렇게 그녀에게 가고 있는 것을 알고 있을까?

그 눈 내리던 날 미치코와 작별하고 나온 라오후링老虎嶺이 이미 점령되어 일본인은 추방되었거나 학살되었을지도 모른다는 생각이 들기 시작했다. 만약 그렇다면 무슨 목적으로 돌아가는 것일까? 미치코는 아직 살아 있을까? 정말로 아직 살아 있어줄까?

만약 잘못돼서 죽었다면? 이미 죽어버렸다면? 그렇게 생각하기 시작하자 상상은 나쁜 방향으로만 치달았다. 몽롱하게 허공을 밟는 듯한 생각의 시야 속에 처참한 정경이 스쳤다가 사라지고, 다시 번쩍이며 나타났다. 그것은 마치 파리매 떼처럼 악착같이 달라붙어서 떨어지지 않았다. 어느 날 특수 광부 집단이 철조망을 부수고 노무계 사무소를 습격한 뒤 일본인 주택으로 우르르 들이닥친다. "복수다!" "복수다!" 저마다 부르짖는다. 기물은 파손되고 집은 불에 타고 일본인은 끌려 나와서 몰매를 맞는다.

"가지를 죽여라!"

누군가가 소리친다.

"그놈은 위선자다! 참수형의 장본인이다."

"가지가 없으면 그 여편네를 죽여라!"

군중이 소리친다.

머리채를 잡힌 미치코가 끌려나온다.

"넌 남편이 무슨 짓을 했는지 알고 있겠지?"

"네 남편 때문에 우리 동료 셋이 이유도 없이 목이 잘렸다. 그러니 네 목도 잘라주마."

"중국인이 너희들 때문에 어떤 고통을 받았는지 알고 있겠지?"

"너도 그 벌을 받아야 돼!"

미치코는 밀랍처럼 하얗게 질려서 가지를 뚫어지게 바라보고 있다. 이거였군요? 이렇게 되기 위한 우리의 허무한 행복이었군요?

어쩔 수 없죠. 저는 저의 남편이 저지른 죄의 대가로 벌을 받겠습니다.

괜찮아요, 당신을 위해서 죽는 거라면.

살려주세요! 전 아직 죽기 싫어요!

전 아무 짓도 안 했어요. 전 그이를 사랑했을 뿐이에요.

"우릴 괴롭히면서였지! 우리들의 생피를 빨아먹으면서!"

미치코는 질질 끌려간다. 군중이 환성을 지르며 따라간다. 그 처형장이다. 빨갛고 거대한 석양이 지평선 위에서 비웃고 있다.

왕, 기다려줘! 제발 그녀를 죽이지 말아줘! 내가 돌아갈게. 돌아가서 재판을 받을 테니까!

왕, 지금 복수하려는 건가? 복수하기 위해서 죄가 가벼운 사람에게도 극형을 내리겠다는 건가?

"어쩔 수가 없을 것 같군요, 가지 씨."

왕이 싸늘하게 웃는다.

"어느 혁명의 선각자가 말하지 않았습니까? 투쟁할 때 어느 것이 필요한 타격이고, 어느 것이 불필요한 타격인지 어떻게 구별하느냐고요. 당신은 여기서 중대한 과오를 범했고, 군대에 가고 나서도 일본을 위해 충실하게 일했고, 불의의 전쟁을 위해서 용감하게 싸웠습니다. 용감하게요. 당신의 부인은 당신이 세운 그릇된 방정식의 답을 내려고 하고 있는 것입니다."

기다려줘! 제발 부탁이야!

가지는 소리도 없이, 눈물도 없이 울고 있었다. 땀에 흠뻑 젖은 얼굴을 흔들고 하늘을 올려다보며 이쪽으로 향하다 저쪽으로 흔들리면서 비틀비틀 걷고 있었다.

누구 아시는 분 안 계십니까? 그녀가 아직 살아 있나요?

묻겠습니다. 그녀에게 죄가 있습니까, 없습니까? 그녀는 아직 살아 있습니까?

그녀가 아직 살아만 있다면 좋겠다. 나 때문에 죽는 일만 없다면! 그녀가 아직 살아 있을까?

그때 어디선가 가냘픈 목소리가 난 것 같았다.

"……아저씨, 콩……."

풀 속에 푸르뎅뎅하게 부은 작은 사내아이가 작은 손을 가지 쪽으로 뻗고 쓰러져 있었다.

"……아저씨, 콩……."

그 아이는 필시 마지막으로 콩 몇 알을 받고 버려진 것이 분명했다. 이상할 정도로 맑은 눈으로 가지를 보며 내민 작은 손이 다시 한 번 몇 알의 콩을 요구하고 있다. 이 사람은 콩을 줄 거야. 이 사람은 날 버리지 않을 거야.

"……보지 마."

가지는 총을 세우고 떨리는 목소리로 울었다.

"……아저씨도 콩이 필요하단다. 아저씨도 모든 걸 다 잃었어. 어디로 가면 되는지도 몰라."

가지는 아이를 등지고 돌아섰다. 짐승이 울부짖는 듯한 소리가 목구멍과 입 사이를 오갔다.

"왜 그러십니까?"

데라다가 걸음을 멈추고 등을 들썩이고 있는 가지를 보고 다가왔다.

"……철부지 어린애를……."

그 다음은 말이 나오지 않았다. 나왔다면 이렇게 들렸을 것이다. 부모가 아이를 버리고 갔어. 너무나 비정한 처사지만 무정한 것은 그게 아냐. 인간이 굶주림과 피로에 내몰려서 동물화됐다고 해도 거기엔 아직 한탄과 아픔과 회한이 남아 있으니까……. 무정한 것은 그렇게 만든 것이 있었다는 거야. 이건 아무런 한탄도 회한도 느껴지지 않아. 무정하게, 그저 무정하게 인간을 죽일 뿐이야.

가지는 입술을 깨물고 아이를 보았다. 아이는 축 늘어져서 땅에 얼굴을 대고 있었다. 아직 죽지는 않았다. 무심한 잠에 빠져 있는지도 모른다. 하지만 죽음이 덮칠 시간도 이제 멀지 않았다.

풀숲에서 숨이 막힐 것처럼 더운 벌레 소리가 들끓고 있다.

"……가시죠."

데라다가 말했다.

"어쩔 수 없습니다."

가지는 묵묵히 걷기 시작했다.

15

데라다는 잠시 가지와 나란히 걸었다. 데라다는 피로의 밑바닥에서 어렴풋이 만족을 느꼈다. 이제야 가지도 지치기 시작했다고 생각한 것이다. 실제로 가지는 의기소침해 있었다. 비관적인 공상이 머릿속에 검은 날개를 펼치기 시작한 뒤로 줄곧 마치 다른 사람이 된 것 같았다. 내딛는 걸음이 몹시 불안한 것도 굶주림과 피로 때문만은 아니다. 데라다는 가지가 자신과 같은 수준으로 떨어진 것에 잠시 동안은 오히려 기운이 났으나 결국은 불안해지기 시작했다. 앞에서 이끌고 있는 사람이 이런 모습을 보인다면 마음이 놓이지 않는 법이다. 역시 배알이 꼴리더라도 자기로선 감히 맞설 수 없는 강인함을 가지고 있어야만 한다.

데라다는 곁눈질로 힐끗힐끗 가지를 보았다. 가지는 나무 인형처럼 무표정했다.

해는 서쪽으로 기울고 있다. 밀림은 멀리 뒤쪽에 남았지만 전방은 인적이 없는 산과 골짜기와 숲뿐이다. 풀숲에서 풍기는 훗훗한 열기뿐 마을이나 밭에 가까이 왔다는 증거는 조금도 보이지 않았다.

"오늘 안에 벗어날 수 있을까요?"

데라다는 불안과 침묵을 참을 수가 없어서 물었다. 거짓말이라도 좋으니까 확신에 찬 대답을 듣고 싶었다. 그러나 가지의 대답은 그 기대를 배신했다.

"글쎄다."

가지는 포기한 모양이다. 데라다는 침울해져서 조금씩 뒤처지기 시작했다. 뒤에서 보니 말없이 걷고 있는 가지의 모습은 이미 피로도 아무것도 느끼지 못하게 된 느려터진 기계 같았다.

그런 그가 100보쯤 앞에 멈춰 서서 데라다가 쫓아오자 오른쪽 전방의 언덕을 가리켰다.

"보이지 않아?"

언덕 자락에 이어져 있는 나무가 성긴 숲 주변에서 연기가 피어오르고 있었다.

"뭘 것 같아?"

"……집입니까?"

"아니면 사람이겠지."

가지가 덥수룩한 수염 아래에서 비로소 웃었다.

"먹을 걸 갖고 있지 않은 사람이면 곤란한데."

"……집입니다! 분명히 집입니다."

데라다가 그래 봤자 무의미한 짓인데도 발꿈치를 들고 쉰 목소리로 소리쳤다.

"보세요! 연기가 여기에도 저기에도! ……역시 성공했습니다!"

"가서 확인하기 전까지 좋아하기엔 일러."

가지가 고개를 가로저었다.

"여기서 다 올 때까지 기다리자."

사방이 훤히 트인 초원에 띄엄띄엄 흩어져서 뒤따라오는 사람들이 보인다. 죽을힘을 다해 걷고 있을 텐데 그들은 좀처럼 가까워지지 않았다. 가지는 숫자를 세어보았다. 뒤따라오는 사람들은 네 명뿐이다.

"……세 명은 낙오했나? ……맨 끝이 누구지?"

맨 끝의 다쓰코는 가까스로 가지 앞에까지 오더니 백지장 같은 입술로 웃으며 쓰러졌다.

"조금만 참으면 돼."

가지는 그녀의 몸을 부축하고 미적지근해진 수통의 물을 머리에서부터 부어주었다.

"잘 따라왔어. 조금만 더 가면 돼."

연기가 피어오르는 곳을 향해 여섯 사람은 땅덩어리를 끌고 가는 듯한 기분으로 걸어갔다.

연기의 정체는 집이 아니었다. 1개 중대에 가까운 병력이 휴식을 취하고 있었던 것이다.

"어떡하지?"

가지는 나무그늘에서 사람들을 세웠다.

"저 부대는 아마 조선 쪽으로 빠져나가려는 것 같다. 장비도 좋은 걸 보니 전투는 하지 않은 모양이야. 합류하고 싶은 자는 해도 좋아. 난 하지 않는다. 저기로 가서 식량이나 얻을 생각이다."

아무도 쉽게 결정을 내리지 못했다. 초라하게 영락한 자가 위풍당당하게 서 있는 낯선 집으로 굴러들어 갈 때와 비슷한 망설임이 모두의 얼굴에 있었다.

"어쨌든 가자."

가지가 앞장섰다.

휴식 중인 부대는 숲속에서 나타난 사람들을 보자 하나같이 호기심을 나타내면서도 데면데면하게 맞이했다.

"지휘관은?"

가지가 물었다. 그 말에 한 일등병이 경멸하듯이 말했다.

"어디서 왔나?"

다른 한 명이 턱으로 지휘관 쪽을 가리켰다. 건방지게 지껄인 자가 방정맞은 목소리로 소리쳤다.

"나가타 대위님, 미아들입니다."

근방의 병사들이 요란하게 웃었다. 가지는 데라다와 야마우라 외에는 그 자리에 남겨두고 지휘관 쪽으로 갔다.

책상다리를 하고 앉아 있는 대위를 향해 격식에 맞춰 받들어총을 한 것은 군인의 습관이 의식을 뛰어넘어 돌아왔기 때문이다.

소속부대명과 관등성명을 대고 떠돌게 된 경위를 설명하면서 한 끼 분이라도 좋으니 식량을 나눠줄 수 없겠냐고 부탁했다.

"저 여자는?"

대위가 처음에 물은 말이었다.

"밀림에서 구해줬습니다."

"구해줬다고?"

대위는 한쪽 볼을 씰룩이며 비웃었다.

"칭원타이青雲臺의 우시지마 부대라고 했나?"

"그렇습니다."

"작업대는 도히 부대라고?"

"그렇습니다."

"칭원타이는 우시지마 대대장 이하 전원이 옥쇄했다고 들었다."

가지는 잠자코 다음 말을 기다렸다.

"도히 중위란 자는 어떻게 됐나?"

"전사했습니다."

"너희들은 왜 살아 있는 거야?"

가지는 낯빛이 변하는 것을 참았다.

"작업대도 옥쇄했다고 들었다. 너희들은 지휘관이 죽었는데도 뻔뻔하게 살아남은 거냐? 어째서 마지막 돌격을 감행하지 않았냐? 응? 보아하니 탈영병인 것 같은데 계집이나 데리고 다니고 뭐 하는 짓이냐? 불성실한 태도에도 정도가 있다! 해명해봐!"

"……해명은 하지 않겠습니다."

가지의 목소리가 떨리기 시작했다.

"식량을 얻을 수 없습니까?"

"안 돼!"

대위가 딱 잘라 말했다.

"우리 부대는 조만 국경의 방어선에 도달하면 최후의 일전을 벌일 각오다. 너희들 같은 겁쟁이들한테 줄 식량은 없다. 꺼져라! 여기서 더 어물거리다간 나뭇가지에 매달아버리겠다."

협박하듯 으르대는 자신의 말이 마음에 들었는지 대위는 농담을 즐기듯 옆에 있는 장교를 보고 웃었지만, 가지에게 돌아온 눈은 노기를 띠고 험악함을 더하고 있었다.

데라다와 야마우라는 분노와 두려움으로 벌벌 떨면서 곁눈질로 가지를 훔쳐보았다. 그의 얼굴은 핏기를 완전히 잃고 섬뜩한 웃음을 띠고 있었다.

"나가타 대위라고 했나?"

가지가 심상치 않은 목소리로 말했다.

"식량은 필요 없다. 설교도 필요 없다. 내가 주겠다. 대갈통에 한 방 먹여주마."

가지는 총구를 올려 대위를 겨눴다. 나가타의 옆에 있던 장교와 두세 명의 병사가 움직이는 기미를 보이자 총구는 민감하게 그들의 얼굴을 따라갔다.

"모두 꼼짝 마! 데라다, 야마우라, 누구든지 움직이면 쏴버려. 이 새끼들아, 그렇게 다 챙겨 입고 무슨 최후의 일전이냐? 식량이 아깝다면 아깝다고 해라! 네놈들이 그렇게 다 챙겨 가지고 도망갈 준비를 했기 때문에 우리가 전멸한 거다, 전멸을! 맛 좀 봐라!"

말만이 아니었다. 가지의 총이 굉음과 함께 불을 뿜었다. 총알은 대위의 무릎 앞에서 흙을 파고들었다. 가지는 재빨리 노리쇠를 조작하여 다시 격발 상태로 했다.

"데라다, 야마우라, 총을 겨눈 채 물러가라. 아무도 움직이지 마. 내 명중 한계는 200미터다. 200미터까지 아무도 움직이지 마라."

아무도 움직이려고 하지 않은 것은 두 번째 총알은 주저 없이 누군가의 얼굴을 관통할 것이 틀림없었기 때문이다.

가지는 천천히 후퇴하기 시작했다. 다른 사람들이 기다리고 있는 곳까지 왔을 때 걸음을 멈추고 얼굴은 움직이지 않고 말했다.

"당신이 합류하고 싶어 하는 부대가 저 모양이다. 개새끼들! 건빵 한 개조차 아깝다는 거야. 어쩔 거냐? 고개를 숙이고 갈 거냐? 아니면 우릴 따라오겠나?"

가지는 계속 뒷걸음질로 후퇴했다. 히로나카와 히키타는 당황했지만 그들 역시 어느새 뒷걸음질로 후퇴하기 시작했다.

숲 가장자리에 와서야 가지는 겨우 자세를 바로 했다.

"지독한 놈!"

누구에게랄 것 없이 그렇게 말했다.

"저런 놈은 처음이야. 쏴 죽일 걸 그랬어! 왜 살아 있느냐고? 정말로 죽여버렸어야 했어!"

이상한 흥분 상태에 있었기 때문에 다섯 명의 사내와 한 명의 여자는 잠시 배고픔도 잊고 있었다.

"아차!"

갑자기 가지가 탄식했다.

"한 번 더 위협해서 식량이라도 빼앗아올걸 그랬어."

말은 그렇게 했지만 그 험악한 대립 상태에서도 이 생각을 못했던 것은 아니다. 단지 그것이 더럽게 여겨졌던 것이다. 더러움을 피하기 위해 무의미한 행동을 불사한 것이다. 지금 그 어리석음이 가슴속에 불쾌하게 달라붙어 있다. 난 항상 왜 이렇게 실질적이지 못한 걸까?

"식량 같은 건 아무래도 상관없습니다!"

데라다가 내뱉듯이 말했다.

"저런 놈이 대위라니!"

그러자 가지의 얼굴에 갑자기 미소가 번졌다.

"데라다, 그날 밤에 넌 총을 겨누지 않았었지?"

데라다는 겸연쩍은 듯 고개를 숙였다.

"오늘은 해주더군. ……그러니까, 뭐랄까, 너와 나에겐 배고픔이 필요했어."

흥분이 가라앉자 배고픔과 피로는 몇 배나 심해졌다. 통쾌함의 대가는 터무니없이 비쌀지도 모른다.

"용서해줘."

가지는 비틀비틀 걸으면서 말했다.

"아무 성과도 없었어."

운이든 우연이든, 그것은 그 나름의 이치로 인간의 앞길에 직물을 짜고 있다. 직물과 직물 사이에 제대로 들어가지 못하면 그것은 운이 나쁘다는 것이다. 가지 일행은 아직 운이 다하지는 않았다.

대위에게 기분 좋게 한 방 먹였지만 가지도 정말이지 어찌할 바를 모르고 있을 때 다쓰코가 뒤에서 말했다.

"누가 와요."

사내들은 나무에 기대 총을 겨눴지만 나무 사이를 누비며 달려오는 병사는 혼자였고 위협적으로 보이지도 않았다. 그렇긴 해도 몸놀림이 활기찬 것을 보니 가지 일행 같은 굶주린 패잔병이 아니라 아까 그 부대에서 온 병사임이 틀림없었다.

"잘못했다고 부르러 오는 건가 봐."

다쓰코가 나무에 기대 말했다.

"설마."

쓴웃음을 짓고 있는 가지 앞으로 그 병사가 달려와서 하얀 이를 드러내며 분명히 선의의 웃음을 지으면서 말했다.

"잘했어, 가지! 나 모르겠나?"

가지는 의아한 표정으로 눈을 깜빡이다가 불현듯 그리 멀지 않은 과거가 되살아났다.

"단게!"

"그래, 나야. 단게야."

단게 일등병, 육군병원에서 가지가 마음의 무장을 해제하고 사귈 수 있었던 단 한 명의 사람이다. 아니, 한 명 더 있었다. 주근깨투성이에다 목소리가 감미로운 젊은 도쿠나가 간호사.

"이야기는 나중에 하세."

단게는 잡낭에서 건빵 봉지를 네 개 꺼냈다.

"같이 나눠 먹어. 지저분한 털보가 되어서 하마터면 몰라볼 뻔했어."

여섯 사람은 아귀가 되었다. 아무 말도 않고 먹기만 했다. 얇은 건빵 봉지는 눈 깜빡할 새에 비었다. 시장기는 오히려 더 심해졌지만 당장 굶어죽을 두려움만은 사라졌다.

"살았다!"

가지는 긴 한숨을 쉬었다.

"당신을 만날 줄은 몰랐어! 그 부대에 있었나?"

"나가타 대위랑 맞짱 뜨는 걸 봤어. 일단락되면 나가서 어떻게든 하려고 했는데 갑자기 쾅 하고 쏘는 바람에……."

단게는 웃었다.

"그건 잘한 건지 모르겠지만, 많이 변했더군."

"죽이고 죽고 하면 변할 수밖에."

가지는 웃지도 않고 군화 끈을 고쳐 맸다.

"당신은 뭐라고 하고 나온 거야?"

"물을 뜨러 가는 척하고 나왔어."

"그럼, 돌아가야지?"

단게는 가지를 뚫어지게 보았다.

"어디로 가는 건가?"

"서남쪽으로. 내 예상으로는 이 방향으로 가면 둔화敦化가 나와. 일단 거기를 목표로 하고 있어."

단게는 고개를 끄덕이고 나서 확실하게 말했다.

"나도 같이 가자. 푸순無順까지 가면 아는 사람이 꽤 있으니까 어떻게 되겠지. 다른 사람도 반대하지는 않겠지?"

아무도 반대는 하지 않았다. 위급할 때 건빵 네 봉지는 구세주나 다름없었다.

"조만 국경에서 산속으로 들어가 장기 항전이라도 시키면 무슨 수로 버티겠나?"

"그럼, 가세."

가지는 일어섰다.

"밤까지는 밭이나 어딘가로 나가야 될 텐데."

벌써 밤이 장막을 드리울 준비를 하고 있었다. 여섯 명은 일곱 명이 되어 한 덩어리로 걷기 시작했다. 모두들 다리도 무겁고 입도 무거웠다.

"……아직 끝나지 않은 걸까?"

가지가 단게의 얼굴을 들여다보며 불쑥 물었다.

"무슨 정보 못 들었어?"

"끝났을 텐데."

단게도 아직 일본이 항복한 것은 모르고 있었다.

"끝났다면 어떤 형태일까?"

"독일과 같겠지."

단게가 대답했다.

"무조건 항복."

"……그건 그래. 그 무조건 항복이라는 것이 말이야. ……다시 말해서 인간은 어떻게 되는 걸까?"

"그거야, 문제는."

단게는 그 다음을 이어서 말하지 않았다. 아무도 경험한 적이 없는 일이다. 인간 한 사람 한 사람의 삶이 어떻게 될지, 그 의문을 향해 모든 사람이 암중모색하고 있다.

"전쟁 종결……."

단게는 말을 꺼내다가 가지의 딴생각을 하는 듯한 멍한 눈초리에 부덮혀 입을 다물었다.

"……어떻게 됐는지, 모르나……?"

가지는 잃어버렸던 과거의 파편을 가슴속에서 주워내듯이 말했다.

"……그 사람은 …… 도쿠나가 씨는."

이 자식, 도대체 뭐야? 단게는 나가타 대위의 무릎 앞에 실탄을 쏜 사내와 덧없는 과거의 추억을 더듬는 사내를 하나로 연결시키려고 애썼다.

"후퇴할 때 한 번 봤을 뿐이네."

단게의 목소리를 가지는 모든 신경을 집중해서 들었다.

"우린 전초진지에 나와 있었기 때문에 분원 사람들이 왜 본대와 같이 행동하지 않았는지 몰라. 후퇴하다 보니 도중에 트럭이 고장 나서 서 있었어. 수리할 가망이 없었던 모양이야. 간호사들이 함께 데리고 가 달라고 애원한 것 같은데 나가타가 거절했어. 전투 때문이라고 구실을 댔지만 실은 거추장스럽고 식량이 모자랄까 봐 두려웠던 거지."

가지는 숨을 들이마셨다.

"……거기에 있었나?"

단게는 고개를 끄덕였다.

"트럭의 위와 아래에서 얼굴이 마주쳤어. 인사를 하더군……."

그것이 마지막이라고 한다. 또 뵐 수 있겠죠? 그녀는 그렇게 말했다. 그것이 마지막이었다. 나가타 부대에 버림받은 여자들 앞에는 무엇이 기다리고 있었을까? 끝없는 방랑과 굶주림과 죽음.

"……건강해 보였나?"

그런 걸 물어서 무슨 소용이 있단 말인가! 가지가 이미 몇 명, 몇 십 명이나 보아온 것처럼 그녀는 숨을 헐떡이며 괴로워하다가 결국 들판에 쓰러져 죽을 것이다. 아니면 이미 죽었을 것이다!

"……그녀답게 온화하게 웃는 얼굴이었네."

가지의 볼이 살짝 떨렸다. 가지는 더 이상 아무 말도 하지 않았다. 걸음이 빨라졌다.

"너무 빨라. 어두워져서 다른 사람들이 못 따라올 거야."

단게가 쫓아오며 주의를 주었다.

"아까 하다 만 말인데, 전쟁 종결 처리를 어떤 세력의 손에 의해 하느냐에 따라 인간에 대한 처리도 크게 달라질 거네."

단게는 빠져 있어봤자 아무 소용이 없는 추억에서 가지를 데리고 나오려고 했던 것이다.

"부디 민주세력이 결집해서 패전 수습을 해주면 좋겠는데."

"……일본에 민주세력이란 게 어디 있다고."

가지의 입에서는 생각과는 다른 말이 튀어나오고 말았다. 전투를 벌이고 난 후 격동과 피로와 기아로 신경이 송두리째 균형을 잃은 데다가 그나마 따뜻하게 간직하고 있던 과거의 한 부분이 짓밟혀버리자 쏟아놓을 곳 없는 분노가 시커멓게 소용돌이치고 있었다.

"대부분이 나 같은 놈이거나 나 이하야. 아무것도 못해. 자기 자신조차 제대로 지키질 못한단 말이야."

"그렇게 낙심하지 마."

단게는 덧없이 웃었다.

"승부는 이제부터야."

"그런 말을 하는 게 아니잖아."

가지는 몹시 공허한 목소리로 말했다.

"우린 군인이 되었어. 전투를 해서 전멸당하고 이렇게 걷고 있네. 모순 위에 모순을 쌓아올리면서 단지 본능의 반사작용으로 말이야. 자기 스스로는 무엇 하나 해결하지 못하고, 파괴된 생활로 돌아가는 거지. 생활 재건에 참가한다는데 어떻게? 어떤 인간이?"

단게는 사이를 두었다가 대답했다.

"무슨 말을 하고 싶은 거야?"

"내가 좀 갈팡질팡하고 있지? 자네가 말한 전쟁 종결 처리 말이야. 그걸 할 만한 자격이 있는 사람이 얼마나 될까? 전쟁의 책임이란 건 어떻게 해결할 수 있지? 나에게 전쟁의 책임이란 게 어디까지이지?"

가지는 지금 그저 살기 위해 걷고 있다. 만약 미치코가 죽기라도 했다면 가지는 벌써 기력이 다해서 쓰러졌을 것이라고 생각하고 있다. 지금은 어쨌든 삶을 꿈꾸며 걷고 있다. 어떤 삶인지는 모른다. 무엇이든 간에 어떤 의미와 목적이 없으면 안 되리라. 그건 훌륭한 것이라고 치자. 아니 확실히 그렇게 할 작정이다. 그렇게 하기 위해서 가지는 사람을 죽이고, 사람을 버리고 걸어왔다. 앞으로도 수십 일, 수백 일을 그렇게 걸어야 할지 모른다. 아주 오래 전부터 형태는 비록 다르지만 그랬다. 그것이 어느 날을 경계로 하여 갑자기 마음에 평화가 되살아날지 어떨지…….

단게는 잠자코 있었다. 이 녀석은 빨리 배를 채워줄 필요가 있겠어. 관념까지 굶주려 있군.

16

거의 한밤중까지 걸어서 산기슭으로 나왔을 때 가지는 야마우라를 불렀다.

"저건 뭐지?"

어둠에 싸인 골짜기 건너편에 약간 높고 완만한 기복을 그리는 그림자가 보이는 것이 평지의 숲 같기도 하고 밭으로 보면 밭으로 보이기도 했다.

"……밭입니다."

야마우라가 잠시 후에 대답했다.

"밭이면 무슨 밭일까?"

밭이라도 조나 보리밭이면 아직 여물지 않았기 때문에 가지 일행에게는 모래나 마찬가지다.

"……옥수수나 수수겠죠."

"그러면 좋겠군."

가지는 끈적끈적한 침을 삼키려고 했지만 목젖만 울릴 뿐이었다.

"10리쯤 될까? 그렇게는 안 돼 보이는데. 조금만 더 힘내자."

"……더 이상 못 걷겠어요."

뒤에서 다쓰코가 모기 소리만큼이나 가냘픈 목소리로 말했다.

"쌍, 저게 밭이 아니면 난 흙이라도 파먹을 거야."

히키타가 고통스러운 듯 역시 목젖을 울리며 말했다.

"단게, 미안하지만 선두에 서주지 않겠나?"

가지가 말했다.

"난 이 친구 엉덩이를 패가면서 끌고 갈 테니까. 여기까지 와서 녹초가 되는 사람이 어딨어?"

단게는 선두에, 가지는 후미에 섰다.

"자, 걸어. 이를 악물고 가. 난 나약한 사람은 싫어. 녹초가 되어 나가떨어져도 업어주거나 손을 잡아주진 않아."

다쓰코는 산고개를 내려가면서 거의 열 걸음마다 한 번씩 넘어졌다. 그때마다 알 수 없는 신음 소리를 내면서 일어났다.

골짜기에는 개울이 있었다. 폭은 좁았지만 깊이는 남자의 가슴까지 왔다. 다쓰코는 목까지 왔다. 물이 차갑다. 가지는 총을 히키타에게 주고 다쓰코를 업었다. 부력이 있어서 무게는 줄었지만 오랜 행군에 힘이 빠진 다리가 개울 바닥의 돌을 헛디뎌서 두 사람은 물을 실컷 먹었다. 그랬더니 다시 여자를 업을 수가 없었다. 여자가 차가운 몸으로 매달릴 뿐 일어나려고 하지 않았기 때문이다. 두 사람은 뒤엉킨 채 다섯 걸음에서 열 걸음 사이에 몇 번이나 넘어지면서 물에 잠겼다.

다른 사람들은 어두워서 두 사람이 괴로워하는 것을 모르는 것 같았다. 히키타가 위에서 말했다.

"언제까지 놀고들 있을 거야?"

가지는 겨우 다쓰코를 끌어올리고 마치 술에 잔뜩 취한 사람처럼 비틀거리며 히키타에게 덤벼들었다.

"너 같은 놈은 밀림에 버리고 왔어야 했어!"

"밭이다!"

앞에서 단게가 소리쳤다.

"빨리 와."

정말로 밭이다! 야마우라의 말대로 옥수수 밭이었다. 일행은 멧돼지처럼 밭을 헤치고 들어갔다.

가쁜 숨을 몰아쉬며 쿵쾅거리는 가슴을 안고 옥수수를 비틀어 딴다. 껍질을 벗긴다. 뭐야! 아직 열매가 맺히지 않았잖아? 좁쌀만 한 알갱이가 얌전히 늘어서 있을 뿐이었다. 달콤한 풋내. 촉촉하고, 사람의 살갗 같은 부드러움. 하지만 먹을 게 없다.

그러나 실망은 잠깐이었다. 배고프면 아무것도 생각하지 못한다. 아니, 아주 정확하게 필요한 것만 생각한다. 이건 어쨌든 먹을거리다. 먹어서 안 될 것도 없을 것이다. 그 점에 대해서는 아무도 말이 없었다. 모두가 거의 동시에 옥수숫대까지 물었다. 여린 옥수숫대는 달콤한 즙이 흠뻑 배어 있었고 부드러웠다.

그 무렵 희미한 달이 떠올라 옥수수 잎 사이에서 일곱 마리의 들짐승이 정신없이 밭을 짓밟고 있는 것을 내려다보고 있었다.

한 명이 일고여덟 개는 먹었지 싶다. 뱃속의 허기는 완전히 해소되었다.

그러나 그 후 곧바로 너무 성급하게 검소한 식사에 만족한 것을 후회했다. 옥수수 밭 뒤에는 채소밭이 있었고, 농가 한 채가 조용히 자리 잡고 있었다. 주인이 피난을 간 지 아직 며칠 지나지 않은 모양이다. 채소밭에는 당장이라도 따 먹을 수 있는 강낭콩이 지천이었다. 야마우라는 주인이 버리고 간 세숫대야로 재빨리 콩을 삶았다.

인생은 캄캄한 어둠 속에서 조금씩 빛을 되찾기 시작했다. 간단한 일이다. 행복은 목구멍에서 출발하여 항문에 이른다. 그 도중에 인간의 머리는 행복을 미화하는 데 지나지 않을지도 모른다.

배가 부르자 기분 좋은 졸음이 몰려왔다. 저항할 수 없는 감미로운 유혹이다. 마약에 빠져들게 하는 황홀경이 이런 걸까? 일행은 집에는 들어가지 않고 땅바닥에 저마다 누워서 잠에 빠져들었다.

새벽녘의 냉기는 생각보다 심했다. 단게가 잠에서 깨 둘러보니 모두들 몸을 잔뜩 웅크린 채 자고 있었다. 단게는 나뭇가지를 주워 불을 피웠다. 축축한 나뭇가지가 요란하게 소리를 냈다. 연기가 다쓰코 쪽으로 흘러가자 다쓰코가 몸을 부르르 떨면서 일어났다. 어젯밤 개울을 건널 때 흠뻑 젖은 옷을 남자들처럼 속옷까지 홀랑 벗어서 말릴 수도 없었기 때문에 새벽녘의 냉기가 몸속으로 더욱 파고든 듯하다. 잠시 잠이

덜 깬 표정으로 불을 쬐고 있다가 가지의 자는 얼굴을 들여다보며 혼잣말하듯 말했다.

"……잘 자고 있네."

단게는 사람 좋은 미소를 띠며 잠자코 있었다.

"병사님이 합류한 뒤로 이 사람 많이 안심이 되는 모양이에요, 틀림없이."

틀림없다. 지금까지는 다쓰코가 언제 잠에서 깨든 가지는 항상 깨어 있었다.

"고생이 많았나 보군."

단게는 콩을 삶는 세숫대야를 불 위에 올려놓으면서 말했다.

"그런데 자네는 여자 몸으로 용케도 이 친구를 따라왔어. 대단해."

"대단하긴요."

다쓰코는 웃었다.

"죽을힘을 다했죠. 우메코처럼 몇 번이나 포기하려고 했는지 몰라요. 그럴 때마다 이 사람이 쌀쌀맞게 굴면서도 친절하게 대해주었고, 여동생이 어떻게 되었는지도 확인해보고 싶고……."

"어딘데?"

"다스차오大石橋라는 곳이에요."

"그럼, 가지네 집 근처군."

"네. 그래서 꼭 붙어 다니려고요."

다쓰코는 소리 없이 웃었다.

"이상해요. 난 동생을 걱정해도 동생은 아무 생각도 없을지 모르는데. 가서 열흘가량만 신세를 져도 창녀였던 언니가 귀찮아지겠죠? 남 보기에 좋지 않으니 어디로든 가 버리라고 말할지도 모르겠네요."

다쓰코는 깔깔 웃었다. 단게는 그 웃음소리를 주체하지 못하고 불을 뒤적였다. 이 여자의 말대로 될 것이다. 이 여자는 국경의 병사들을 상대하며 매음이라는 형태로 전쟁을 지지했다. 비참한 지지자였다. 지금 후방으로 쫓겨 가는 것도 불행에서 불행으로의 이동에 지나지 않을 것이다. 행복을 조금이라도 더 많이 배당받은 자는 자기보다 비참한 자를 핍박하면서까지 자신의 행복을 지키려고 한다. 다시 말해서 대개가 가난하다. 행복의 양이 부족하다, 일본인은. 그러면서도 아예 없는 것은 아니기 때문에 인색한 것이다. 재물이건 정신이건 빈약한 소유자다.

"……병사님은 어떻게 할 거예요?"

다쓰코의 말에 단게는 고개를 들었다.

"글쎄. 난 기계공이었는데 공장들이 없어졌을지도 모르니 밥벌이할 걸 만들면서 민주화 운동을 할 생각이야."

"……민주화요?"

"아, 미안. ……쉽게 말해서 이런 거야. 천황도 똥을 싸는 인간이잖아? 단게 일등병과 같다고. 자네와 나도 다 같이 인간이니까 누구의 신분이 어떻다는 것은 없어. 같은 권리와 같은 의무를 가지고 살아가는 거지. 어떤 위인이 이런 말을 했어. 하늘은 사람 위에 사람을 만들지 않았고, 사람 밑에 사람을 만들지 않았다고."

"⋯⋯창녀도요?"

"그래. 가령, 자네 말인데. 자네가 창녀였다고 가지가 이상한 태도를 보이던가?"

"아니요."

"그거야. 우린⋯⋯."

다쓰코는 진지한 표정으로 듣다가 갑자기 웃었다.

"말도 안 돼요! 겉으로만 그렇지 세상에 돌아가면 그렇게는 안 돼요."

"갑자기야 안 되겠지."

단게는 일어섰다.

"하지만 그렇게 되도록 만들어갈 거야. 그런데 가령 자네 같은 사람이 그런 고지식한 태도를 버리지 않으면 재미없어져, 실제로. ⋯⋯이 콩 좀 보고 있어. 조금 모자란 것 같으니까 더 따올게."

날은 완전히 밝았다. 단게가 채소밭에 가 있는 동안 히키타와 히로나카가 일어나 불 옆으로 왔다.

"춥게 잤는지 속이 좀 이상하군⋯⋯."

히로나카가 두 볼이 홀쭉해진 얼굴을 일그러뜨리며 중얼거렸다.

"⋯⋯맛 좋겠다."

히키타는 히죽히죽 웃었다.

"먹을래요? 벌써 다 익었는데⋯⋯."

"아니, 네 엉덩이랑 허벅지 말이야."

"무슨 소리예요?"

다쓰코는 단게와 나눈 이야기의 뒷맛이 한꺼번에 사라져버린 것에 화가 났다.

"탐이 나거든 돈부터 내요! 어젯밤까지만 해도 아귀처럼 먹을 궁리만 하더니."

"옳은 말이야. 하룻밤 자고 났더니 이상하게도 지난 열흘 동안 풀이 죽어 있던 놈이 벌떡 일어났거든. 이렇게 말이야……."

다쓰코가 새삼스럽게 사내들의 이런 태도에 당혹할 리는 없었다. 그런데 지금은 외면하고 싶어진다. 가지를 깨우고 싶었다. 가지가 일어나면 히키타도 허튼수작은 부리지 않을 것이다. 하지만 가지는 아직도 세상모르고 자고 있었다. 다쓰코는 일어나서 단게가 있는 채소밭 쪽으로 갔다.

"탐스런 엉덩이야."

히키타가 또 농을 던졌다.

"엉덩이가 근질근질한가 보지? 김이 모락모락 나는군."

다쓰코가 상대하지 않고 가 버리자 히키타는 갑자기 표정이 어두워졌다.

"하사님, 어떡할 거요? 이제 마을만 따라가면 굶을 걱정은 하지 않아도 되지만, 역시 함께 가는 거요?"

"그럼, 다른 방법이 있나?"

히로나카는 눈을 치떴다.

"저놈은 남만주에 자기 집이 있으니까 앞뒤 생각 않고 달려가겠지만 나나 당신은 본국으로 가지 않으면 소용이 없소. 그런데 바다를 걸어서 건너갈 수는 없으니까 역시 조선 쪽으로 가는 부대 같은 데 끼어드는 방법밖엔 없을 거요. 어제는 저년 말을 흉내 내는 건 아니지만 먹는 것만 생각했고, 저 새끼가 느닷없이 총을 쏴대는 바람에 나도 얼떨결에 이렇게 같이 오긴 했지만······."

"······부대를 만날 수 있을지 어떨지도 모르잖아."

히로나카는 선뜻 단념하지 못하겠다는 투로 대답했다. 어느 길로 가든 그의 경우에는 앞날이 캄캄했다. 어제 본 나가타 부대는 완전군장을 하고 '최후의 일전' 운운하며 잔뜩 벼르고 있었지만 실제로 섬멸적인 타격을 받은 히로나카는 최후의 일전이니 뭐니 하는 것을 자신의 피부 감각으로는 믿을 수 없었다. '황군'이 어디까지 항전할 것인가라는 관념과 이것은 별개의 문제다. 완전히 상반된 것이지만 지금은 아직 그대로 히로나카의 몸속에 공존하고 있다. 어느 쪽을 따르겠느냐는 문제가 되면 히로나카는 판단을 멈춰버릴 것이다. 타성과 관성으로 움직이고 있다.

가지에게 '합류하지 않으면 안 된다'고 땅땅거리긴 했지만 어제 그 부대와 조우했을 때 그의 마음속에서 가장 폭넓게 퍼져 있던 것은 무엇이었던가. 두려움이었다. 혹은 허세라고도 할 수 있을 것이다. 상등병에게 지휘권을 빼앗긴 육군 하사 따위는 사정을 모르는 다른 부대에는 웃음거리밖에 안 된다.

부대란 그런 곳이다. 아주 엉터리이고, 또 몹시 배타적이다. 히로나카는 부대의 기질을 잘 알고 있다. 하사관 동료나 고참병들 사이에서 얼굴도 못 들고 지내는 것보다는 본의는 아니지만 역시 성격을 아는 가지와 함께 있는 편이 그나마 체면을 유지하는 길이라고 생각한다. 가지에게 앙갚음을 하고 싶다는 욕망보다도 어느 틈엔가 그런 마음이 더 뿌리 깊게 박혀 있었다.

그리고 실은 마음 한편에서는 그 부대와 같이 행동하게 되면 또다시 처참한 전투에 휩쓸릴지도 모른다는 것을 무엇보다도 두려워하고 있었기 때문에 그것이 하사관의 허세와 아무 지장도 없이 결합하고 있었던 듯하다.

지금 히키타가 가지와는 다른 행동을 제안했지만 히로나카의 마음이 바로 그쪽으로 움직이지 않은 것은 이 또한 본의는 아니지만 가지의 행동력을 인정할 수밖에 없기 때문이다. 그것을 히로나카는 이런 식으로 표현했다.

"상황이 불투명하니까 소수로 행동하는 것은 불리해."

"괜찮소이다, 하사님. 우리가 남만주로 간다고 무슨 뾰족한 수가 있을 것 같소? 조선 쪽으로 슬슬 가시죠."

"……말리진 않겠지만."

땅에 누워 있던 가지가 불쑥 말했다.

"기분 내키는 대로 방침을 변경하면 대개가 실패해. 어쨌든 일본인이 있는 곳까지 가고 나면 그때 방향은 어느 쪽으로든 잡을 수 있지 않을까?"

가지는 일어나서 야마우라와 데라다를 흔들어 깨웠다.

"앞으로는 돌아가더라도 밭을 따라서 가자. 나도 그런 무리한 강행군을 하고 싶어서 한 건 아니니까."

단게와 다쓰코가 우비에 완두콩을 산처럼 담아서 돌아왔다.

다쓰코가 가지를 보며 웃었다.

"배탈 날 걱정은 있어도 이제 굶을 걱정만은 없어졌네요."

17

다쓰코는 아무 생각 없이 한 말이었지만 그로부터 얼마 후 일행은 한 사람도 빠짐없이 설사에 시달리기 시작했다. 굶을 대로 굶다가 먹고 싶은 만큼 실컷 먹고 춥게 자면 설사를 하는 것은 당연할지도 모른다. 아프지는 않았다. 수시로 뒤가 마렵고, 이것이 또 도저히 참을 수 없을 정도로 성급하게 물처럼 뿜어져 나왔다. 그래도 이것은 오히려 쾌락이었다. 마음대로 배설할 수도 없는 상태와 비교하면 설사는 건강하게 살아 있다는 증거다.

뒤처리는 풀잎으로 했다. 가지는 문득 특수 광부의 대표였던 왕시양리의 수기를 떠올렸다.

······밑을 닦을 때는 작은 돌이나 풀잎을 쓰고 있습니다. 매일 인간이 살아가는 데 필요한 칼로리의 턱없는 부족과 비타민군의 심한 불균형 때문에······.

가지는 단게에게 말했다.
"《바람과 함께 사라지다》라는 소설 알지? 난 재미있게 읽었는데 지금 생각나는 것은 그 스토리가 아니야. 남북전쟁에서 패한 남군의 패잔병에 대해 쓴 단 한 줄의 글뿐이지. 패잔병에게 붙어 다니는 설사와 이에 대해서 어쩌고저쩌고 쓴 것 말이야. 우리랑 똑같아. 우린 똥을 질질 흘리고, 이를 키우고 있어."
그렇다. 왕의 기록도 정확했고, 미첼 여사의 표현도 정확했다.
"설사가 이렇게 계속되다간 모두들 기력이 다 떨어질 텐데."
단게가 걱정했다.
"어디서 고기를 좀 먹을 방법이 없을까? 멧돼지 같은 거라도 만날 수 있으면 좋으련만."
그러나 일행은 설사를 하면서도 기력은 잃지 않았다. 산을 넘고, 골짜기를 건너고, 들판을 가로지르고, 때에 따라서는 미리 정한 방향과 전혀 달라도 밭이 있는 쪽으로 나아갔다.
이제 그 근방은 사람이 사는 세계였다. 산 위에서 외딴집이나 작은 마을을 내려다보면 일행은 모두 조리한 음식을 필사적으로 원했다. 밭 작물엔 신물이 났다. 무엇보다도 짠맛이 그리웠다.
인가를 발견하면 히키타나 히로나카 중 하나가 꼭 거기로 가서 음식다운 음식을 구해오자고 했다. 가지는 그 말을 들을 때마다 집과는 다른 방향으로 난 산길을 앞장서서 걸었다. 그 이유는 그의 마음속에서 막연한 형태를 갖추고 있는 불안 때문이었다. 혹은 피해망상 때문인지도 모른다. 기세가 등등해서 갖은 만행을 저지르던 일본인이 어깨를 축 늘어뜨린 채 만주인의 집 문을 두드려봤자 돌아오는 것은 욕지거리와 가래침 정도가 아닐까?

"대장은 아직 밀림 속을 걷고 있는 줄 아는 모양이야."

히키타가 투덜거렸다.

"밀림 속에선 그렇게 기세가 하늘을 찌르더니 세상에 나오니까 완전히 꼬릴 내린 강아지 꼴이군."

데라다는 그 말을 들으면서 가지를 의심했다. 혼자서도 보초를 죽이러 갔던 사내가 왜 농가로 가는 것은 저렇게 두려워하는 걸까?

날이 갈수록 황폐해진 밭이 늘어났다. 처음엔 별로 신경 쓰지 않았지만 문득 축축한 흙 위에 찍힌 군화 자국을 발견한 뒤로는 밭이 황폐해진 것은 가지 일행보다 먼저 지나간 패잔병들의 짓이라는 것을 알았다. 그것이 필요의 한도를 넘은 것 같았다. 닥치는 대로 비틀어 따서 내버린 옥수수가 여기저기 흩어져 있었고, 호박이나 수박 밭에서는 아직 여물지 않아서 먹을 수도 없는 열매까지 마구 베어져 있었다.

"경계하지 않으면 위험하겠어."

단게가 중얼거렸다.

가지는 말없이 고개를 끄덕였다. 농민들은 자위책을 강구할 것이다. 불필요한 행위는 불필요한 결과를 초래하게 마련이다. 어떤 결과가 될지 그것을 예단豫斷하는 것만이 아직 허락되지 않을 뿐이다.

그날 일행은 완만한 산비탈의 참외 밭에서 일하고 있는 두 사람의 농부를 보았다.

가지는 놀라게 하지 않으려고 그때까지 총구를 앞으로 겨눈 채 허리에 대고 걷던 총을 어깨에 메고 다가갔다. 두 농부는 갑자기 나타난 일본군을 보자 당황하며 황급히 달아나기 시작했다.

"쌍! 왜 달아나는 거야?"

히키타가 공포를 한 방 쏘았다. 두 농부는 나이 차가 꽤 나는 것 같았다. 젊은 쪽은 쏜살같이 뛰어 내려갔지만 다른 한 명은 단념했는지 멈춰 서서 가지가 다가오는 것을 곁눈질로 보며 기다리고 있었다.

노인이다. 주름진 얼굴에 공포와 애원의 빛이 서려 있었다. 충혈되고 눈곱 낀 얼굴에서 증오를 본 것은 가지의 자격지심 때문인지도 몰랐다.

"우린 아무도 해치지 않아."

가지는 오랜만에 중국어로 말했다.

"길을 묻고 싶은 거야. 징포후鏡泊湖로 가려면 어디로 가야 되지?"

노인은 자신의 귀를 막고 누런 이를 드러내며 웃었다. 아무것도 들리지 않는 척한다.

이놈 봐라! 귀머거리 흉내를 내고 있네? 총소리도 들리지 않았다는 거군.

"일본군이 이 근방을 지나간 적이 있나?"

노인의 고개가 아래위로 움직였다.

"이 근방에 러시아 군대는 오지 않았나?"

가지는 콧등에 손가락을 대고 코쟁이 흉내를 내 보였다. 노인이 무슨 말인지 알았다는 듯 웃었다.

"많이 왔다. 많이, 많이 왔다. 일본군은 모두 도망갔다. 너희들은 어디로 가나?"

"돌아가는 거야 집으로. 징포후는 어느 방향인가?"

노인은 잠시 생각하더니 손을 들어 가리켰다.

"이 방향인데, 이쪽으로 가요. 그쪽으로 가면 '따뻬즈(코쟁이)'가 있어."

"고맙소."

가지는 미소를 지어 보였다.

"감사의 표시를 하고 싶어도 가진 게 아무것도 없군. 고맙소."

가지 일행은 노인이 가리킨 방향으로 걷기 시작했다. 그 길은 내리막길로 산기슭을 우회하고 있었다.

"호의적인 만주인도 있군."

가지는 누구도 아닌 자신에게 혼잣말하듯 말하면서 히키타 쪽을 돌아보았다.

"함부로 발포하지 마라."

앞으로는 마을 주민과 만나는 일이 많을 것이다. 해를 끼칠 의사가 없다는 것을 나타내기 위해서는 무기를 버리는 게 나을지도 모른다. 그렇게 생각하면서 길모퉁이까지 왔을 때 가지는 우뚝 멈춰 서서 신음을 토했다.

"제기랄! 속았다!"

눈 아래의 붉은 평지에 탱크의 캐터필러 자국이 선명하게 건너편 마을까지 이어져 있었다. 소련군의 모습은 보이지 않았지만 마을 가장자리에 탱크 두 대가 서 있는 것으로 보아 이 근방에 꽤 많은 붉은 군대가 있을 것이라고 판단할 수 있다.

가지는 뒤로 돌아서 물러나기 시작했다. 속이 서서히 끓어오르기 시작한다. 자신의 어리석음을 비웃고 싶었다. 그 노인에겐 속일 필요가 있었을 것이다. 하지만 가지는 자신이 남에게 속을 까닭이 없다고 믿었기 때문에 남 또한 자신을 속일 리가 없다고 쉽게 생각했다. 이래서야 목숨이 몇 개가 있어도 모자랄 것이다.

"그때 쏴 죽였어야 했어."

히로나카가 가지에게 들으라는 듯이 히키타에게 말했다. 그러자 단게가 평소와는 달리 엄한 목소리로 꾸짖었다.

"당신들, 이렇게는 생각 못하나? 일본군이 지나갈 때마다 밭을 엉망으로 망쳐놓고 가니까 농민들이 우릴 미워하는 거라고."

그러니까 패잔병들이 더욱 밭을 망쳐놓고 가는 것이다. 악순환이다. 몇 명 안 되는 우리가 설령 밭을 망쳐놓지 않아도—사실은 극히 소규모로 망쳐놓긴 했지만—이 악순환에서 자유로울 수는 없는 것이다.

아까 그 노인은 벌써 사라지고 없었다.

가지는 밭에 난 샛길로 내려가 반대쪽 산으로 진로를 바꿨다. 산허리를 돌아 길이 다시 내리막길로 접어드는 곳에 이르자 길가 풀숲에 알몸의 남자 시체가 누워 있었다. 다가가자 파리 떼가 웽 하고 날아올랐다. 가슴에 한 방 맞았는데, 그것이 치명상이었던 모양이다. 흙빛으로 변색된 채 썩은 냄새가 나는 것으로 봐서 이틀쯤 전에 죽은 것 같다. 그는 속옷까지 벗겨져 있었다. 칼에 베이거나 맞은 상처는 보이지 않았기 때문에 사체를 욕보이려는 것이 목적이 아니라 옷을 가지고 갈 목적으로 살해한 것 같다.

"이 사람은 어디 사는 누구인지 영원히 모르겠군."

가지가 우울하게 중얼거렸다.

만주인에 대한 피복류 배급은 전무하다시피 하였으니 이 사내가 그 정책에 대한 보복을 당한 것인지도 모른다.

"조심해야 되겠어."

가지는 탄창을 살피며 말했다.

"총을 메지 말고 손에 들어. 히로나카 반장, 후미를 부탁해. 당신은……."

다쓰코에게 말했다.

"단게의 뒤에 서서 걸어와. 무슨 일이 일어나도 소리를 내서는 안 돼."

언덕길을 내려가 숲을 벗어나자 바로 아래에 마을이 있었다. 7, 80가구가 밀집되어 있는 마을은 작은 편이 아니다. 마을 주위에 있는 밭에는 띄엄띄엄 농부들이 나와 있고, 길이나 집 앞을 바쁘게 오가고 있는 사람도 있었다.

"저건 뭐 하는 거죠?"

눈이 좋은 야마우라가 잠시 바라보다가 말했다.

"몽둥이를 든 사람들이 길 쪽에 모여 있어요."

"몽둥이뿐만이 아니야. 총도 있어."

가지가 고개를 갸웃했다.

"이상하군. 어떻게 총을 갖고 있지? 예닐곱 자루는 되어 보이는데. 아니, 더 있어. 방어 훈련인가?"

그렇지는 않았다. 스무 명 정도의 사람들은 발 빠르게 언덕길 쪽으로 움직이기 시작했다. 가지 일행이 어디선가 발각되었거나 아니면 아까 그 두 농부가 이 마을 사람이어서 일본의 패잔병과 여자가 있었다는 것을 보고한 것이 분명하다.

"어서 도망치자."

히키타가 침착함을 잃고 발을 동동 굴렀다.

도망친다 해도 숲 속으로 돌아가면 여기까지 온 오늘의 여정을 헛일로 만들어버리게 된다. 뿐만 아니라 그들이 뒤쫓아 와서 끈질기게 공격한다면 밤까지 버티는 것도 여간 힘들지 않을 것이다. 다소 위험을 감수하더라도 마을 사람들의 자위권 밖으로 돌파하는 쪽이 현명할 것 같았다.

엄폐물이 없는 산허리의 풀숲이 횡으로 300미터쯤 펼쳐진 가장자리에 다른 숲이 있었는데, 그곳이 다음 산이나 골짜기로 모습을 드러내지 않고 나아갈 수 있을 것 같은 지형으로 보인다.

"어떡하지?"

히로나카가 빠른 속도로 올라오는 민병대와 가지를 분주하게 번갈아 보았다. 가지는 아직 확신이 서지 않는 듯 중얼거렸다.

"가로질러서 달리는 것은 위험하겠지만 한번 해보자."

"걸리적거리는 게 있는데 그게 가능하겠어?"

히키타가 불안을 그대로 나타내며 말했다.

"되돌아가는 게 나아요."

다쓰코가 언덕 아래를 내려다보고 있는 가지의 옆얼굴에서 시선을 떼지 않고 말했다.

"후퇴하면 봉쇄당해."

가지는 다쓰코를 싸늘하게 한 번 쳐다보았다.

"히키타는 남아. 총을 쏘고 싶겠지. 데라다도 남아. 다른 사람들은 건너편 숲까지 뛰는 거다. 도착하면 우리가 달려갈 테니까 엄호해."

히로나카와 야마우라가 먼저 뛰어나갔다. 이어서 단게가 다쓰코의 손을 잡고 뛰었다. 마을의 민병들은 패잔병 사냥에 성공한 적이 있는지, 민첩하게 움직이면서 상당한 흥미와 열의를 갖고 있는 것처럼 보였다. 네 사람이 뛰어나가자 언덕길에서 전투 대형으로 산개하여 환성을 지르고 총을 쏘면서 비탈면을 뛰어 올라왔다.

가지는 엎드려서 도망치는 동포를 전송하고 있었다. 교전하지 않고 도망쳐버리고 싶었다. 민병들의 사격은 부정확했지만 추격 속도는 빨랐다. 가령 네 사람이 무사히 전방의 숲으로 도망쳐 들어갔다 해도 그 무렵이면 스무 명 남짓한 민병은 네 사람과 뒤에 남은 가지 일행의 중간을 차단하게 될 것이다. 가지 일행은 총을 쏴서 민병의 행동을 분열시키거나 아니면 차라리 이쪽을 정면으로 공격하게끔 만들 필요가 있다.

민병들이 접근하는 것을 지켜보고 있는 시계의 한쪽 구석에서 다쓰코가 넘어지는 것이 보였다. 단게가 안아 일으켜서 겨드랑이 밑으로 팔을 감았다. 그러다가는 필시 잡히고 말 것이다. 총격이 격렬해지고 집중되기 시작한 것 같은 느낌이 들었다. 가지는 한 발 쏘고 낯빛이 변한 히키타의 다리를 찼다.

"쏴! 낮게 쏘라고. 맞히지 않아도 되니까 전진하는 것만 막아."

세 사람은 연속 사격을 했다. 민병들은 풀숲에 엎드려서 공격 방향을 바꿨다. 가지는 자신이 오판한 것을 깨달았다. 실제로 피해를 입히지 않아도 연속 사격을 하면 민병들이 퇴각할 것이라고 생각했다. 그러나 상대는 퇴각하지 않았다. 수적 우위를 점한 민병들이 풀숲을 기어서 다가왔다. 총알 한 발이 가지와 데라다의 사이를 스치고 지나갔다. 이제 진짜 전투였다.

가지는 온몸의 털이 곤두서는 듯한 느낌으로 저격 목표를 맞혔다. 조준선 전방에서 비명소리가 들렸지만 공격은 기세가 꺾이지 않았다. 이제 1분만 지나면 전선의 균형이 깨지고 일방적으로 불리해질 것 같았다. 데라다와 히키타의 사격이 거의 동시에 멈췄다. 두 사람 다 허둥지둥 장전하고 있었다. 민병들이 일제히 일어나서 뛰어오르려고 했다. 가지는 이제 아무것도 생각하지 않고 수류탄 한 발을 발화시켜서 던졌다.

수류탄이 터지는 소리가 산에 메아리쳤다. 민병들이 풀숲으로 모습을 감췄다. 단게 일행이 도망쳐 들어간 숲에서 산발적으로 총성이 들렸다. 가지는 엄폐물에서 고개를 들었다. 민병들은 뒷걸음질로 풀숲을 기어 내려가더니 갑자기 일어나서 비탈면을 쏜살같이 뛰어 내려가기 시작했다.

"이상해!"

가지는 단게 쪽으로 단숨에 뛰어가 거친 숨을 몰아쉬면서 말했다.

"저 총은 99식이야. 확실해. 어떻게 저걸 갖고 있는 거지? 패잔병을 죽이고 빼앗았다고 해도 총이 너무 많아. 이상하지 않나?"

"이상하긴 하지만 가지고 있는 건 사실이야. 민병이 각 마을마다 조직되어 있을지도 몰라."

"붉은 군대가 무기를 주었다는 거야?"

단게가 고개를 끄덕였다.

"그렇다 해도 관동군 병기라는 게 이상해."

두 사람은 의아할 뿐이었지만 이 무렵 이미 후방의 관동군 각 부대는 집단적으로 무장해제를 당한 상태라 그 병기가 일정한 전술적인, 혹은 정치적인 의도하에 민병 조직에 분배되었다 해도 전혀 이상하지가 않았던 것이다. 즉 이 두 사내, 혁명에 대해서 동정적인 입장만은 잃지 않으려는 두 패잔병은, 이 광대한 대지에서 이미 혁명의 전주곡이 시작되고 있다는 것을 몰랐고, 따라서 혁명 앞에서는 제국주의 군대의 패잔병이라는 것이 얼마나 불리한 처지에 놓이는지를 머리로 생각하는 것보다 먼저 몸으로 알게 될 입장에 놓여 있는 것이다.

그래서 가지는 겨우 안전지대가 된 숲속을 걸으면서 거의 매일처럼 머릿속에 스치던 의문을 다시 말로 옮겼다.

"……아직 끝나지 않았을까?"

"끝났을 거야, 분명히."

단게가 대답했다.

"저렇게 민병 조직까지 생긴 걸 보면……."

"그럼 패잔병은 토끼나 여우를 사냥하는 식으로 몰아내겠다는 거군?"

가지는 이미 숲에 가려 보이지 않게 된 마을 쪽을 돌아보고 분하다는 듯 말했다.

"전쟁은 끝났으니 투항하라든가 무기를 버리라고 고시 정도는 해줄 수 있는 거 아냐? 국경 쪽에서 낙오되어 오는 패잔병은 우리뿐만이 아니야. 수천에서 수만 명은 될 거라고. 패잔병이 밟는 코스는 대체로 비슷해. 팻말을 세우든, 삐라를 뿌리든 할 수 있잖아. 그 정도도 하지 않고 사냥하듯 몰아내는 건가?"

단게는 씩 웃었다.

"투항하라고 하면 할 거야?"

"……물론 안 하겠지만."

가지도 씩 웃었다.

"난 이제 군인이 아니야. 시빌리언(민간인)이야. 돌려보내줬으면 좋겠어. 얌전하게 돌아갈 테니까. 자넨 어때?"

"나도 억류되고 싶진 않아. 내가 그들의 적이 아니라 동료라는 것을 증명할 수단이 없는 이상은 말이지."

동료라. 그것을 증명하는 수단만은 없을 것이다. 전쟁에 질 때까지 일본 군대에 몸을 담고 있던 놈이 동료라니. 그러고 보면 이 녀석도 나랑 똑같은 놈이다. 가지는 단게를 힐끗 보고 웃음을 머금었다. 소련 동맹의 정치 원칙이 어떻든 포로 대우가 자유보다 좋을 리는 없다. 그 자유가 아무리 위험 속에서 두려움에 떠는 자유라 해도 단게 역시 그 자유 쪽이 좋을 것이다.

"……그런데 참 비싼 자유야."

가지가 혼잣말을 했다.

"수류탄 한 발에 몇 명이 날아가고 그 대가가 지금 이렇게 걷고 있는 우리야."

"쓸모없는 자유를 비싼 값을 치르고 사는 것인지도 몰라."

단게가 역시 혼잣말하듯 말했다. 순간 가지의 눈이 이상하게 빛났지만 아무 말도 하지 않았다.

다쓰코가 가지와 단게 사이로 비집고 들어와서 땀범벅이 된 얼굴로 웃으면서 올려다보았다.

"두 분께 감사의 말씀을 드려야 할 것 같아요."

"무슨 말이야?"

"무슨 말이라니, 살려주셨잖아요?"

"감사라면 단게에게 해."

가지는 무뚝뚝하게 말했다. 별로 악의는 없었다. 그저 여자의 특별한 관심을 받고 기뻐할 만한 심경이 지금은 아니었을 뿐이다. 이렇게 목숨을 걸고 걷는 것이 '쓸모없는 자유'를 사기 위한 것이라면 생명이 그 자신을 가로지르는 목적은 참으로 쓸모없는 것이 아니겠는가.

"……난 당신을 살려준 게 아니야."

다쓰코는 갑자기 창백해져서 두 사람 사이에서 빠져나왔다.

그야 그렇겠죠! 당신은 사랑하는 아내가 있는 곳으로 돌아가는 길에 갈보 년을 구해줬을 뿐일 테니. 주제넘게 쓸데없는 소리를 하지 말라고 말하고 싶은 거죠?

애초에 이 기묘한 여행에서 솟아오르기 시작한 인간다운 감정을 몰래 품고 즐기고 있었던 것이 잘못이었다. 밀림 속 모닥불 옆에서 가지는 다정했다. 개울을 건널 때는 말없이 등을 빌려주었다. 그러나 그것은 그냥 그뿐이었다. 별다른 뜻이 있었던 게 아니다. 창녀는 창녀, 세상으로 돌아가면 또다시 흙탕물에 빠져서 사는 방법 외에는 없을 테니까.

가지는 총을 오른쪽 옆구리에 끼고 말없이 걷고 있었다.

18

서남쪽으로 가는 것이 유일한 목표였지만 상황에 따라서는 동쪽으로 가고 서쪽으로 치우쳤다. 지금은 옥수수 잎이 무성한 산밭을 걷고 있다. 태양은 머리 위에 있었다. 단게는 가지가 평소와 달리 오늘 아침부터 걸음에 좀처럼 속도가 붙지 않는 것을 이상하게 생각했다. 컨디션이 나빠 보이지는 않았다. 오랜만에 수염을 깎은 얼굴은 젊어 보이고 혈색도 좋다. 다만 뭔가 깊이 생각하고 있는 것처럼 보인다.

"왜 그래?"

단게가 묻자 가지는 멍청하게 웃었다.

"아무것도 아니야. 그냥 기분이 가라앉아서 그래. 별로 대단한 일도 아닌데……."

"뭐가?"

"오늘 아침에 말이야……."

가지는 그런 것을 마음에 담아두는 예민한 신경을 비웃듯이 입술을 일그러뜨리고 있었다.

"사람을 죽이고도 별로 괘념치 않는 내가 성냥 한 갑 때문에 안달을 냈으니……."

산속에서 하룻밤을 보낸 일행은 날이 밝자 산기슭에 있는 한 채의 농가로 내려갔다. 꽤 유복해 보이는 농가였다. 출입하는 사람의 수나 성별, 대략적인 나이는 전날 저녁에 이미 파악해놓았다. 위협적인 저항은 없으리라 판단하고 있었다.

"혹시 있으면 조나 옥수수를 좀 나눠주십시오."

가지는 쉰가량의 그 집주인에게 말했다.

"우린 집으로 돌아가는 길이오. 벌써 수백 리 길을 걸어왔어요. 다들 배앓이를 하고 있는데, 혹시 여유가 있다면 도와주시겠습니까?"

집주인은 별로 간살스런 웃음을 짓지도 않았고, 겁을 먹은 것 같지도 않았다. 일행을 온돌방으로 맞아들인 뒤 아내에게 음식을 준비하라고 말했다.

가지는 처음엔 야마우라를 문가에 남겨두고 경계를 서게 했으나 부인이 귀중한 밀가루로 설탕떡을 만들어서 큰 접시에 수북이 담아오자 야마우라를 안으로 들어오게 하고 자기가 문가에 섰다.

주인이 와서 온화하게 말했다.

"들어가서 드세요. 우린 당신들을 속이지 않습니다. 속여도 나한텐 아무 득이 되지 않으니까요. 일본인에게 가혹한 짓을 당한 적은 있지만, 당신들은 그런 짓을 할 사람들이 아닙니다."

"어떻게 그걸 아시오?"

가지가 무표정하게 묻자 주인은 그제야 엷은 미소를 지었다.

"우리 집에는 곡식이 꽤 많습니다. 말과 소, 돼지와 닭도 있지요. 보면 금방 알 수 있습니다. 당신들은 구걸하지 않아도 빼앗을 생각이었다면 얼마든지 빼앗을 수 있었을 테니까요."

"그럴 일은 없어요."

가지는 중얼거렸다.

"베풀어주시는 것을 감사히 받을 뿐이오."

가지는 모두가 편안히 쉬고 있는 동안 주인에게 면도칼을 빌려서 덥수룩하게 자란 수염을 깎았다. 깨끗한 모습으로 헤어지고 싶었다. 침입한 패잔병으로 떠나고 싶지 않았다. 어느 날, 어느 곳에서 인간과 인간이 만나고 헤어진 것이다. 그냥 그렇게 하고 싶었다.

일행은 아낌없는 대접을 받은 데다 한 사람당 한 되씩의 조를 선물로 받았다. 가지는 그때 자기들에게 없는 것 중 정말로 필요한 것은 소금과 성냥이라는 생각이 들었다.

"호의에 감사를 드리면서 한 가지 더 청을 드려도 될까요? 저희가 받은 조의 절반을 돌려드릴 테니 혹시 있으면 소금 조금과 성냥을 주실 수는 없을까요?"

"조는 그냥 가지고 가세요. 소금은 돌소금이라도 괜찮으면 조금 있습니다. 성냥은 미안하지만 요즘 배급이 딱 끊겨서 우리가 쓸 것도 아껴야 할 판입니다."

가지는 단념하고 인사를 했다. 일행은 다시 떠날 준비를 했다. 히키타가 기분이 좋아서 주인을 붙잡고 제대로 할 줄도 모르는 중국어로 말하고 있었다.

"징포후 가고 있어요. 어디로 가는 게 좋지? 당신은 띵호와 만주 사람이다. 띵호와, 띵호와!"

가지는 봉당 구석에 있는 가마솥 옆에서 각반을 고쳐 매며 쓴웃음을 지었다. 비열한 일본인으로 여겨질 뿐이다. 히키타, 이 바보 같은 놈아! 상대를 보고 말을 해라. 각반을 다 매고 일어섰을 때 부뚜막 위에 놓인 조그만 황린黃燐 성냥갑이 눈에 띄었다. 일행에게 성냥은 이제 두세 개밖에 없다. 그것도 연일 계속되는 강행군으로 땀에 젖어서 불을 붙이기가 쉽지 않다. 어젯밤 이미 산속에서 모닥불을 피우는 데 한참을 고생했다. 성냥이 없으면 곡식을 끓일 수도 없고, 한밤의 냉기를 막을 수도 없다. 성냥은 꼭 필요했다.

주인은 성냥이 자기들에게도 부족하다고 했다. 다른 것들은 아낌없이 나눠준 사람이니 성냥도 충분히 있었다면 나눠줬을 것이다. 이 성냥 한 갑밖에 없을지도 모른다. 그래도 자기들에게 성냥은 꼭 필요하다. 아니 아무리 필요해도 훔쳐서는 안 된다. 호의를 원수로 갚는 것은 용서받을 수 없다. 하지만 성냥은 역시 필요하다. 꼭 필요하다.

가지는 벽에 세워놓은 총을 들 때는 눈을 질끈 감고 단념할 생각이었다. 그러나 그 총을 오른손에 쥐었을 때 왼손은 이미 부뚜막 위에서 황린 성냥갑을 집어 주머니 속에 넣고 있었다.

"폐가 많았습니다."

나갈 때 가지의 목소리가 잠겨 있는 이유를 아무도 몰랐다. 다른 사람은 몰라도 가지 자신이 알고 있다면 그것만으로도 충분했다.

그 사내는 지금쯤 성냥갑이 없어진 걸 알고 우릴 경멸하고 있겠지? 너희 같은 놈들은 지는 게 당연해. 너희들은 대국인이 될 자격이 없어. 너희들은 인간쓰레기야.

"……난 돌려주러 가야 했어."

가지는 단게에게 말하며 돌아보았다.

"벌써 수십 리를 와버렸어. 이런 개 같은 기분으로 걷느니 돌려주러 가야 했어. 남의 호의를 배신하면 결코 좋은 꼴은 못 봐."

단게는 잠자코 있었다. 내가 이 사내 대신 일행을 지휘하는 입장에 서 있었다면 그와 마찬가지로 역시 성냥에 대한 집착을 보이며 훔쳤을 것이 틀림없다. 그리고 이 사내처럼 괴로워했을까?

"……웃지 않나?"

가지가 말했다.

"대위를 죽이려고 했던 내가 성냥 한 갑 때문에……."

"리더가 의식 과잉이 되면 따르는 자들이 피곤해져."

단게는 메마른 어조로 말했다.

"마음 단단히 먹게."

난 나를 위해 훔친 것이 아니다. 가지는 자신에게 변명했다. 그러나 한심한 인간이 되고 말았다. 미치코, 난 살인자에 도둑놈이야. 그렇게 되지 않고는 당신에게 돌아갈 수 없어.

옥수수 밭은 계속 이어졌다. 산밭이지만 면적이 꽤 넓다. 밭 아래에는 상당히 큰 농가가 있을 것이다. 잎이 무성해서 보이지 않는다.

"마을은 아까 산 위에서 본 그 마을뿐이었지?"

가지는 누구에게랄 것 없이 다시 한 번 확인했다.

그 마을이라면 여기서 10리 이상 된다는 계산이다. 큰 마을이었으니까 강력한 민병 조직이 있겠지만 이 근방은 어쨌든 안전할 것이다.

옥수수 밭이 끝난 곳에 산길이 가로놓여 있다. 그 바로 아래에 돌로 지은 오두막집이 있었다. 농가로는 보이지 않았다. 길은 마을로 통하는 것이 틀림없다. 밭의 규모로 보아 오두막은 밭지기의 오두막인 것 같다. 그런데 이상한 것은 우물도 있고, 채소밭에서는 닭과 돼지도 놀고 있었다.

오두막에는 아무도 없었다. 방 안의 온돌 위에는 솜이 삐져나온 더러운 이불이 한 채 있었지만 봉당의 가마솥이 차가운 것을 보니 어젯밤 이후로는 불을 땐 적이 없는 모양이다. 주인은 며칠 예정으로 외출했거나 피난 갔을 것이다. 그런데 피난 갔다면 돼지나 닭이 있는 것이 이상하다. 어떻게 봐도 혼자 사는 밭지기의 집인 것 같은데 며칠 일정의 외출도 이해가 가지 않는다.

"왠지 좀 이상한데?"

가지는 문 앞에 서서 이 집에서 쉬는 것을 망설였지만 다른 사람들은 닭과 돼지를 보고 나서는 이미 여기서 쉬기로 결심한 표정이었다.

단게조차 이렇게 말했다.

"설사에는 묘약이 있지. 저 돼지를 잡아먹으면 모두 금방 나을 거야."

"하늘이 준 기회군요."

데라다가 웃으며 말했다. 그러자 야마우라도 돼지를 보고 어린애 같은 얼굴로 도둑놈처럼 말했다.

"네가 이제 우리 뱃속으로 이사 오는 것도 시간문제구나."

히로나카와 히키타는 온돌에 앉아 멋대로 각반을 풀기 시작했다. 평소의 가지라면 그런 행동을 보고 오기로라도 즉시 출발을 명했을지도 모른다. 그렇게 하지 않은 것은 가지 자신도 돼지에게 매력을 느꼈기 때문이다. 가지는 마지막으로 다쓰코를 보았다. 다쓰코는 문 옆에 쭈그리고 앉아서 흙을 만지고 있었다. 그 모습은 이렇게 말하고 있는 듯했다. 나도 여기서 쉬고 싶지만 그런 말을 했다간 야단맞을 테니까.

"······뭔가 이상하지만 여기서 쉴까?"

마침내 가지가 말했다.

"야마우라, 너 돼지 잡을 줄 아냐?"

야마우라는 주머니에서 녹슨 주머니칼을 꺼냈다.

"이거 하나면 뭐."

쉬기로 결정하자 히키타는 재빨리 총을 들고 뛰어나와서 돼지 쪽으로 조심스럽게 다가갔다.

가지는 혹시 몰라서 길 쪽으로 올라가 주변의 상황을 살폈다. 오두막에서 아래쪽은 완만하게 경사진 조 밭이고, 그 끝에 마치 일부러 만든 울타리처럼 갯버들이 가지런히 나 있는 곳에서는 개울이 흐르고 있는 것이 틀림없다. 그리고 그 너머는 약간 높은 산의 중턱까지 밭이 펼쳐져 있고, 그 밭은 숲속으로 깊숙이 뻗어 있다. 그러니까 만약 위험이 닥친다면 이 길로 올 것이다. 그때는 저 개울까지 뛰어가면 된다.

총소리가 연달아 두 번 울렸다. 총상을 입은 돼지가 채소밭에서 옥수수 밭으로 비명을 지르면서 뛰어갔다. 히키타와 데라다가 그 뒤를 쫓고 있다.

가지는 저절로 지어진 미소에 긴장을 풀고 오두막 쪽으로 내려갔다.

19

사살한 돼지를 야마우라가 주머니칼 하나로 솜씨 있게 처리하고 있는 동안 데라다와 히키타는 채소밭을 돌아다니는 열두세 마리의 닭을 쫓아다녔다. 넓은 곳에서는 닭이 기민하고 현명했다. 닭들은 흩어져서 제각기 요란하게 울어대며 인간의 추격을 요리조리 피하는 요령을 알고 있었다. 절대로 멀리는 도망가지 않는다. 여기저기서 가슴을 펴고 목을 길게 빼고는 인간의 움직임을 곁눈질로 보고 있다. 분통이 터진 히키타는 제대로 겨누지도 않고 총을 쐈다. 맞지 않으니까 또 쏘았다.

단게가 문 밖으로 얼굴을 내밀고 말했다.

"돼지만 해도 다 못 먹어. 닭은 살려두라고. 무턱대고 쏘다가 누가 들을지도 몰라."

하지만 히키타는 이번엔 일부러 서서쏴 자세로 겨냥했다.

"쏘지 말라니까!"

"……지휘관이 둘이 됐군."

히키타는 총을 내리고 음흉하게 웃었다.

"넌 나보다 나중에 왔잖아?"

그러자 데라다가 단게 편을 들었다.

"멀리서도 들리니까 쏘지 않는 게 좋습니다."

"……꼬맹이는 닥치고 있어."

히키타는 마지못해 닭 사냥을 포기했다. 그러나 이 정도 실랑이는 아무것도 아니었다. 돼지고기가 마침내 커다란 냄비 속에서 요란한 소리와 함께 기름을 튀기며 구수한 냄새를 풍기기 시작하자 모두가 개인적인 감정을 잊고 냄비 안에서 익어가는 돼지고기를 보며 하나같이 미소를 지었다.

기름 냄새가 나는 트림을 할 정도로 포식하고 나자 각자의 기분은 많은 변화를 일으켰다. 가지는 긴장이 풀어지며 위험이 닥칠지도 모른다는 예상이 꼬리를 내리기 시작했다. 돼지를 죽이기 위해 총을 쏘고 나서 많은 시간이 흘렀으니까 마을 사람들이 의심을 품었다면 벌써 공격해 왔을 것이다. 주위는 한가롭다. 멀리서는 매미가 합창하고 있고, 가까이에서는 여치가 누가 길게 우는지 경쟁하고 있다. 어쩌면 오늘 하루는 평화와 미식을 선물로 받은 날인지도 모른다.

"저 아래 개울에서 몸을 좀 씻고 싶어요."

다쓰코가 눈으로는 가지를 보면서 입으로는 단게에게 말했다. 언덕길에서 민병의 습격을 받은 뒤로, 가지가 다쓰코의 마음을 무시한 뒤로, 다쓰코는 일부러 가지를 서먹서먹하게 대했다.

가지는 한 번 얼굴을 움직였을 뿐 잠자코 있었다.

"……괜찮겠지. 어서 다녀와."

단게가 그렇게 말하자 다쓰코는 야마우라를 불렀다.

"도련님은 같이 안 갈래요?"

"나도…… 가도 됩니까?"

당황하는 모습이 아직 어린애다.

다쓰코와 야마우라가 나가고 나서 금방 데라다와 히키타도 사라졌다. 히로나카는 온돌 위에서 곤하게 자고 있다. 가지는 걸레 조각에 돼지기름을 묻혀서 오랜만에 총기 수입을 했다. 총대를 닦고 있자니 그 동작이 전투 전날 밤에 개인호에서 보슬비에 젖은 개머리판을 정성스레 닦던 일을 떠오르게 했는지, 걸레 조각을 쥔 손을 멈추고 덧칠이 벗겨진 벽의 한 점에 시선이 멎었다.

아직 보름가량밖에 지나지 않았건만 벌써 몇 년은 흐른 것 같다. 그는 수십 명의 초년병을 정신적으로 장악하려고 애썼다. 작은 부분에서는 성공하고, 큰 부분에서 실패한 것은 인정해야 할 것이다. 그렇긴 해도 만약 전투가 벌어지지 않았다면 그 관계에서는 어떤 식으로든 발전된 모습을 볼 수 있었을 것이다.

초년병은 모두 죽었다. 아마도 칭원타이에 남았던 자들도 죽었을 것이다. 남은 사람은 데라다 혼자다. 쉰다섯 명이 다 죽었다 해도 가지에게는 책임이 없을지도 모른다. 다만 유감스러운 것은 그렇게 말할 수 없다는 것이다. 살리겠다는 작심만 했다면 살리지 못할 것도 없었다. 그 방법을 전혀 몰랐다면 아직껏 그 일이 가시처럼 마음속에 남아 있지는 않을 것이 아닌가. 설령 알았다 해도 어쩔 수 없는 사정이었다는 것만으로는 자신을 결코 해방시킬 수 없었다.

초년병이었을 때 그는 국경으로 탈영하려고 계획하던 신조를 비겁하다고 비판한 적이 있다. 신조는 가공할 기세로 타오르는 들불로 장식된 습지대의 어스름을 헤치고 국경을 향해 탈영을 감행했다. 그는 군대의 부조리와의 고된 싸움을 피했던 것이다. 그것은 지금도 변함이 없다.

하지만 남은 자신은 무엇을 했는가? 자기 혼자서 인간의 존엄을 지키려는 기개만은 훌륭했지만 실상은 아무것도 할 수 없었다. 지속적이고 계획적으로 무언가를 해야겠다는 생각조차 하지 않았던 것은 아니었을까? 그 결말이 전투였다. 그는 부하인 초년병들에게 절망적인 항전을 명령하지는 않았지만 겁쟁이가 되는 것은 금했다. 무엇을 위해 그럴 필요가 있었는지를 그는 그 길밖에는 각자가 생명을 지키는 방법이 없다는 식으로 스스로를 속였다. 그 결과 모두 죽었다. 고작 데라다와 자신만 남았다.

전쟁은 그가 가치를 인정한 인간의 청결한 마음이나 애정 따위에는 전혀 가치를 인정하지 않았던 것이다. 속죄하기 힘든 잘못을 저지른 것은 인정해야 한다. 탈영한 신조는 도중에 죽었을지도 모르지만, 후회만은 남지 않았으리라. 이 전쟁을 원망하고, 그중에서도 특히 자기 자신을 원망하는 후회만은.

단게의 손이 어깨에 닿았다.

"밖으로 나가지 않을래? 안이 좀 음침하군."

가지는 고개를 끄덕이고 총에 다시 총알을 장전했다. 히로나카는 아직도 온돌 위에서 자고 있었다. 어찌 되었든 간에 집 안에서 잔 것은 이번이 처음이다.

해는 조금 기울기 시작했지만 아직도 높고, 작고, 강렬했다.

"이상한 일도 다 있지."

가지는 벌레 울음소리밖에 들리지 않는 밝고 한가로운 주위를 새삼스레 둘러보며 중얼거렸다.

"세상 천지에 몸 둘 데 하나 없는 우리에게 이런 곳이 주어지다니."

"이 근방의 밭이 별로 훼손되지 않아서 농민들도 패잔병에게 관심을 두지 않는 거야."

"아까 본 마을은 친일 마을일까?"

가지는 그렇게 말해놓고 웃었다. 일본의 만주 경영과 야합하여 축재한 장사치라면 모를까 정직한 땀의 대가만으로 살 수밖에 없는 농민 마을이 영락한 지배자의 번견番犬에게 동정적일 거라고 상상하다니 우스울 수밖에 없다.

"다른 사람들을 불러와서 어서 여길 뜨세."

"어디로 가든 위험하긴 마찬가지야."

단게는 가지의 얼굴을 똑바로 보았다.

"여긴 좀 안전해 보이니까 고삐를 좀 늦추자고."

"······내가 고삐를 조인다고 보나?"

"그렇진 않지만 자넨 자신이 갖고 있는 능력의 한계까지 다른 사람들을 끌어 올리지 않고는 못 배기는 것 같아. 그런 경향이 있어. 하긴 그래서 몇 명이나마 살아남았겠지만 말이야."

가지는 뚱한 표정으로 밭 사이의 샛길을 따라 개울 쪽으로 걸어가기 시작했다. 누가 뭐라든 출발이다. 누가 안전을 보장해준단 말인가. 내가 절망하지 않은 동안에는 절망적이지 않았다. 내가 위험하다고 예감했을 때 위험하지 않았던 적은 없다. 단게는 나보다 견실하고 건전하겠지만 나보다 정확하다고는 할 수 없다. 누가 뭐라고 하든 바로 출발이다.

개울에서는 다쓰코가 야마우라의 이마에 감은 붕대를 풀어서 빨아주고 있었다. 피와 고름으로 상처에 달라붙은 승홍 거즈에서 코를 찌르는 악취가 풍겼다.

"그대로 가만히 있어요. 붕대는 금방 마를 테니까."

야마우라는 어린애처럼 어리광을 부리듯 고개를 끄덕였다. 이 여자들을 밀림에서 만나 같이 가게 되었을 때 야마우라는 말로는 하지 않았지만 히로나카와 마찬가지로 거추장스러울 수도 있는 그들을 굳이 데리고 가려는 가지를 의심했었다. 그들만 아니었다면 자기들이 가지고 있던 쌀로 그렇게까지 굶주림에 시달리지 않고도 밀림을 빠져나올 수 있었을 것이다. 그러나 그것도 다 지나간 일이다. 지금은 여자가 달콤한 체취를 풍기며 상냥하게 돌봐주고 있다. 일찍이 느껴본 적이 없는 묘한 기분이다.

그때 데라다와 히키타가 왔다. 데라다는 히키타가 개울에 오자마자 옷을 벗어던지는 것을 보고 따라서 윗도리를 벗었다. 그의 어깨에 감은 삼각건도 온통 피로 검게 얼룩져 있었다.

"당신도 이리 와요. 빨아줄게요."

다쓰코가 누이처럼 다정하게 말했다.

"무정한 사람들. 아무도 돌봐주지 않던가요?"

"건드리지 않는 게 나았어."

데라다는 무뚝뚝하게 말했지만 그 역시 달콤한 여자의 체취에 어쩔 줄을 모르며 낯간지러운 동요를 느꼈다.

"어머, 이 상처 좀 봐. 저기 도련님 건 아직 안 봤지만 저기도 이렇게 심해요?"

"……야마우라가 더 심해."

데라다의 상처에는 장밋빛의 새 살이 돋아나고 있었다.

"다 나았어. ……상등병님이 화약으로 지져주었어, 전투가 한창일 때."

"……그이가."

다쓰코는 그렇게 중얼거리더니 말없이 더러운 헝겊을 빨기 시작했다.

"이봐, 아가씨. 당신 몸도 씻겨줄 테니까 어서 들어와."

물속에 있던 히키타가 웅크리고 앉아 있는 다쓰코 앞으로 돌아와서 말했다.

"싫어요! 볼 것도 없는 주제에!"

다쓰코가 끼얹은 물이 입을 크게 벌리고 웃고 있는 사내의 입으로 들어가자 웃음바다가 되었다.

"당신들, 목욕할 거면 빨리 하고 돌아가요!"

야마우라와 데라다는 순순히 따랐다. 이 두 사람이 히키타처럼 발가벗지 않고 속옷을 입은 채 물에 들어간 것은 히키타처럼 여자 앞에서 뻔뻔스럽게 행동할 수 없었기 때문만은 아니다. 발가벗고 있다가 가지에게 들키기라도 하면 이런 잔소리를 들을 것 같았기 때문이다.

"발가벗고 있다가 공격이라도 당하면 어떡하려고 그래? 이 바보 같은 놈들아!"

젊은 두 사람은 허둥지둥 물에서 나와 다쓰코가 붕대를 감아주자 젖은 속옷 위에 군복을 입었다.

"당신도 어서 나와요!"

다쓰코는 두 젊은이가 순순히 오두막으로 돌아가자 히키타에게 그렇게 말했지만 그는 젊은 초년병들과는 달랐다. 실실 웃으면서 물에서 나오기는 했지만 바짝 쪼그라든 T자 모양의 들보 차림으로 여자 옆에서 떠나지 않았다. 이렇게 좋은 기회가 또 언제 오겠나 싶은 것이다.

"장난도 작작 좀 쳐요!"

다쓰코는 신경질을 냈다.

"좋아요, 벗죠!"

"어서 부탁해."

"여자 몸을 본 적이 없나 보죠?"

다쓰코는 조금 떨어져서 옷을 벗기 시작했다. 히키타는 욕정에 불타는 눈으로 잡아먹을 듯이 보고 있다가 다른 일은 까맣게 잊어버리고 색에 미쳐 있는 자신이 그래도 부끄러웠던 모양이다. 못된 장난으로 이상야릇하게 달아오르게 된 분위기를 깨버리겠다고 작심한 듯 이렇게 말했다.

"한 번 하게 해줘."

일단 말하고 나자 마음은 오히려 편안해졌고, 사태는 노골적으로 바뀌었다.

"누가 당신 따위랑!"

다쓰코는 경계심을 드러냈다. 히키타는 정말로 그렇게 할 수 있을 것이라고는 생각하지도 않았고 그럴 마음도 없었지만 다쓰코의 말을 듣고는 오기가 생겼다.

"아낄 만한 몸도 아니잖아? 돈이 없어서 미안하긴 하지만."

사내의 알몸이 성큼 다가섰다. 여자는 도망가지 않았다. 사내가 무섭지는 않다. 단지 화가 날 뿐이다.

"내가 아무리 몸 파는 계집이었지만 지금은 아니에요. 지금은 인간이라고. 당신과 같은 인간이란 말이야! 손만 대봐. 소리를 질러서 저 사람들을 다 부를 테니까!"

다쓰코는 소리를 지를 필요가 없었다. 그때 갯버들을 헤치고 가지와 단게가 나타났기 때문이다.

"발가벗고 뭐 하는 짓이야? 조심성 없이!"

가지가 말했다. 그가 말하고 싶었던 것은 꼭 벗은 것에 대해서만은 아니었다. 감정의 기묘한 변화다. 질투의 일종일지도 모른다. 삶과 죽음 사이에서 방황하고 있는 마당에 이게 무슨 말도 안 되는 상황인가! 게다가 확실하다. 동시에 삶과 죽음 사이에서 방황하고 있기 때문에 남자와 여자가 장난을 치고 싶어 한다. 자신의 성적인 감각에 비춰서 그것을 잘 안다. 가지가 이 여자를 탐내는 것은 아니다. 탐이 나도 그것을 나타내서는 안 되는 입장에 있는 것에 화가 난 것이다.

히키타는 추태를 들키자 배짱을 부렸다.

"괜한 참견은 마시죠, 상등병님."

그 순간 아직 마르지 않은 히키타의 뺨이 갈라지는 듯한 소리를 냈다.

"오두막으로 돌아가라. 출발 준비를 한다. 불만이 있거든 오두막에서 말해."

히키타는 불만보다 가지의 총이 먼저 마음에 걸렸다. 언제 개머리판이 날아올지 모른다. 어쨌든 대위에게조차 총구를 들이댄 사내가 아니던가.

히키타가 옷을 입고 군화 끈도 묶지 않은 채 물러갈 때까지 가지는 여자 쪽을 보지 않았다.

"남자를 희롱하는 짓 따윈 그만둬."

여자에게 말한 첫 마디가 그것이었다.

"조금 안전하다 싶으니까 바로 이러는군, 당신 같은 여자들은."

"······희롱하지 않았어요."

다쓰코는 처음엔 중얼거리듯이 말하다가 갑자기 신경질을 내기 시작했다.

"잘난 척하지 말아요! 내가 뭘 하든 괜한 참견 말라구요! 난 저런 사람이 더 좋단 말이에요."

"누굴 좋아하든 당신 마음이지만······."

가지는 냉담한 표정을 지으려고 했지만 실패했다. 슬픈 듯 일그러지면서 안면 근육이 씰룩거린다.

"늘 위험이 도사리고 있다는 걸 잊지 마. 당신은 혼자가 아니니까. 만약에 일이 잘못돼도 당신 하나로 끝나지 않아."

다쓰코는 가지의 논리정연한 말보다는 히키타처럼 얻어맞는 것이 나았다. 괜한 참견 말라는 식으로 말할 처지가 아니라는 것은 그녀 자신이 더 잘 알고 있었다. 가지가 때리고 가 버렸다면 다쓰코는 떨떠름

하겠지만 쫓아가서 사과하거나 화해하는 기회를 만들었을 것이다. 그 편이 차라리 나았다. 설교를 듣는 것보다는.

그런 기분이 나지막한 목소리에 나타났다.

"……더 이상 폐를 끼치진 않겠어요. 그렇게 귀찮다는 듯 말하지 않아도……."

가지는 말없이 가 버렸다.

단게가 말했다.

"돌아가. 이제 곧 출발이야."

20

다쓰코는 오두막에는 들어가지 않고 우물로 갔다. 몸을 씻으러 가서 몸을 씻지 못했기 때문이라기보다도 가지의 얼굴을 보기가 두려웠다. 모욕을 당하고도 잠자코 있을 사내는 아니리라. 가지를 그렇게 본 다쓰코의 눈은 수백 명의 사내를 상대한 여자답지 않게 정확하지 못했다. 가지는 정반대였다. 아무 말도 하지 않아도 좋으니까 오두막으로 돌아와서 출발 준비를 해주길 바랐다. 자신은 확실히 지나치게 간섭했다. 가지는 들어온 단게를 조심스레 보았다. 그 여자 정말로 화나지 않았을까?

히로나카는 아직 자고 있었다. 가지가 한 번 몸을 흔들어보았지만 뒤척이기만 하고 계속 갔다. 야마우라와 데라다가 먹다 남은 돼지고기와 뼈를 전부 가지고 갈지 말지 실랑이를 했다. 전부 가지고 가면 꽤 부담스러운 짐이 되지만 아무것도 먹을 것이 없을 때를 생각하면 뼈조차 버리기가 아까웠다.

가지는 온돌에 다리를 올리고 각반을 맸다. 그때 갑자기 근처에서 총소리와 동시에 총알이 날아가는 소리가 들렸다. 이어서 또 한 발이 이번에는 분명히 오두막집의 돌에 맞아 튀었다.

기습이다. 그러나 가지가 당황한 것은 그 때문이 아니었다. 동료들의 움직임에 가지는 오히려 더 당황했다. 가지가 히로나카를 흔들어 깨워서 응급조치를 취하기도 전에 겁에 질린 히키타가 문 밖으로 바람처럼 뛰어나가자 그를 따라 데라다와 야마우라도 가지의 지휘에서 벗어나 정신없이 뛰어나갔다.

이렇게 된 이상 행동을 하나의 의지로 묶을 수가 없다. 남은 세 사람은 얼굴을 마주 보았지만 무언가를 생각하기도 전에 패배자처럼 무력감에 사로잡혔다. 사격의 빈도로 판단해보면 총은 열 자루 이상은 되지 않는 것 같았지만 바로 위의 산길까지 와 있는 것은 확실했다. 이제 와서 뒤늦게 오두막집 안에서 응전하는 것은 불리하다. 도망가는 방법밖엔 없다.

"이 안에 있다간 포위되고 말아. 개울까지 달려."

가지의 말에 히로나카가 뛰어나갔다. 단게가 뒤를 이었다.

문을 나설 때 가지는 모습이 보이지 않던 다쓰코가 생각났다. 찾을 여유는 없다. 큰 소리로 불렀다간 적에게 소재를 알려줄 뿐만 아니라 다쓰코가 만약 가지 쪽으로 달려오기라도 하면 총에 맞을 우려가 있었다. 가지는 오두막에서 뛰어나가 벽 모퉁이에서 산길 쪽을 살폈다. 일고여덟 명의 사내가 모두 웃통을 벗은 채 달려오고 있었다. 그들은 몽둥이와 낫, 손도끼 같은 것을 들고 있었다. 총을 든 자는 나무 뒤에 숨어 있는 모양이다. 그것을 확인할 틈도 없이 총알이 가지 근처의 흙에 박히기 시작했다. 이 상황에서는 엄호사격 없이 개울까지 뛰어가는 것은 위험했다.

산길을 뛰어 내려오던 사내들이 모습을 감추고 날카로운 목소리만이 어지럽게 오가고 있는 것은 불안으로 갈팡질팡하는 이쪽의 약점을 이용하여 과감히 포위망을 좁히려는 것이 틀림없다.

가지는 보이지 않는 적을 향해 한 발 쐈다. 상황을 확인하고 싶었다기보다는 도망간 사람들에게 응전하라고 신호를 보내고 싶었던 것이다. 어디까지 달아났는지는 모르지만 여섯 사람이 오두막 쪽으로 사격을 집중하면 민병들은 총에 맞지 않으려고 물러갈지도 모른다. 가지는 기다렸지만 응전하는 사람은 아무도 없었다. 반대로 나무 뒤에서 산길로 총을 든 사내들이 뛰어나왔다.

가지는 채소밭과 이어져 있는 조 밭으로 뛰어 들어갔다. 간발의 차이였다. 조 밭에 엎드리자마자 주변의 아직 고개를 숙이지 않은 조 이삭이 총알에 찢겨 날아갔다. 탄착점이 점점 낮아진다. 이제 다섯 치만 더 낮아지면 민병 중 누군가는 공로를 자랑할 수 있을 것이다. 가지는 고랑 사이를 기어 자리를 옮겼다. 갑자기 공포가 밀려왔다. 소극적으로 숨어 다니기만 하다가는 민병들이 내려와서 밭을 뒤지면 일본인 한 명을 죽이는 것쯤은 식은 죽 먹기다.

사격이 멈췄다. 내려온 것이 틀림없다. 넓게 퍼져서 포위망을 구축하고 우선 오두막 안을 뒤진 다음 밭으로 내려올 것이다. 그것이 눈에 보이는 듯했다. 그러나 실제로는 아무것도 보이지 않았기 때문에 포위망이 조금씩 좁혀져오는 망상만이 앞서서 몇 번이나 그 자리에서 뛰쳐나가려고 결심했는지 모른다.

갑자기 여자의 비명소리가 들렸다. 가지는 반사적으로 고개를 내밀었다. 우물을 둘러싼 우물방틀 너머로 웃통을 벗은 사내의 상반신이 보였다. 여자의 모습은 보이지 않았다. 필시 달아날 기회를 놓친 다쓰코는 밭을 가로질러 뛰어가는 것보다 우물방틀을 방패 삼아 숨어 있는 쪽이 안전하다고 생각했을 것이다.

가지는 엉거주춤하게 일어나서 총을 쐈다. 반라의 사내는 몸이 뒤로 젖혀졌지만 쓰러지는 것을 확인하기도 전에 총알이 가지의 귓가를 스치고 지나갔다. 그때부터 가지는 공포와 적개심의 상호작용으로 밭을 짐승처럼 기어 다니며 이따금 고개를 내밀고 총을 쐈다. 어떻게든 우물가로 다가가려고 했다. 우물은 바로 옆에 있는 것 같았지만 너무 멀었다. 조 이삭의 흔들림에 따라 기어가는 방향으로 총알이 날아왔기 때문에 우물로 접근하려는 노력은 점점 멀어지게 되었다.

단념하자. 다쓰코는 우물가에서 밭으로 숨어들었을지도 모른다. 구해주고 싶어도 구해줄 수 없다. 내 불찰을 용서해줘.

개울 쪽에서 누군가가 총을 쏘기 시작했지만 거리가 멀어서 효과는 없을 것이다. 가지는 사격을 멈췄다. 조 밭에 조용히 엎드려 있었다. 땅속에서 방울이 울 듯 가냘프게 우는 벌레소리 외에는 아무 소리도 들리지 않았다. 해가 지기 시작했다. 이대로 가만히 있으면 밤이 된다. 살 수 있을 것이다. 동료들은 뿔뿔이 흩어졌다. 혼자만 남았는지도 모른다. 아니 그녀도 살아 있을 것이다. 부디, 살아 있어야 해!

한동안 아무 소리도 나지 않았다. 가지는 고개를 내밀었다. 오두막은 어두워지기 시작한 산그늘의 거무스름한 숲속에 아무 일도 없었던 것처럼 서 있었다. 가지는 일어서서 산길 쪽을 보았다. 거기도 산들바람에 나뭇가지가 시원하게 흔들리고 있을 뿐이었다.

총을 겨누고 오두막으로 다가갔다. 오두막집 안에는 이상이 있었다. 가지 일행이 얻어온 좁쌀과 먹다 남긴 돼지고기랑 뼈가 잡낭 등의 장구와 함께 없어져버린 것이다. 데라다가 처음에 말한 '하늘이 준 기회'는 이런 식으로 끝을 고했다.

가지는 우물로 갔다. 우물가에 반라의 사내가 죽어 있었다. 그 시체에서 조금 떨어진 곳에 흙이 검붉게 물들어 있는 것은 핏자국으로 보였다. 핏자국은 바로 옆의 콩밭으로 이어져 있었다. 다쓰코는 거기까지 기어가서 거의 숨이 끊어져가고 있었다. 도끼에 맞았는지 어깻죽지가 갈라져 있었다. 옆구리는 낫에 찔린 듯 찢어져 있었다. 그녀를 보니 가해자는 적어도 두 명이다. 가지가 밭을 기어 다니고 있는 동안 이미 소리를 지를 수도 없게 된 여자를 난도질했다고밖에 생각할 수 없다.

안아 일으키자 다쓰코는 힘겹게 눈을 뜨고 간신히 입을 움직였다. 생명은 이미 그녀에게 작별을 고하고 있다. 고통만이 그 작별을 아쉬워하고 있을 뿐이다. 얼굴이 흙으로 더러워져 있는 것은 구원의 손길을 찾아 기어 다닌 탓이리라. 그러나 아무도 오지 않았다. 죽음만이 충실하게 그녀를 데리러 왔다. 여자의 손이 죽음에서 도망치려는 듯 가지의 군복을 잡으려고 했다. 그러나 손은 이미 그녀의 것이 아니었다. 하얗게 변한 입술이 다시 살짝 움직였다.

"……어떻게 좀 해줘……."

그렇게 호소했는지도 모른다.

가지는 자기가 울고 있는 것도 모르고 일어서서 여자에게 말했다.

"……눈을 감아."

여자는 눈을 감을 것도 없이 지탱할 것을 잃자 엎드려서 꿈틀거릴 뿐이었다. 가지는 총구로 여자의 뒤통수를 겨냥했다. 초년병일 때 노루 사냥을 가서 죽어가는 노루를 이렇게 쏜 적이 있다. 그때는 차마 볼 수가 없어서 눈을 감았다. 지금은 감지 않았다. 단말마의 고통으로 꿈틀거리는 여자를 내려다보고 있었다. 불쌍한 여자와 지금 헤어진다. 가슴속은 무서우리만치 허무했고 찢어질 것 같았다. 이 고통은 누구를 위해 필요하단 말인가. 인간이란 존재는 차라리 살아 있지 않는 편이 낫다.

단게는 밭고랑 중간쯤에서 총소리를 들었다. 가지가 황혼 속에 돌처럼 서 있는 것을 보고 나온 그는 가지가 있는 곳으로 다가가서 상황을 파악하고는 말없이 오두막 쪽으로 가기 시작했다.

"……우리가 함정에 빠졌던 거지?"

가지가 평소와는 완전히 다른 목소리로 말했다.

"돼지와 닭을 미끼로."

"지나친 생각이야. 우연히 이렇게 됐을 거야."

"우연일까?……우연이라는 놈이 다시는 일어나지 못하도록 해야겠군."

말하고 나서 단게 쪽을 본 가지의 눈빛이 깊다.

"난 이제부터 도망치지 않고 싸우다 죽을 생각이네."

단게는 고개를 갸웃거렸다. 왜 갑자기 그런 생각을 하게 된 거야? 그렇게 말하고 있는 듯하다. 가지가 그것을 느꼈는지 열기를 띠고 말을 이었다.

"놈들이 우릴 죽이는 건 괜찮아. 왜 비전투요원을, 더구나 여자를 죽인 거지?"

"흥분 상태였을 거야, 양쪽 다……."

"어쩔 수가 없었다는 건가? 어쩔 수가 없었다고 하면 무슨 짓을 해도 정당화된다는 말이야?"

단게는 반박하지 않았다. 가지가 극도로 감정적이 되어 있다고는 해도 어쨌든 이 사내는 마지막까지 남아서 사람을 구하려고 했다.

"모두 아직 그 근처에 있나?"

가지는 단게가 대답하지 않는 사이에 마음을 조금은 진정시키고 말했다.

"이쪽으로 불러와줘."

히로나카 하사는 개울가의 갯버들 속에 숨어 있었지만, 히키타와 두 초년병은 개울을 건너 반대편 비탈면을 따라 멀리 도망갔는지 부르는 소리에 대답이 없었다.

"히키타가 데리고 간 거야, 분명히."

히로나카는 그렇게 말하고는 움직이려고 하지 않았다.

"여기서 쐈어! 가지가 이쪽으로 제대로 유인해왔다면 다 쏴 죽였을 텐데!"

"밭에 엎드려서 일어나지도 못하고 고전한 가지에게 그렇게 말해주면 좋아하겠군."

단게는 비아냥거리면서 나머지 세 사람을 찾아 비탈면을 올라갔다.

세 사람은 죽을힘을 다해 달아났다. 밭과 숲의 경계까지 와서 뒤돌아보니 오두막이 장난감처럼 작게 보여서 안심도 되었고, 다른 사람은 안중에도 없이 눈썹이 휘날리도록 도망쳐온 자신들의 행동이 부끄러워지기도 했다. 기습당했을 때의 공포가 수그러들자 이번엔 지도자가 없다는 불안이 고개를 들었다. 황혼이 짙어질수록 불안은 깊어졌다.

"어쩌지?"

야마우라가 데라다에게 속삭였다.

"상등병님이 없으니까 어디로 가야 할지 모르겠어."

데라다는 어두운 표정으로 고개를 끄덕였다. 가지의 지휘를 기다리지 않고 도망친 것을 후회하고 있었다. 비겁자라고, 겁쟁이라고 할 것이다. 무슨 말을 들어도 이번만은 할 말이 없다. 그렇다 치더라도 자신을 허둥대게 만든 것은 히키타다. 히키타가 번개처럼 뛰어나가는 바람에 정신이 없었다. 군대 밥을 먹을 만큼 먹은 고참병조차 그럴진대 경험이 적은 초년병이 허둥대는 것은 당연하지 않은가. 데라다는 히키타를 원망하며 곁눈질로 힐끗거렸다. 그 히키타가 역시 데라다와 같은 불안을 감추며 야마우라에게 말했다.

"어떻게 되겠지. 그자도 신은 아니잖아. 우리라고 동서남북도 구별하지 못하란 법은 없으니까. 아침까지 이 근방에서 기다려보고 나서……."

맨 먼저 도망치는 사내를 신뢰하는 사람은 아무도 없다. 데라다와 야마우라는 얼굴을 마주 보았다.

"불안한데……."

야마우라가 중얼거렸다.

"상등병님이 혹시 미처 피하지 못해서 총에 맞은 건 아니겠지?"

"그럴 리가 없지, 그 사람이."

데라다는 불안이 깊어지는 만큼 반대로 굳게 믿으려고 했다. 데라다의 인상 속에 있는 가지가 총에 맞기라도 했다면 데라다 자신은 이런 위험한 상황 속에서 사흘도 버티지 못할 것 같았다.

그때 멀리서 단게가 부르는 소리가 들렸다. 두 사람은 히키타가 아직 일어나기도 전에 소리가 난 방향으로 뛰어나갔다.

21

다섯 남자가 오두막으로 돌아왔을 때는 얼굴을 겨우 알아볼 수 있을 만큼 어두워져 있었다. 오두막 앞에 남아 있던 가지는 온몸이 땀에 젖어 있었고, 군화와 각반에도 흙이 잔뜩 튀어 있었다.

"어떻게 된 거야?"

단게가 묻자 가지는 우물 쪽을 턱으로 가리키고 중얼거렸다.

"묻어주었어."

"……그 만주인도?"

"……그러지 않았다면 인도주의에 반한다는 표정이군."

가지는 언제 격노로 표변할지 모르는 험악한 표정을 시니컬하게 일그러뜨렸다.

"같은 편조차 버리고 간 시체를 적으로 공격당한 내가 묻어주어야 되나? 저 여자를 죽인 놈을 말이야. 저 여자한테 무슨 죄가 있지? 있다면 무지한 죄뿐이야. 그리고 일본인이었다는 거지. 저 여자가 무방비 상태로 혼자 가고 있었다고 해도 그놈들은 역시 죽여서 옷을 벗겼을 거야. 민족적인 복수심만으로 말이야! 일제 침략전쟁으로부터의 해방이니 뭐니 하는 소리로는 말단의 복수 행위를 아무것도 설명해주지 못해."

"자넨 싸웠으니까 그들이 증오스럽겠지만 난 그렇지 않아."

단게는 우물 쪽으로 가려고 했다. 가지가 막아섰다.

"사자를 정중하게 묻어줘서 내게 양심의 가책이라도 느끼게 하려는 건가?"

"난 그렇게 번거로운 짓은 안 해. 시간이 있으니까 흙을 팔 뿐이야. 자넨 여자를 묻어주었어. 그럼 만주인도 묻어줄 수 있을 거야. 자넨 그건 싫지? 그래서 내가 하는 거야. 이런 일까지 자네의 지시는 받지 않겠네."

단게는 우물 쪽으로 갔다. 가지는 반대로 오두막 옆으로 돌아갔다. 거기에 벌통처럼 공중에 매달아놓은 닭장이 있다. 족제비에게 해를 입을까 봐 그렇게 만들어놓은 모양이다. 가지는 손을 뻗어서 닭을 잡아 밖으로 꺼냈다. 그러고는 아무렇지도 않게 목을 비틀었다. 낮에는 인간을 우롱하던 닭도 밤이 되어 시력을 잃으니 장식품이나 다름없다. 가지는 계속해서 끄집어내어 목을 비틀어 죽였다. 잔인한 행위지만 실용을 겸하고 있다. 냉정하게 도살 행위에 종사하고 있는 것처럼 보였다. 그러나 사실은 빼앗긴 식량을 대신해서 조달한다는 구실로 민족적인 복수를 아무것도 모르는 닭에게 하고 있는 것이었다.

닭이 내지른 단말마의 비명이 정확하게 한 번씩 나는 것을 듣고 야마우라가 왔다.

"도와드릴까요?"

가지는 갑자기 행동을 멈췄다. 짧고 시커먼 침묵이 흘렀다. 닭이 한 마리 가지의 발밑에 털썩 떨어졌다.

"이런 바보 같은 짓은 넌 어디서든 하지 마라."

당사자가 메마른 목소리로 그렇게 말한다.

"목을 비튼 것들은 가지고 간다. 당분간 마을 근방으로는 갈 수 없을 것 같으니까."

가지는 그길로 단게에게 갔다. 단게는 아직도 땅을 파고 있었다.

"……교대할까?"

가지가 그렇게 말하기까지는 많은 시간과 용기가 필요했다. 사자에게 예의를 다할 필요를 느꼈다기보다는 단게와 화해하고 싶었다.

"괜찮아."

어둠 속에서 단게의 하얀 이가 보였다.

"자넨 정신적으로 많이 지쳐 있네. 쉬는 게 나아."

가지는 시커멓고 거대한 덩어리로밖에 보이지 않는 산길 쪽을 돌아보며 중얼거렸다.

"……우리가 되돌아와서 이런 짓을 할 거라고는 생각하지 않겠지?"

단게가 땅을 파는 소리는 오늘 하루를 묻어버리기 위한 것처럼 계속되고 있었다.

22

며칠 동안은 마을이 있을 것 같은 평야를 피해 산속으로만 다녔다. 밭은 적고, 따라서 식량도 딸렸지만 산이 진로에서 벗어나지 않는 한

가지는 굴뚝 연기가 피어오르는 마을을 멀리서 보면서 산등성이로만 걸었다. 기습을 받은 충격이 꽤 컸나 보다고 데라다는 생각했지만 단게의 추측으로는 그렇지 않았다. 다음에 공격을 받게 되면 가지 자신이 얼마나 잔인한 짓을 저지를지 몰라 가지는 스스로를 경계하고 있을 것이다. 충분히 그럴 수 있는 일이다. 산 위에서 굴뚝 연기가 피어오르는 원경을 내려다볼 때는 평화에 대한 애끓는 연모의 빛과 그곳으로 돌아가는 길을 빼앗아간 것에 대한 격렬한 증오가 가지의 얼굴에서 이글이글 타고 있는 것 같았다.

그러나 산은 항상 가지 일행의 진로에 협조적이지는 않았다. 그날 광활한 평야가 눈앞에 펼쳐졌다. 그리고 산은 그 평야를 동쪽으로 멀리 우회하고 있었다.

눈 아래에 큰 마을이 있다. 길이 서쪽으로 나 있고, 그 길의 끝에는 멀리 상자 안에 만든 모형 정원처럼 보이는 또 하나의 마을이 있었다. 길 저쪽의 마을 앞은 평지의 숲이다. 수량이 풍부한 개울이 흐르고 있는 게 분명하다.

"돌파하자."

가지가 말했다.

"마을 건너편에 있는 밭에서 저녁밥을 슬쩍하자. 이 근방의 옥수수는 이미 다 여물었을 거야."

길은 산허리에 드문드문 나 있는 나무 사이를 굽이쳐 산기슭으로 내려가고 있었다. 그 길이 숲을 벗어나면 산기슭의 완만한 경사가 마을 어귀까지 이어져 있고, 도중에는 몸을 숨길 만한 나무도 거의 없다.

숲 첫머리의, 엄폐물로는 그것이 마지막인 커다란 소나무 아래에 군인 셋이 엎드려서 마을을 살피고 있었다.

가지 일행이 다가가자 하사 계급장을 단 체격이 좋은 사내가 이렇게 말했다.

"마침 잘 와주었군. 저길 돌파하기가 여간 아니야."

"왜?"

가지는 그 사내의 기름지고 혈색 좋은 얼굴에 체질적으로 거부감을 느끼면서 물었다.

"저길 보게. 붉은 완장이 우글거리고 있잖아."

여기서는 무기를 든 민병이 붉은 헝겊을 팔에 감고 있는 것을 보면 지금까지 지나왔던 마을보다 훨씬 더 군대화가 진행되었는지도 모른다.

"하지만 이상하군."

가지가 그렇게 말하자 하사는 상등병의 말투가 못마땅하다는 듯한 표정을 지었다. 가지는 무시하고 말을 이었다.

"농부가 밭에 나와 있는데 군인이 뭐 하러 어슬렁거리고 있는 걸까?"

"선발대로 두 명을 저 마을로 보냈네."

두 명의 상등병 중 한 명이 말했다.

"저기 보이지? 밭과 길 사이에 네댓 명이 서 있잖아? 저기서 둘 다 당했어."

가지는 세 사람을 새삼스럽게 보았다.

"정찰을 보내놓고 지원도 하지 않았단 말이야?"

"순식간에 일어난 일이라."

상등병은 별로 대수롭지 않다는 듯 대답했다.

"지원이라니, 이 병력으로 뭘 어떻게 하겠나?"

하사가 얼굴을 붉히며 말했다.

"아니, 같이 가는 게 나았습니다."

다른 한 명의 상등병이 말하자 하사는 눈을 흘기며 소리쳤다.

"넌 닥치고 있어! 2년병짜리 상등병이 뭘 안다고 개소리야?"

"나도 2년병짜리 상등병이지만……."

가지는 언제든 공격과 방어를 할 수 있는 태세를 갖추고 말했다.

"그런 것보다 여길 어떻게 통과하느냐가 문제야."

"전투 부댄가?"

하사는 가지 일행을 다시 훑어보며 말했다.

"아니, 전멸 부대지."

가지가 대답했다.

"그거 잘됐군. 그럼, 이런 작전으로 가세."

하사는 아래쪽을 가리켰다.

"저기에 바위가 울퉁불퉁 나와 있는 데가 있는데, 저기서 자네들이 엄호해주게. 우린 단숨에 돌파하여 건너편의 콩밭까지 갈 거야. 거기서 엄호사격을 하면 자네들은 여유롭게 돌파할 수 있어."

가지는 단계 쪽을 한 번 보고 씨익 웃었다.

"좋은 작전이지만 그렇게 하면 우리가 곤란해."

"왜?"

가지는 또 씨익 웃었다. 왜긴 왜겠어? 자기 부하가 맞아 죽는 걸 태평하게 구경하던 자를 누가 신뢰하겠어?

"당신들이 저기까지 건너가고 나서 이따위 병력으론 지원할 수 없다고 가 버리면 안 되니까. 당신들 셋과 내가 여기 남아서 엄호하고, 다른 사람들이 건너편으로 가고 나서 엄호해준다는 협동작전이라면 찬성하지."

하사는 떨떠름한 표정을 지었다. 야단을 맞은 상등병이 가지를 보고 호의적인 미소를 지었다. 꽤 빈틈이 없군, 자넨.

"우릴 믿지 못하겠다는 건가?"

하사가 병영에서라면 따귀라도 한 대 갈길 것 같은 눈빛으로 말했다.

"누굴 딱히 못 믿겠다는 건 아니야."

가지는 무표정하게 말했다.

"자기가 뭘 하는지조차 믿지 못하는 세상이 되었으니까. ……어쩌겠나? 찬성하지 않는다면 우린 다른 방법을 생각할 수밖에."

"잠깐만 기다려봐."

단게가 끼어들었다.

"밤까지 기다리는 건 어떨까?"

"오늘 밤엔 달이 밝습니다."

야마우라가 달이 밝아서 행동하기가 편하다는 것인지, 아니면 민병들에게 발각될 우려가 있다는 것인지, 판단하기가 애매한 어조로 단게와 가지를 번갈아 보면서 말했다.
"밤까지 어떻게 기다려? 저들은 벌써 우리가 있다는 걸 알고 있단 말이야."
하사가 강한 어조로 말했다.
"저들은 우리가 내려오기를 기다리고 있어. 내려오지 않으면 저쪽에서 먼저 공격해올 거야. 어차피 승부가 밤까지 미뤄지진 않을 거라고."
그럴지도 모른다. 저쪽에서 작전을 세우고 나면 적은 인원으로 빠져나가는 것은 더 어려워질 것이다.
가지는 나지막한 목소리로 데라다와 야마우라에게 주의를 주었다.
"군화 끈을 단단히 매라."

마을 정면은 꽤 넓은 편이었으나 위험 구역은 마을과 마을을 연결하는 길과 산으로 가는 길 사이의 중간지대였다. 그 외에는 온통 푸른 밭이라 좁은 밭둑길 외에는 피아 모두 효과적인 사격은 할 수 없다.
그래도 기껏해야 400미터 정도밖에 안 되는 위험 구역을 2개조로 나누어 돌파하는 데 반 시간 가까이 걸렸다. 먼저 간 단계와 히로나카 조는 단계가 팔에 가벼운 찰과상을 입은 것 외엔 별 문제 없이 위험 구역을 돌파했다. 그러나 나중에 출발한 조는 고전의 연속이었다. 질주하는 동안에는 응전하지 않을 예정이었지만 많은 마을 사람이 동원되어 기세가 등등해진 민병들이 의외로 신속하게 공격해오자 가지 일행은 엄호 사격에 의존하지 못하고 각개전투를 거듭하면서 첫 예정 지점과는 완전히 다른 방향으로 제각기 도망쳐 다녀야 했다.

한 사람도 빠짐없이 모두 모였을 무렵에는 지평선 저편에서 피를 머금은 듯한 석양이 춤을 추고 있었다. 패잔병들을 비웃고 있는 것 같다. 들판을 물들인 저녁노을 빛 속을 사내들은 그림자를 길게 늘어뜨린 채 이따금 뒤를 돌아보면서 걸어갔다.

어수룩해 보이는 우지이에 상등병이 뒤에서 쫓아와 땀과 흙으로 더러워진 가지의 옆얼굴을 보면서 말을 걸었다.

"아까는 덕분에 살았네."

위험 구역을 돌파하려고 뛰어나가자마자 넘어져서 무릎을 다친 우지이에는 동료 둘이 먼저 가 버려서 위험해졌다. 그때 가지가 그것을 보고 엄호하지 않았다면 우지이에는 민병들에게 틀림없이 붙잡혔을 것이다.

"당신도 보충병 같은데 전투를 잘하더군."

감사의 마음이 그리 시켰는지 그는 가지의 얼굴을 찬찬히 들여다보며 비굴한 미소를 짓고 있었다.

"칭찬치곤 괴상한 칭찬이군."

가지도 미소를 지어 보였지만 눈빛만은 전투를 할 때처럼 살풍경했다.

"이래 봬도 선량한 회사원이었네. 너무 닦달을 당한 나머지 사람 죽이는 솜씨만 늘었지만."

"그게 뭐 어때서? 나란 놈은 늘 불안해서 탈인데. ……언제까지 이런 상태가 계속될까? 그렇게 눈에 불을 켜고 있지 않아도 될 것 같은데."

"그렇게 생각하는 것은 우리 마음이고, 공격하는 건 저들 마음이지."

가지는 말하고 나서 단게 쪽으로 시선을 옮겼다.

"우리가 미워서만은 아닌 것 같아. 재밌는 거야, 우릴 사냥감 몰 듯 몰아대는 게."

만약에 그렇더라도 그럴 만한 이유는 있었을 것이다. 가지도 그것은 인정했지만 쫓기는 야수의 생리가 이상하게 자꾸 흥분되곤 한다.

단게는 말없이 걷고 있었다. 팔에 난 상처가 몹시 쓰렸다. 팔의 통증이 잠시 잦아들면 마음이 아팠다. 패잔병의 앞날은 애당초 예상할 수 있는 것이 아니긴 했지만 상상하던 것보다 수천 배는 힘든 것이 확실했다. 개인은 전쟁을 포기해도, 전쟁은 결코 개인을 놓아주지 않는다. 그런 것은 안 봐도 뻔한 일이지 싶다. 사실은 마을 사람들로부터 맹렬한 공격을 받거나 하면 도망 다니는 자신은 도대체 어떤 사람인지, 자신의 사상은 무엇이었는지, 무엇 때문에 이런 위험이 사람을 가리지 않고 덮치는 것인지, 알면서도 혼란을 겪고 있는 것은 가지와 다르지 않았다.

"정지."

갑자기 가지가 말했다.

"이 근처에서 옥수수를 슬쩍하자."

가지는 단게에게 다가가서 부상 부위의 옷을 찢었다.

"하필이면 자네만 맞다니 재수도 없지."

상처를 살펴보며 놀렸다.

"사자의 영혼도 가호해주지 않았군. 정중하게 예의를 다했건만……."

단게는 이렇게 말하고 싶은 것을 참았다. 자네가 야간에 돌파하는 것을 선택했다면 이렇게 되지는 않았을지도 모르잖아. 내 부상 정도로 끝났으니 다행이었지 누가 죽기라도 했어봐. 자넨 자신의 호전적인 기질을 평생 후회하며 살아야 했을 거야.

그런 줄도 모르고 상처를 감아주고 있는 가지 쪽으로 기리하라 하사가 걸어왔다.

"서로 협력해서 힘겹게 난관은 돌파했지만 앞으로는 누가 지휘하지?"

가지가 대답하기도 전에 후쿠모토 상등병이 말했다.

"그거야 반장님이죠. 그렇잖나, 전우? 계급으로 보나, 경험으로 보나."

"난 싫어."

전우라고 불린 가지는 쓴웃음을 순식간에 거두었다.

"경험은 중요하지만 지금 같은 상황에서 계급은 무용지물이야. 당신의 경험이라는 것을 난 또 몰라. 부하를 죽게 내버려뒀다는 것 외에는. 우리 쪽 지휘권은 나한테 있어. 당신이 하고 싶으면 따로따로 움직일 수밖에. 난 지휘권을 넘긴다 해도 이 사내한테만 넘길 테니까."

가지는 단게를 가리켰다.

"상등병이니 일등병이니 하는 계급이 마음에 안 들면 개별 행동을 취하기로 하지. 모두들 어떤가?"

아무도 말로는 하지 않았지만 가지의 지휘에 난색을 표하는 사람은 히키타 정도였다. 그 대신 저쪽에서는 우지이에가 가지에게 동조하는 태도를 보였기 때문에 6대 3의 비율은 유지되었다.

"대단한 민주적 채결이군."

가지는 웃었다.

"골목대장이 되고 싶어 하는 놈이 있다면 시켜주지. 그 대신 위험은 그놈이 가장 먼저 짊어져야 해. 그것이 패잔병의 헌법이다."

23

밤새 비가 내렸다. 속살까지 젖어서 도저히 땅바닥에 누워 있을 수가 없었다.

한밤중부터 다시 걷기 시작했다. 어둡다, 어둡다 하지만 이런 어둠은 그 바닥을 짐작할 수가 없다. 한 걸음 한 걸음 발끝으로 더듬어가며 나아간다. 돌부리에 걸려 넘어지거나 부딪힐 때마다 저주의 소리가 터져 나왔다. 뒤에서 기리하라가 투덜댔다.

"내 말대로 했으면 지금쯤 온돌 위에서 계집 꿈이라도 꾸고 있을 거 아냐."

그는 저녁 무렵에 지나친 작은 마을에서 잠자리를 구하자고 했다. 민병들은 없는 것으로 보였기 때문에 가지의 마음도 움직이지 않은 것은 아니었지만, 우지이에의 말로는 오면서 꽤나 난폭한 짓을 저지른 듯한 기리하라나 후쿠모토가 민가에서 무슨 짓을 저지를지 몰라 불안했던 것이다.

"자다가 목이 잘리는 것보단 비를 맞는 게 낫다고 생각해."

가지는 어차피 뒤를 돌아보아봐야 아무것도 보이지 않을 것이기에 전방에 대고 말했다.

그렇긴 해도 쓸쓸한 밤이다. 쉴 새 없이 내리는 비에 흙이 질척질척했다. 진창을 밟는 군화 소리. 등을 타고 흘러내리는 차가운 물. 아무것도 보이지 않는다. 어디까지 간다고 정한 것도 아니다. 몸은 차갑고 마음은 얼어붙는 것 같다. 불을 피우고 싶었다. 등불이 그리웠다. 지붕의 보호를 받고 싶었다. 그날 이후 벌써 몇 년하고 몇 달이 흘렀던가. 생각나는 것은 그 산에서 비가 억수같이 쏟아지던 날의 일이다. 미치코가 닭 두 마리를 넣은 큰 상자를 끙끙거리며 안고 들어왔다. 닭은 별로 젖지 않았지만 미치코는 흠뻑 젖어 있었다.

"무섭게 쏟아지네요!"

미치코는 숨을 헐떡이면서 그렇게 말했다.

"자, 꼬꼬님도 이제 편히 쉬세요. 평소엔 아무런 느낌도 없더니 이제야 알겠네요. 뭔지 알아요? 비바람이 아무리 몰아쳐도 걱정할 필요가 없는 자기 집이 있다는 게 정말이지 너무 좋다는 거예요."

가지는 어둠 속에서 빗물이 튀는 얼굴을 일그러뜨렸다. 그건 먼 옛날의 환영이다. 있을 수 있는 일이 아니었다고 생각하자. 행복 같은 건 있지도 않았다. 그걸 행복이라고 받아들였기 때문에 지금 이렇게 현실의 복수를 호되게 당하고 있는 것이다. 중국인의 땅에서, 중국인의 희생

위에서 지낸 풍요롭고 아름다운 나날, 그것들이 결국 얼마나 비싼 대가를 요구하는 것이었던가.

지금은 비나 이슬만 피할 수 있다면 허름한 초가지붕이라도 감지덕지다. 흙바닥이라도 상관없다. 젖어 있지만 않으면. 피든 수수든 콩깻묵이든 좋다. 훔치지 않아도 되는 것이라면.

아무것도 없다. 젖고 얼어붙은 몸으로 걷고 있다. 밤은 곧 밝을 테지만 내일의 희망 따위는 귀신이 웃을 일이다.

까만 밤이 잿빛으로 바뀔 무렵, 전방에 흙담으로 둘러싸인 3, 40가구의 마을이 나타났다.

가지는 의심스런 생각이 들어서 멈춰 섰다. 새벽이면 연기가 피어오르거나 개 짖는 소리가 들리는 게 보통이다. 흙담으로 마을 전체를 둘러싸고 있는 것도 이 근방에서는 볼 수 없는 모습이다.

일렬종대로 간격을 유지하며 조심스럽게 다가가서 보니 그곳은 일본인 개척단의 빈 마을이었다. 주민들은 개전 직후에 철수했는지 고양이 새끼 한 마리 없었다. 집 안은 마루방의 돗자리까지 걷어놓았고, 봉당에 쓰레기를 모아놓은 것이 과연 일본인다웠다. 철수하는 데 여유가 있었던 모양이다. 아니면 다시 돌아올 날을 위해 정리해놓고 간 것인지도 모른다.

채소밭에는 호박이며 오이 따위가 열려 있어서 식량 걱정은 없었다. 비는 그쳤지만 언 몸을 녹이며 쉬기에는 더없이 좋은 장소라고 할 수 있었다. 가지는 탄약합에서 그때 훔친 성냥갑을 꺼냈다. 아직 반 정도나 남아 있었지만 습기를 잔뜩 머금고 있어서 도움이 되지 않았다.

분담해서 한 집씩 집 안을 찾아보았지만, 찾기도 전에 포기와 분노가 밀려왔다. 모처럼 쉴 만한 곳을 찾았는데 불조차 피울 수 없다. 마가 끼어 있다. 나뭇조각을 비비거나 돌을 맞부딪쳐서 발화시키려고 해도 알맞은 것이 없었다.

그때 야마우라가 "있습니다!" 하고 귀신 목이라도 따온 것처럼 자랑스러운 얼굴로 달려왔다. 부러진 성냥 대가리 두 개비와 양초 한 토막이었다.

불은 피웠다. 기리하라와 후쿠모토는 즉각 옷을 벗었다. 히키타도 옷을 벗으려다 가지의 표정을 살피더니 히죽 웃고는 벗어 던졌다. 그래도 속옷까지 벗지 않은 것은 가지가 힐끗 쳐다보았기 때문이다.

호박으로 배를 채웠다. 남은 것은 수면 부족을 보충하는 것뿐이다. 마룻바닥에 누울 때까지는 몰랐는데 그곳엔 벼룩 떼라는 복병이 있었다. 게다가 그것들은 굶주려 있었다. 몸의 한 부분을 기어 다니는 것이 아니라 한꺼번에 공격해오는 것 같았다. 가지는 참지 못하고 벌떡 일어났다. 속옷 앞자락을 펼치니 마치 모래가 쏟아져 내리듯 벼룩이 튀어나왔다.

"도저히 못 참겠다!"

알몸의 기리하라도 일어나서 근육이 잘 발달된 두툼한 가슴팍을 철썩철썩 때리며 말했다.

"벼룩을 보니 생각났는데, 거기 백계 러시아인의 집도 굉장했지, 후쿠모토?"

"그래도 거긴 나았습니다. 그렇게 근사한 여자의 몸을 본 적도 없었고요! 죽이기가 아까울 정도였어요."

가지는 귀를 기울였다.

"오타니와 다무라는 그게 마지막이었지."

기리하라가 웃었다. 처음 듣는 이름들이다. 그 마을로 정찰하러 나가서 죽은 두 사람의 이름 같다.

"로스케 영감이 오타니와 다무라를 지하실로 안내했지. 그 영감, 큰 몸집만큼이나 우악스럽게 힘이 세서 둘이 간신히 처치하고 올 때까지 우리 둘은 그 계집을……."

기리하라가 낄낄거리며 웃었다.

그 백계 러시아인 부부는 기리하라 일행을 환대했다. 붉은 군대가 이긴다고는 믿지 않았던 모양이다. 기리하라 일행은 작은 전투에서 원대를 잃고 후방의 큰 부대로 돌아가는 길이라고 속이는 데 성공했다. 단, 백계 러시아인이 관동군의 승리를 믿었다기보다도 그러길 바랐던 것에는 그럴 만한 이유가 있었다. 러시아의 혁명 정권에서 망명했을 때와는 벌써 대代가 바뀌었지만 붉은 군대가 진격해오면 관동군에 협력해온 백계 러시아인은 죽임을 당할 것이라는 유언비어가 떠돌고 있었고, 조금은 피해망상에도 사로잡혀 있었다.

기리하라 일행은 배불리 먹고 나자 못된 생각이 들었다. 그 집의 젊은 주부가 볕에 그을리고 땀내는 나지만 풍만한 육체를 흔들며 다니는 것을 보자 기리하라는 집주인이 자랑하는 술을 핑계 삼아 두 부하를 지하실로 안내하게 했다. 두 부하는 기리하라의 속내를 알고 있었다. 기리하라의 눈짓 한 번에 굶주린 이리 떼의 마음이 완전히 통했던 것이다. 기리하라는 애교를 부리는 여자를 웃는 얼굴로 부르더니 느닷없이 덮쳤다. "포동포동한 팔이나 겨드랑이 털이 보일락 말락 하면 눈이 확 뒤집혀서 말이야."라는 것이다.

'관동군 손님'이 돌변한 듯한 낌새를 챈 집주인은 따라온 두 일본군과 사투를 벌여야만 했다. 몸집이 크고 힘이 센 그는 두 적을 몇 번 때려눕혔지만 끝내 아내를 구하지는 못했다.

"네가 올라타고 있는 모습을 그 두 녀석이 돌아와서 들여다보던 낯짝이란 정말 가관이더군."

기리하라는 다리를 뻗어서 후쿠모토의 옆구리를 툭툭 쳤다.

데라다와 야마우라는 안 듣는 척하고 있었지만 얼굴이 벌게져 있었다. 후쿠모토는 그때의 광경을 떠올리고 있는지 눈을 가늘게 뜨고 실실 웃었다.

"바보 같은 우지이에는……."

기리하라는 그의 옆에서 고개를 숙이고 있는 우지이에를 보고 또다시 웃었다.

"여자의 가랑이가 벌어져 있는데도 벌벌 떨었지. 그러고도 낯짝만은 하고 싶은 표정이었으니까."

"그게 무슨 자랑거리냐?"

가지가 말했다.

우지이에는 그 목소리에 얼굴을 들었지만 가지의 날카롭고 험악한 시선과 부딪치자 금방 다시 숙였다.

"너희 쪽은 도중에 백계 러시아인의 농가가 없었나 보지?"

후쿠모토가 가지에게 말했다.

"죽이더군. 달콤한 데다 육질도 쫀득쫀득하고……."

"계집의 하얀 고기도 있었고 말이지."

기리하라가 가지의 표정이 험악해진 것을 보고 일부러 농을 던졌다.

"우린 산과 들을 헤매는 굶주린 이리야. 고기라면 사족을 못 쓰지."

"쌍! 잘도 먹어치웠군!"

히키타가 중얼거렸다.

"우린 그 무렵에 밀림 속에서 달팽일 잡아먹었는데 말이야."

가지가 마루에서 봉당으로 내려왔다.

"앞으로 또다시 여자에게 손을 댔다간 그 즉시 사살해버리겠다."

"그게 뭔 소리람?"

기리하라가 비웃었다.

"로스케나 짱꼴라 계집을 건드리는 게 뭐 어때서? 일본인 여자도 곳곳에서 당하고 있을지 몰라. 난세야. 서로 마찬가지라고. 우리가 되고 싶어서 집 없는 이리 신세가 된 건 아니잖아? 살아가기 위해서는 무슨 짓이든 해야 해. 너도 그랬어. 얼마 전에도 넌 내가 보는 앞에서 네댓 명이나 되는 사람을 쏴 죽였어. 너도 여자의 젖가슴을 보면 불끈불끈할 걸? 안 그래?"

"그럴지도 모르지."

이놈들과 내 차이는 무엇일까? 난 훔치고, 죽이고 있다. 내가 오히려 더 쓸데없이 사람들을 죽이고 있을 것이다. 여자를 욕보이지 않을 뿐이다. 여자를 욕보이는 것은 사람을 죽이는 것에 비하면 죄가 가벼울지도 모른다. 그래도 이놈들과 나는 확실히 다르다. 확실히!

"억지 이론이야 아무렇든 상관없지만, 주민들에게 쓸데없이 해를 입히거나 여자에게 손을 대진 말아라."

"그 따위 소리를 해도 내 귀엔 안 들릴지도 몰라."

기리하라는 자신만만한 웃음을 지으며 후쿠모토 쪽으로 고개를 돌렸다.

"내가 어떤 사낸지 이자들은 모를 거야."

"대충 짐작은 하고 있다."

가지는 마루로 올라가면서 말했다.

"내가 널 죽이든가, 네가 날 죽이든가 하겠지. 내가 한 말만은 잊지 마라."

가지는 마루 위에 벌렁 누워서 생각했다. 날래고 사나운 데다 체격까지 좋은 기리하라는 방심할 수 없는 상대인 것은 분명하지만 자신에게 조금이라도 정의가 남아 있는 한 결코 지지는 않을 것이다.

벼룩은 다시 가지의 가슴과 배, 허벅다리에서 날뛰기 시작했지만, 이번엔 별로 신경이 쓰이지 않았다.

"막다른 곳에 몰리면 사람들은 무슨 짓이든 하게 돼 있어."

봉당에서는 기리하라가 말하고 있었다.

"언제 어디서 탕 하고 총에 맞을지 모르니까 하고 싶은 대로 하는 거지. 우린 어디까지 가고 어떻게 될지 모르니까 그날그날이 평생이라고. 5, 6년이나 군대에 있으면서 계집 냄새도 제대로 맡지 못했으니까……."

가지는 언제 어디에서 기리하라 일행을 떼어버릴지 생각하고 있었다. 헤어지는 것은 쉬웠지만 위험의 소지가 다분한 앞길을 생각하면 병력은 역시 많은 쪽이 낫다.

"……일본은 이미 항복했을지도 모릅니다, 반장님."

후쿠모토의 목소리가 멀리서 들렸다.

"내지군은 그럴 리가 없다. 관동군도 병장기를 본국으로 보내지만 않았다면……. 우린 제비를 잘못 뽑은 거야."

"맞아."

히로나카의 목소리다. 가지는 꽤 오랫동안 히로나카의 목소리를 듣지 못한 것 같아서 이야기를 들어보려고 했는데 어느 틈에 깜박 잠이 든 모양이다.

야마우라가 흔들어 깨웠다.

"……흙담 밖에 소련군의 목 없는 시체가 있습니다."

야마우라는 익은 단호박을 찾아다니다가 흙담 밖에서 만주인의 짐마차가 지나가는 소리를 듣고 무너진 흙담으로 밖을 엿보다 시체를 발견했다고 한다.

 가지는 가서 보았다. 목은 단칼에 잘려 있었다. 옆에 배낭이 떨어져 있고, 그 속에선지 러시아 특유의 시큼한 음식 냄새가 났다. 시체가 아직 썩지 않은 것으로 보아 죽은 지 하루도 지나지 않은 것 같다. 흉기는 군도가 틀림없다. 그렇다면 준위 이상인 자가 한 짓이다. 병사들 수도 다섯 명에서 열 명은 될 것이다. 만약 그렇다면 이 마을은 적의 주목을 받고 있다고 봐야 한다. 붉은 군대의 병사가 왜 혼자서 여기를 지나갔는지는 아무리 생각해도 알 수 없었지만 붉은 군대가 이 부근에 있는 것만은 확실하다.

 가지는 해의 높이를 가늠해보았다. 누렇게 흐려진 태양은 아직 머리 위에 있었다. 움직이기에는 불리한 시각이지만 주저할 여유가 없었다.

 "즉시 출발이다."

 그렇게 말하자 기리하라가 비아냥거리듯 말했다.

 "뭐 그렇게 떨 건 없어. 이 로스케 새끼는 이 근방으로 여자를 찾아 나온 거야. 아니면 행군 중에 낙오한 놈이겠지. 이런 데서 죽어 자빠져 있을 줄은 이놈 부대에서도 모른다고."

 "포위되어서 총에 맞아 죽고 싶으면 맘대로 해."

 가지는 냉정하게 말했다.

 "우린 출발한다."

24

텅 빈 개척 마을의 뒤쪽은 수수밭이 시야를 가로막고 있었다. 그 사이로 헤집고 들어가서 반대편으로 나가자 푸른 보리밭이 멀리까지 펼쳐져 있었지만, 군데군데 보리의 푸른빛과 높이가 다른 것으로 보아 꽤 많은 사람들에게 여러 차례 짓밟힌 모양이다. 좌측 전방에 만주인 마을이 등을 보이고 있다. 100가구 정도의 풍요로워 보이는 마을이다. 거리는 700미터 정도로 짐작된다. 서남쪽은 그 방향이지만 혹시 모를 사고를 방지하기 위해서는 꽤 멀리 돌아가야 할 것이다. 그 마을 앞에 가지 일행이 방금 막 빠져나온 개척 마을과 마찬가지로 흙담을 둘러쌓은 작은 마을이 있었다. 그 마을도 역시 개척단의 빈 마을이 틀림없다.

그때까지는 아직 들판에 사람의 그림자는 보이지 않았다.

"저 옥수수 밭까지 발각되지 않고 갈 수 있으면 좋으련만."

가지는 혼잣말하듯 중얼거리고 보리밭으로 들어섰다. 사방이 훤히 트인 이 평야에서 적군의 표적이 된다면 살 수 있는 길은 단 하나밖에 없다. 아홉 명이 사방으로 뿔뿔이 흩어져서 보리밭을 기어 다니는 것뿐이다. 짐승처럼 기는 데 능숙하고, 생명력이 강하고, 운이 좋은 자만이 살 것이다. 어떻게든 멀리 전방에 보이는 옥수수 밭까지는 발각되지 않고 가고 싶었다.

그러나 상황이 그렇게 좋은 쪽으로는 흘러가지 않았다.

보리밭 한가운데까지 갔을 때 마을의 저쪽 끝에 사람들이 나타났다. 가지는 멈추지 않고 곁눈질로 세면서 계속 걸었다. 세 명, 다섯 명, 점점 늘어난다. 띄엄띄엄 서서 이쪽을 보고 있는 듯했다.

"나타났다."

히키타가 흥분한 목소리로 말했다.

"상등병님!"

야마우라는 가지를 부르며 손가락으로 가리켰다.

"모른 척하고 걸어!"

가지가 엄하게 말했다. 거리는 멀다. 쓸데없이 겁먹을 필요는 없다. 게다가 여기까지 와서 물러날 수도 없다.

잠깐 사이에 마을 어귀에 나타난 사람들은 3, 40명에 달했다. 제각기 총과 몽둥이 따위를 들고 있다. 그런데 이상한 것은 이쪽을 가리키고 있는 모습이 몇 명이나 보이는 데도 움직이려고 하지 않는 것이었다.

그 이유는 곧 알 수 있었다. 멀리 전방의 빈 마을 쪽에서 포성이 울렸다. 전장에서 살갗을 파고들던 탱크의 포 소리다. 자동소총 소리도 짧게 콩 볶듯이 들렸다. 그러자 바로 열네댓 명의 사람 그림자가 빈 마을에서 보리밭으로 도망쳐 들어가는 것이 보였다. 일본군이 분명하다. 마을 어귀에 서 있던 많은 사람들은 어느새 몇 줄로 나뉘어 밭으로 들어가고 있었다. 거기가 밭둑길인지 어느 줄이나 속도가 쭉쭉 빨라진다. 빈 마을의 뒤쪽에서도 스무 명 남짓한 그림자가 나타나서 밭에서 허둥지둥 달아나고 있는 일본군들이 결국엔 어디로 도망갈지 알고 있다는 듯 엉뚱한 방향으로 가기 시작했다.

"우리가 아니었어."

우지이에는 콩알 같은 땀을 뻘뻘 흘리며 말했다.

"무식하게 대포까지 쏴대는군."

기리하라가 비웃었다.

"어떡하지?"

단게가 가지에게 말했다.

"저들처럼 그물 속 잉어가 되지 말란 법도 없어."

가지도 같은 걱정이었다. 밭은 넓었지만 토벌의 같은 행동반경 안에 들어가지 않는 것도 아니다. 밭은 그물 같은 것이 아니라 말하자면 큰 바다에 비유할 수 있는 광대한 공간에 펼쳐져 있는 것처럼 보이지만 전방에 멀리 군데군데 마을이 있는 것을 보면 역시 풀려난 물고기가 무제한으로 자유로운 것은 아니다.

가지는 마을 사람들 사이에 섞여 있는 대여섯 명의 소련군이 마을 사람들에게 지시를 내리고 있는 것 같다고 보았다.

"어쨌든 옥수수 밭까지 빨리 가자."

완전히 모습을 감추고 나서 상황을 판단해야 한다. 가지는 방금 전까지 있던 마을로 돌아가서 방법을 수정해야겠다는 생각을 하지 않은 것도 아니었지만, 뒤를 돌아보니 마을의 이쪽 끝에서도 몇 명이 나와 사냥하는 모습을 지켜보고 있었다. 이제는 앞으로 나아가는 것밖에는 길이 없다.

옥수수 밭은 푸른 바다에 떠 있는 가늘고 긴 섬 같았다. 방금 전까지 보리의 바다에서 헤엄치던 일본군의 모습은 섬의 한쪽 끝에 가려서 보이지 않았다.

밭은 피해가 엄청났다. 제대로 줄기에 달려 있는 열매는 거의 없었다. 줄기는 꺾이고, 중간중간 심어놓은 호박도 엉망으로 깨져 있었다.

"누군지 모르지만 먼저 지나간 놈들이 어지간히도 못된 짓을 저질렀군."

단게가 말했다.

"그래서 저렇게 철저하게 토벌하려는 거겠지."

"덩달아 말려든 셈이군."

가지는 증오에 차서 신음을 토했다.

"우린 목 없는 시체의 범인이 아니야."

하지만 사태는 그리 간단하지가 않았다. 가늘고 긴 옥수수 밭의 한쪽 끝에 들어선 가지 일행이 별로 길지도 않은 밭을 헤치고 반대편으로 나아가는 동안 재난이 일부러 마중 나오는 꼴이 되고 말았다. 쫓겨 온 한 무리의 일본군은 처음엔 옥수수 밭하고는 상관없이 보리의 바다를 헤엄쳐서 달아나려고 했던 모양이다. 그런데 그 바다 속에 이미 추격대가 와 있었던 것이다. 멀리 있는 마을에서도 사람들이 움직이기 시작하는 조짐이 있었다. 그물을 점점 조이는 식이라고 판단했는지 그들은, 가지 일행에게는 불운한 일이지만, 분산해서 보리밭에서 포복할 생각은 하지 않고 옥수수 밭의 다른 쪽 끝으로 도망쳐 들어갔던 것이다.

가지가 그런 사정을 알게 된 것은 추격대의 한 무리가 전방에 넓게 퍼져서 옥수수 밭 쪽으로 가끔 총을 쏘면서 접근하는 것을 보고 나서였다.

"쏘지 마라. 쏘면 안 돼."

가지는 일행을 향해 주의를 주었다. 적의가 없다는 것을 나타내면 사정을 봐줄 것이라고 생각한 것은 아니다. 압도적인 다수를 상대로는 싸워봐야 아무 소용이 없다. 게다가 발포하면 다른 일본군들이 이쪽의 소재를 알고 합류하려고 들 것이다. 가지는 그들을 피하고 싶었다. 어차피 쓸데없는 짓이나 저지르고 다니던 놈들이 틀림없다.

그때 빈 마을 저편에서 탱크가 한 대 나타나 옥수수 밭으로 위협적인 포격을 가하기 시작하자 사태가 더욱 심각해졌다. 더구나 사정거리를 길게 잡고 가지 일행이 있는 쪽으로 정확하게 쏘았다. 그러나 그것은 가지 일행을 겨냥한 것이 아니라 그쪽으로 다른 일본군들이 달아나는 것을 저지하기 위한 것이 틀림없었다.

가지 일행은 옥수수 밭과 보리밭의 경계 근처로 이동했다.

"제기랄, 제대로 말려들었어."

우지이에가 콩알 같은 땀을 더욱 많이 흘리면서 말했다.

"우린 아무 짓도 안 했는데……."

"……아무 짓도 안 했다고?"

가지는 차갑게 쏘아보았다. 우지이에는 가지가 기리하라 패거리가 저지른 백계 러시아인 주부의 강간 살해 사건을 말하는 줄 알고 고개를 숙였다. 그렇다. 그는 그 자리에 같이 있었다. 하얀 여체를 욕보이고 싶은 마음도 있었다. 그것을 괴로워하고 있는 것만이 기리하라 등과 다른 점이지만 죄는 같은 죄였다. 그래도 이렇게 위급한 상황에서는 '아무 짓도 하지 않았으니' 살려주었으면 싶었다.

"자네만을 탓하는 게 아니야."

가지가 말했다.

"우리 모두 거기서 거기야."

탱크는 어느새 자취를 감추었다. 추격대가 포위망을 완성했던 것이다.

"어떡하지?"

히로나카가 말했다.

"나갈 수 없겠어."

"나갈 수 없겠네."

가지가 멍청하게 웃었다. 될 대로 되라지. 애초에 저 목 없는 시체를 오늘 아침에 발견하지 못했던 것부터가 불운이었다. 아니면 자신이 너무 조심성이 없었는지도 모른다. 무슨 일이 일어나든 그 벌이다. 최악의 경우에는 항복하자.

뒤에 있던 야마우라가 갑자기 가지의 소매를 강하게 끌어당겼다.

"상등병님, 뒤에서 연기가……."

방금 전까지 우회한 마을 사람들의 모습이 보이던 곳에서 하얀 연기가 넓게 피어오르고 있었다. 비온 뒤라 밭이 젖어 있어서 불이 퍼지는 속도는 느렸지만 곧 불길의 빨간 혀가 보일 것이다.

"농민이 밭을 태운단 말인가?"

가지는 거의 소리를 내지 않고 외쳤다. 이것만은 꿈에도 생각하지 못했던 일이다.

"옥수수는 다 떨어졌고, 보리는 병이 들었으니 태워도 아깝지 않은 거겠죠."

개척 의용소년단 출신의 야마우라가 망연자실한 표정으로 말했다.

"옆으로 도망가자!"

기리하라도 낯빛이 변해 있었다.

"안 돼. 나갔다간 총에 맞아. 한 명도 무사하지 못할 거야."

가지는 흙빛이 된 입술을 깨물었다.

"이제 운이 다 된 모양이군."

단게가 가지를 보고 말했다.

"투항하자."

"바보 같은 소리! 불에 쫓겨서 투항하는 게 받아들여질 거라고 생각하나?"

가지가 눈을 부라렸다.

"우린 총을 쏘지 않았어. 저항도 하지 않았는데 투항 권고를 하지 않는다는 것은 우릴 죽이겠다는 거야."

그렇지 않을지도 모른다. 불에 쫓겨나와 투항하게 하려는 것인지도 모른다. 그러나 가지는 믿지 않았다. 아까는 최악의 경우로서 투항하는 것도 고려했지만 연기를 보고 나자 갑자기 마음속에 용기가 솟아 올랐다.

"2인 1조로 돌파한다."

가지가 반박을 용납하지 않겠다는 어조로 말했다.

"한 명은 총을 메고 옥수숫대를 두세 개 들고 간다. 다른 한 명은 총구를 앞으로 겨누고 뒤를 따라라. 들불을 두들겨 끄는 요령이다. 불은 아직 그렇게 대단하지 않다. 들불도 자기 주위만은 끌 수 있어. 연기 너머에는 총이 몇 자루 없을 거다."

연기에서 빠져나오자마자 총에 맞지 않도록 9인 4조는 분산해서 이미 붉은 불길이 훌훌 타오르기 시작한 쪽으로 죽을힘을 다해 달려 나갔다.

불꽃과 연기와 질식할 것 같은 고통과의 사투는 고작 1분 남짓이었다.

가지는 데라다와 짝을 지어서 탈출할 때 어딘가에서 우지이에가 연기에 휩싸여 살려달라고 하는 목소리를 들은 것 같았다. 연기 밖으로 나와서 보니 우회해 있을 마을 사람들의 모습은 보이지 않았다. 필시 불길 속을 돌파하리라고는 생각하지 않았을 것이다. 옆으로 돌아서 탈출할 것으로 예상하고 그쪽에 두껍게 포위망을 친 것이 분명했다.

우지이에는 끝내 나오지 못했다. 나머지 여덟 명은 보리밭을 끈질기게 기어 나갔다. 잠시 후에 고개를 내밀고 보니 뒤쪽에서는 한 무리의 사람들이 불을 두들겨 끄고 있었고, 그 너머로 일본군 몇 명이 손을 들고 총을 든 사람들에 둘러싸여 멀어져가는 것이 보였다.

"……밤까지 여기에 숨어 있자."

가지가 보리 잎에 긁혀서 상처투성이가 된 얼굴로 비참한 미소를 지었다.

"……위험했어."

단게가 엉뚱한 말로 대답했다.

"성공했으니까 다행이지만 자네 방법은 별로 좋은 게 아니었네. 희생자도 한 명 나왔고."

"나한테 뭘 요구하는 건가?"

가지는 화를 내기보다는 오히려 애원하는 듯한 목소리로 말했다.

"죽고 싶지도, 잡히고 싶지도 않은 것은 나 혼자가 아닐 거야."

"비가 온 뒤라 살았지 자네 생각이 뛰어났던 건 아니야."

"비가 오지 않았다면 그런 짓은 하지 않았네."

"그래도 역시 뭔가는 했을걸? 위험하고 저돌적인 돌진을 말이네."

그랬을 것이다. 항복은 하지 않았을 것이 틀림없다. 항복이 무엇을 약속하는지 믿지 않았고, 믿고 싶지도 않았다. 믿고 있는 것은 내 자신의 욕망뿐이다. 미래를 보장하는 것은 아무것도 없었지만, 거기에 자신을 연결시키려고 하는 욕망뿐이다. 만약 전쟁이 끝났다면, 그리고 안전이 보장되어 있다면 항복도 생각했을 것이다. 그러나 전쟁이 끝났다면 가는 곳마다 이렇게 공격을 받을 일은 없지 싶다.

사실 전쟁은 벌써 끝났고 일본군에겐 무장 해제의 명령이 떨어졌지만, 가지 일행 같은 불운한 소규모 행동대만이 그것을 모르고 종종 무력을 썼기 때문에 토착민들이 붉은 군대에 협력하여 패잔병들을 토벌하고 있었던 것이다.

진실을 모르는 것은 그 자체가 이미 범죄였다. 그렇기 때문에 단게는 가지에게 이런 말을 듣고는 대답이 궁했다.

"어떻게 해야 자네 마음에 들었겠나?"

기리하라가 포복으로 다가왔다.

"밤이고 낮이고 이런 꼴을 당한다면 우리도 가만히 있을 순 없잖아?"

"……어떡하자는 거야?"

"밤까지 기다렸다가 되돌아가서 저 마을로 쳐들어가세. 이번엔 우리가 화공을 퍼붓는 거야."

"해봐, 혼자서."

가지는 가슴속에서 쫓기는 자의 슬픔과 분노가 소용돌이치는 것을 진정시키려는 듯 소리를 죽이고 말했다.

"난 그따위 말은 듣지 않을 테니까 그리 알아. 내가 아무리 지독한 살인범이라도 재미로 하는 건 아니야."

"재미로라고?"

기리하라가 눈을 치켜뜨고 따지고 들었다.

"무슨 개소리야? 그 새끼들이 우리 일본인은 모두 꼬리를 내리고 슬금슬금 도망 다니는 사람만 있는 줄 아니까 그렇지!"

기리하라는 자신의 분노가 무척이나 정당한 근거를 갖고 있다고 믿고 있는 듯했다. 그 역시 재미로 하려는 것은 아니다. 울화가 터져서 참을 수가 없었을 뿐이다. 어느새 일본인의 몸에 배어버린 '동아시아의 맹주'라는 자부심은 완전히 땅에 떨어져버렸다. 그래도 중국인에게는 절대로 졌다고 생각하지 않았다. 그래서 그들을 공격하는 마을 사람들이 호랑이의 위세를 빌린 여우의 허세처럼 미워서 참을 수가 없는 것이었다.

가지는 더 이상 상대하지 않았다. 공격당하는 것은 확실히 민족적인 보복의식이 작용했기 때문이겠지만, 패잔병이 밭을 엉망으로 만들어놓아서 마을 사람들이 격분하는 것도 지극히 당연한 일이라 하지 않을 수 없다. 그렇다면 패잔병은 어디에서 먹을 것을 구하란 말인가. 쓸데없는 마찰을 피하기 위해서는 앞으로 거지가 되는 것밖에는 방법이 없을지도 모른다.

가지는 보리 사이에 누워서 활짝 갠 하늘을 보았다. 밭은 풋내 나는 열기로 무더웠으나 맑게 갠 하늘빛은 벌써 여름이 끝났다는 것을 고하고 있는 듯했다. 방황하다 헛되이 시간만 잃어버린 것이다. 이제 곧 쓸쓸한 가을이 온다. 나뭇잎이 하룻밤 사이에 지고, 겨울은 매서운 칼날을 준비할 것이다. 언제 인간다운 생활로 돌아갈 수 있을까? 그 생각은 억누를 수 없는 아픔과 슬픔을 동반하고 있었다.

25

"노인 부부와 젊은 남자 한 명밖에 없는 것 같아."

산길 나무 뒤에 숨어서 농가를 정찰하고 온 히로나카가 말했다.

별로 넓지도 않은 골짜기가 가위처럼 벌어져 있는 곳에 열두세 채의 농가가 흩어져 있었다. 히로나카가 말한 농가는 그중에서도 가장 산 쪽에 가까웠다.

"어서 가자. 조밥이라도 좋으니까 갓 지은 밥을 배 터지게 먹어보자고."

기리하라는 망설이는 가지를 재촉했다.

"혹여 무슨 일이 생겨도 저 정도 마을이면 대수롭지 않을 거야."

가지는 아가리를 벌리고 있는 골짜기에서 기름진 들로 통하는 길을 보고 있었다.

"저쪽엔 분명 큰 마을이 있을 거야, 여기선 안 보이지만."

"그럼 내가 후쿠모토를 데리고 정찰하러 갈까?"

"나와 단게가 간다."

가지가 말했다.

"신호를 보내면 내려와. 미리 말해두지만 약탈이나 폭행은 일체 엄금이다."

그 농가 앞에서 퇴비를 썰고 있던 노인과 젊은이는 두 일본군이 내려오는 것을 보자 황급히 집 안으로 들어가려고 했다.

"무서워하지 마시오."

가지가 말했다.

"부탁이 있어서 온 거요. 먹을 게 좀 있으면 나눠줄 수 없겠소? 안 되면 밭에 있는 거라도 조금 나눠주면 좋겠는데."

"살 거면 판다."

젊은이가 용기를 내어 말했다.

"공짜로 줄 건 없다."

"하긴 그렇겠지."

가지는 우울하게 웃었다. 뒤집혀버린 일본인의 처지가 새삼스럽게 의식되었다.

"사고는 싶은데 돈도 바꿀 만한 물건도 없소. 부끄럽지만 은혜를 베풀어주실 수 없겠소? 우리한테 밭에 있는 걸 훔쳐가지 않게 해주시오."

"좋소."

노인이 말했다.

"정직해 보이는 일본군이군. 주지 않으면 훔치겠다고 하니 줘야지. 들어오시오. 따로 남겨놓은 조가 조금 있으니까 밥을 지어 드리겠소이다. 조밥이라도 괜찮겠소?"

"좋고말고요!"

가지와 단게는 한숨을 내쉬고 진심으로 웃었다.

"두 사람뿐인가?"

"아니, 실은 여덟 명인데……."

"여덟 명?"

노인은 입을 딱 벌렸다.

"허 참, 여편네가 애 좀 먹겠군. 할 수 없지. 괜찮으니까 어서 부르시오."

단게가 산길 쪽으로 신호를 보냈다.

"일본군이 이 근방을 또 지나간 적이 있나요?"

가지가 물었다.

"바로 닷새쯤 전이었는데, 그들 역시 일고여덟 명이었네. 그런데 참 몹쓸 사람들이더군……."

노인은 그 자리를 떠나 물러가는 젊은이의 뒷모습을 얼굴로 가리켰다.

"저 아이의 친구네 집이 이 산 너머에 있는데 밤중에 습격을 받아 난장판이 되었지. 이보게 일본군 양반, 아무리 배가 고파도 죄 없는 사람에게 그렇게 난폭하게 굴 건 없잖아?"

노인의 이야기로는 그 농가에 침입한 일고여덟 명의 일본군은 사람들이 딱히 적의를 보이지 않는데도 마구 때린 다음 묶어놓고 닥치는 대로 식량을 빼앗았을 뿐만 아니라 몇 해를 고생고생해서 겨우 마련한 소까지 죽여버렸다는 것이다.

"저희도 같은 일본인이니까 원망을 들어도 할 수 없지만……."

가지가 숙이고 있던 고개를 들었다.

"일본인이 모두 그렇다고는 생각하지 마십시오. 사실은 마을에 들어갈 때마다 사방에서 사격을 당해서 저희 마음도 난폭해지는 것이니까요."

"그거야 당신들이 항상 총포를 가지고 다니니까 그렇지."

노인이 소박하면서도 단호한 판결을 내렸다.

"들리는 말로는 일본이 벌써 항복하고 전쟁이 끝났다던데, 모르시나?"

가지와 단게는 얼굴을 마주 보았다. 전쟁이 끝났을 것이라는 생각은 하고 있었지만, 남의 입을 통해서는 처음 그 말을 듣고 나니 마치 여행을 하다 자기 집이 불에 타 없어졌다는 말을 들은 것처럼 놀라움과 불안이 새롭게 솟아오르는 것이었다.

"……정말로 끝났습니까? 언제?"

"언제 끝났는지는 모르지만 끝난 것은 확실한 것 같소. 당신들도 어서 집으로 돌아가요."

"……그럴 생각입니다."

가지는 햇빛이 비스듬하게 비치고 있는 맞은편 산을 바라보았다.

"징포후의 남쪽으로 빠져나가려면 어디로 가면 됩니까?"

"이쪽으로 산을 둘쯤 넘어가면 철도가 나와요. 철도에는 소련군이 있으니까 조심하시오. 거기서 90리쯤 서남쪽으로 가면 큰 호수가 나오는데……."

중국인이 말하는 90리는 환산하면 대략 150리다. 일반적인 성인의 튼튼한 다리라면 하루에도 갈 수 있는 거리다. 위험을 피하면서 걸으면 사흘쯤 걸릴 것이다. 거기까지 가도 뾰족한 수가 있는 것은 아니다. 그저 머릿속에 그은 직선 위에 그것이 있을 뿐이다. 그 주변에는 부대의 주둔지도 있을 것이다. 후방의 소식도 조금은 들을 수 있을지 모른다.

초라한 집이었다. 수수깡으로 엮어 진흙을 두껍게 바른 벽에 창도 제대로 없다. 이 집에서 여덟 명이나 되는 사내가 식사를 했다간 당장 살림에 큰 피해를 입힐 것만 같았다. 하지만 설령 그렇더라도 여덟 명의 사내에겐 보상해줄 만한 것이 아무것도 없었다.

야마우라는 노파가 조밥을 지을 때 나뭇가지를 날라다 주었다. 나름

대로 거들어주고 싶었던 것이다. 노파는 한두 마디 뭐라고 하더니 통하지 않는 걸 알자 주름투성이 얼굴로 더욱 깊게 주름을 잡으며 웃기만 했다. 가지와 단게는 노파를 위해 우물물을 길었다. 나르는 것은 데라다다.

집 옆에 있는 콩밭에서 노인과 젊은이가 말다툼을 하고 있었다. 젊은이가 얼굴이 벌게져서 집 쪽을 가리키고, 산 쪽으로 손을 흔드는 것은 일본군에게 식사를 주는 것에 화를 내고 있는 것이리라. 그럴 때마다 노인은 고개를 끄덕이며 달래고 있다.

가난한 살림이다. 미안한 짓을 했군. 가지는 후회했다. 그렇다 해도 이렇게 할 수밖에는 없지 않았는가. 밭을 망가뜨리지 않으려면 구걸을 해야 한다. 구걸을 해도 가족이 많고 유복해 보이는 집으로 가면 어떤 저항에 부딪힐지 알 수 없다. 당연히 작고 가난해 보이는 집을 고르게 된다.

노인에게 감사하자. 젊은 사내에겐 단념하게 하자. 우리가 닷새 전에 지나간 일본군과는 다른 인간이었다는 것으로.

젊은이는 잔뜩 화가 나서 가 버렸다. 가지가 노인에게 물었다.

"우리 때문에 싸운 것입니까?"

노인은 쓸쓸하게 웃었다.

"아들놈이 올가을에 장가를 가게 됐는데 식량이 줄어드니까 싫은 게요. 밭은 다 망가져서 흉작이고, 당신들이 혹여 몰래 훔쳐가지나 않을까 걱정이 돼서……."

"그런 짓은 안 한다고 약속하지요."

가지는 기분이 우울해졌다.

"지어주신 밥만 먹고 바로 물러가겠소."

노파는 조밥이 다 되자 그 냄비에 기름을 붓고 가지를 볶았다.

"들어요."

가지가 노파의 말을 들은 것은 그 한 마디뿐이었지만 웃는 얼굴이 호의적인 것은 고마웠다. 그러나 그런 감사의 마음을 표시할 방법이 없다. 먹이를 얻은 집 없는 개는 단지 그것을 허겁지겁 먹음으로써 절실한 기쁨을 표현할 뿐이리라.

여덟 명은 봉당에 서거나 웅크리고 앉아서 먹기 시작했다. 노파는 빨래를 안고 나갔다. 노인은 온돌에 드러누워 냄새만 맡아도 목이 간지러워지는 담배를 긴 담뱃대로 피우기 시작했다. 담뱃대에서 꿀렁꿀렁 나는 소리를 가지는 그리운 듯이 듣고 있었다. 만주인 노인이 사용하는 담뱃대는 어디서나 대개 이런 것이다.

가지는 식사를 마치고 부른 배를 폈다.

"아, 배부르다."

중국어로 한 그 말 속에는 다분히 감사와 예의의 의미가 담겨 있다. 가지는 노인 쪽으로 배를 두드려 보이며 웃었다.

그때 출입구 옆에 있던 데라다가 갑자기 소리쳤다.

"민병이다!"

가지가 총을 들고 한달음에 출입구 쪽으로 뛰어나가는 것과 아까 노인과 젊은이가 말다툼을 벌이던 콩밭으로 몇 개의 그림자가 뛰어 들어오는 것은 거의 동시였다. 빨간 헝겊이 힐끗힐끗 보이는 것은 틀림없이 무장한 민병이라는 표시다. 젊은이가 이웃 마을로 곧장 달려가서 불러 온 것이 틀림없다. 아무래도 일본군은 믿을 수가 없었던 모양이다.

뒤돌아본 가지의 시선 끝에서 노인은 하얗게 질린 채 서 있었다.

"짰구나!"

격노와 가슴을 도려내는 것 같은 비애가 뒤섞여 끓어올랐다.

"일본인!"

밖에서 소리가 났다.

"나와라! 안 나와, 죽인다!"

안에 있는 사람은 아무도 그것을 투항 권고로는 받아들이지 않고, 그저 형식적인 최후통첩으로 해석했다. 죽일 작정이다. 공격해 들어오지 않는 것은 안에 노인이 있기 때문이다.

"개새끼!"

기리하라가 온돌로 뛰어올라 노인의 얼굴을 호되게 갈겼다.

"가지! 수류탄을 하나 넘겨. 내가 이 늙은이를 방패로 삼고 나가서 놈들의 한가운데에 던져 넣고 올 테니까."

"그 노인에게서 손 떼!"

가지는 기리하라에게 말하고 나서 밖에 대고 소리쳤다.

"노인을 내보낼 테니까 너희들도 물러가라!"

대답이 왔다.

"노인을 빨리 내보내!"

물러간다고는 하지 않았다. 가지는 온돌로 뛰어올라 노인에게 수류탄을 보여주었다.

"영감은 나가서 저들에게 물러가라고 해. 그렇지 않으면 집을 박살내버리고 영감도 저들도 다 죽여버리겠어."

노인은 쉽게 결심하지 못했다. 기리하라의 눈앞이 아찔해지는 따귀 한 방에 어쩔 줄을 모르고 있었다. 나가도 민병들이 들어주지 않으면 노인은 필시 집도 목숨도 다 잃게 될 것이다. 일본군들은 배신당했다고 생각하고 살기등등해 있기 때문에 내보내주겠다고 하고 뒤에서 죽일 생각일지도 모른다.

가지는 가지대로 거래가 성공한다고도, 이 집 안에서 응전해서 이길 가망이 있다고도 생각하지 않았다. 탈출할 수 있는 방법이라면 출구도 창도 없는 뒤쪽 벽을 부수는 것뿐이다. 민병들은 필시 출구가 없는 쪽에는 배치되어 있지 않을 것이고, 있다 해도 소수가 틀림없다.

"히로나카 반장, 내보내줘."

가지가 말했다. 그러나 히로나카는 기리하라와 같은 생각인 것 같다. 문가에서 노인의 배에 대검을 대고 밖을 향해 말하게 했다.

"……물러가 주게. 내가 죽어……."

얼마 뒤 대답대신 총알 한 발이 처마를 스쳤다. 거래에 응하지 않겠다는 완강한 위협이 안에 있는 사람들에겐 선전포고로 들렸다.

가지가 소리쳤다.

"두세 발 견제사격해!"

데라다가 쏘기 시작하자 가지는 개머리판으로 흙벽을 강타했다. 겨우 두 번 만에 구멍이 뚫렸다. 노인이 짐승 같은 신음 소리를 냈다. 집이 파괴되자 안타까운 것이리라. 도저히 노인이라고는 생각할 수 없는 민첩함으로 히로나카의 손에서 벗어나 가지 쪽으로 뛰어왔다. 가지는 몸의 자유를 빼앗기자 무의식적으로 개머리판을 휘둘렀다. 그 일격이 노인의 머리를 쪼개고 말았다. 돌이킬 수 없는 죄책감이 가지의 온몸을 경직시킨 것도 찰나였다.

"옵니다!"

데라다의 외침에 이어 누군가가 벽에 뚫린 구멍에 온몸을 부딪치고 밖으로 굴러 나갔다. 누가 누구를 따라 나갔는지 그때부터의 몇 초 동안은 투쟁의 연쇄 반응이 있었을 뿐이다. 데라다가 뺨을 피로 물들이고 문에서 벽의 구멍까지 허공에 선을 그은 듯 뛰어나갔을 때 민병대가 입구로 쇄도했다. 가지의 손은 아무 분별없이 문밖으로 수류탄을 던지고 있었다.

"인사를 말이야…… 그 집에서 나올 때 뭐라고 인사를 해야 할지 생각하고 있었어……."

가지는 산길을 올라가면서 누가 듣거나 말거나 상관하지 않고 혼잣말을 했다.

답례는 개머리판 타격과 수류탄 투척이 되고 말았다.

"믿지 않은 거야……. 절대로 믿을 수 없었던 거지……. 무조건 미운 거야."
"생각해봐야 소용없습니다, 상등병님."
데라다가 총알이 스친 볼의 상처를 드러내놓은 채 말했다.
"우린 신사적으로 하려고 했습니다. 그게 안 됐으니까……."
"……신사적이라."
가지가 중얼거렸다.
"우린 신사적이었다고 생각해도 저들의 입장에선 비적匪賊이었던 모양이지."
"비적으로 취급한다면 바라는 대로 비적이 되어주어야지."
기리하라가 큰소리를 쳤다.
"오십보백보야, 비적이 되나 구걸을 하나."
가지는 단게가 무슨 말이라도 해주길 바랐으나 단게는 잠자코 있었다. 가지와 둘이 교섭하러 내려갔을 때만 해도 이런 결과가 되리라고는 상상도 하지 못했다. 민병대의 습격을 받았을 때 단게의 생각은 투항하는 것으로 좁혀져 있었다. 그런데도 말하지 않은 것은 대세를 지배할 가망이 없었다기보다도 역시 투항에 의한 신변의 안전을 본능적인 감각이 보장하지 않았기 때문이다. 가지처럼 생명의 자유를 사랑한 나머지 투쟁의 반사작용을 되풀이하는 것이 옳다고는 결코 생각하지 않는다. 그렇더라도 달리 확신을 가질 수 있는 방법이 없는 한 가지에게 할 말은 없는 것 같았다.
가지가 갑자기 걸음을 멈추고 단게의 얼굴을 보았다.

"철도로 나가면 정보도 들을 수 있을 거고, 이런저런 방법도 생길 거야. 거기까지 가서 해산할까?"

"……왜?"

"사람은 저마다의 방법이 있을 테니까. 가령 나 혼자라면 난 죽지도 죽이지도 않고 갈 수 있을 것 같아. 물론 포로가 되지도 않고 말이야. 그러나 포로가 되는 게 편하다고 생각하는 자도 있을 테고 비적이 되고 싶은 자도 있을 거야. 전부 다 몰려다니면서 안전만을 생각하다 보면 아무래도 무리한 경우가 생기게 돼. 쓸데없는 희생자가 나올지도 모르고."

"전 따로 가지 않겠습니다."

데라다가 말했다.

"데리고 가 주십시오."

"저도요."

야마우라도 말했다.

"부탁합니다."

젊은 두 사람에게 지금의 이 현실은 확실히 너무 엄청나다. 다른 사람들은 잠자코 있었다. 섣불리 말할 수 없다는 것만이 지금은 확실했다. 감정적인 불만이나 알력은 있었지만 지금까지는 가지의 지휘 이상의 것은 바랄 수 없었고, 집단에서 떨어져 개인으로 돌아간다는 것 자체를 지난 몇 년 동안 모두가 잊고 있었던 것이다.

"……철도에 도착하고 나서 결정하세."

단게가 겨우 그렇게 대답했다.
"어떻게 될지 모르니까."

26

산간 길이 점점 넓어지면서 먼지가 많아졌고 바퀴자국과 말똥 같은 것이 눈에 띄었다. 모래먼지를 뒤집어쓴 길 양쪽의 나무숲은 나뭇잎의 색깔까지 변해 있었다. 철도나 적어도 마을이라고 부를 정도로 사람이 모여 있는 곳에 가까워졌다는 증거다.

가지 일행은 그 길을 따라 나무숲 사이를 걷다가 길이 두 갈래로 갈라진 곳에 도착하자 어느 길로 갈지 망설였다. 이 부근에서는 이제 방향을 유지하는 것보다 붉은 군대와 만나는 것을 피하는 것이 우선이다.

나무그늘에 앉아 쉬면서 생각에 잠겨 있는데 한쪽 길에서 한 사내가 나타났다. 복장이 만주인 농민은 아니다. 와이셔츠에 바지를 입고 있다. 위아래 모두 낡고 구겨진 것이 도시인 같지 않을 뿐이다.

가지는 길로 뛰어 내려가서 말을 걸었다.

"당신은 중국인이 아니죠?"

사내는 수염이 덥수룩하고 총까지 든 가지의 모습에 겁을 먹었지만 그 뒤의 나무그늘에 몇 명이 더 있는 것을 보자 오히려 배짱이 생긴 듯 이를 보이며 웃었다.

"그렇소. 조선인이오."

일본어를 정확하게 구사한다.

"철도는 어디 있소?"

"바로 저기요. 산을 내려가면 바로……."

그 사내는 담배를 꺼내 미소를 지으며 권했다.

"고생이 많군. 그래도 잘됐소. 전쟁이 끝나고 평화가 왔어요."

"……끝났다고? 언제 끝났소?"

"모르시오?"

사내는 어이가 없다는 듯 짧게 휘익 휘파람을 불었다.

"8월 15일이오."

가지는 상대를 똑바로 보고 있었다. 상대는 뭐라고 계속 말하고 있었지만 거의 귀에 들어오지 않았다. 그런가? 그렇다면 정말로 끝난 것이다. 기뻐해야 할 일이 전혀 기쁘지 않은 것은 무슨 까닭일까? 평화로워지기 위해서는 일본이 전쟁에 질 필요가 있었다. 하지만 왜 평화로워지기 위해서 가지 일행이, 수십만의 일본인이, 죽고 고통스러워하고 방황할 필요가 있었을까?

와이셔츠 차림의 사내는 가만히 응시하고 있는 가지의 시선이 기분 나빴는지 슬그머니 몸을 빼면서 이렇게 말했다.

"당신들도 어디 산으로 가는 길이오?"

"산으로? ……무슨 말이오?"

"정말 아무것도 모르나?"

그는 다시 한 번 입술을 오므렸지만 이번엔 휘파람 소리가 나지 않았다.

"일본군 부대가 산으로 들어가고 있소. 항복하지 않고 싸울 작정이죠. 소련 군대와 만주인 민병대가 토벌하러 갈 것이오. 미국에는 져도 소련이나 중국에는 지지 않는다고 생각하는 게죠, 그들은……."

"……우린 그렇게 생각하지 않아요. 그러니까 산에는 들어가지 않소."

"그럼 어떻게 할 생각이오?"

"집으로 돌아가고 싶소, 남만주인데."

사내는 고개를 가로저었다.

"틀렸수다. 돌아갈 수 없어요. 남만주가 어떻게 됐는지 몰라요."

가지의 눈썹이 파르르 떨렸다. 어떻게 됐는지 모른다고? 그럼 미치코가 살아 있는지 어떤지조차 모른다는 말인가?

가지 일행이 온 방향에서 만주인 한 명이 지나가다가 조선인과 서서 이야기를 나누고 있는 일본군을 이상하게 보더니 나무그늘에 산적 같은 무리가 웅크리고 있는 것을 발견하고는 낯빛이 바뀌어서 달아나려고 했다.

"달아나지 마라!"

와이셔츠의 사내가 중국어로 말한 것과 가지가 쫓아가려고 하는 기리하라를 날카로운 눈빛으로 제지한 것은 동시였다.

그 만주인은 몹시 놀란 듯 창백한 얼굴로 실실 웃었다.

"우린 집으로 돌아가는 길이오."

가지가 말했다.

"아무 짓도 안 할 테니까, 당신들도 우릴 그냥 내버려두시오."

만주인은 알아들었는지 못 알아들었는지 "그렇고말고, 그렇고말고." 라고 되풀이하면서 어색한 걸음걸이로 멀어져갔다.

"철도를 안전하게 건널 수 있는 곳을 가르쳐주지 않겠소?"

가지가 말하자 조선인 사내는 비웃는 듯한 웃음을 감추려고 하지도 않고 말했다.

"일본 군인에게 안전한 곳은 없소이다."

"그렇겠지. 그럼 소련 군대가 없는 쪽을 가르쳐주시오."

그는 어떻게 된 일인지 생각하는 듯 고개를 갸웃거리다가 이렇게 말했다.

"어째서 포로가 되지 않는 거요? 소련 군대는 해방군인데."

"건방진 소리 마라, 반도인 주제에!"

나무그늘에서 느닷없이 히로나카가 작은 몸을 드러내며 말했다.

"가지, 뭘 꾸물거리고 있는 거야?"

와이셔츠의 사내는 분명히 기분이 상한 모양이다. 수염이 없는 말끔한 얼굴이 갑자기 차갑게 굳어졌다.

"가르쳐주시오."

가지는 부탁했다. 부탁받은 사내의 손이 느릿느릿 움직였다. 방향을 가리키기 전에 그는 히로나카를 힐끗 훔쳐보고 입술을 일그러뜨린 것 같았다.

"이쪽이오. 이쪽이 적어요. 하지만 모르죠."

"……고맙소."

가지도 입술이 살짝 일그러졌다.

"그럼, 저쪽으로 가자."

걸음을 내디딘 방향과 조선인이 가리킨 방향은 반대였다.

"왜 이쪽으로 방향을 튼 겁니까?"

데라다가 물었다.

"저자는 우릴 포로가 되게 하려는 거야."

가지는 웃지도 않았다. 만약 히로나카 반장이 끼어들지 않았다면 저 사내는 집으로 돌아가는 나의 길을 축복해주었을까? 당치도 않다. 역시 '포로'가 되게 하려고 했을 것이다.

"내가 한두 번 속았어야지. 저자는 제대로 가르쳐주었는지 모르지만 반대로 가 보는 거야. 찬성하지 못하겠으면 지금 말해. 다 가고 나서 후회하는 것은 나 혼자 하게."

27

별로 높지는 않지만 수직으로 깎아내린 절벽 위의 나무그늘을 골라 일행은 휴식을 취했다. 일몰까지는 얼마 남지 않았다. 석양의 꼭두서니 빛이 눈 아래 도로로 사람이나 짐마차가 이따금 지나갈 때마다 이는 흙먼지를 조그만 미립자도 놓치지 않고 비추고 있었다.

도로는 시선이 닿는 곳까지 철도와 평행하게 달리고 있었다. 철도의 선로는 녹이 슬어서 강렬한 석양빛이 전혀 반사되지 않았다. 열차의 운행이 멈추고 나서 꽤 오랜 시간이 흐른 것이 틀림없다.

정면의 철길 건너편에 인가가 밀집되어 있었다. 철도를 따라 회색 칠을 한 긴 담벼락이 눈에 띄었다. 담 너머로 창고 같은 건물이 몇 채 나란히 보이는 것을 보면 아마도 호상의 집이었으리라. 그러나 가지의 시선을 잡은 것은 그 담에 가로로 쓰여 있는 큼지막한 붉은 글씨였다.

'인민해방적 홍군 만세'

그렇게 쓰여 있다. 그리고 보니 이 도시인지 마을인지는 이미 붉은 군대를 맞이했고, 부근에 그 부대가 주둔하고 있을지도 모른다.

가지 일행이 기아와 싸우면서 산과 들을 헤매고 다니는 동안 역사가 바뀐 것이다. 기분 탓만은 아닐 것이다. 먼지 속을 오가는 주민들의 모습이 해야 할 일을 잘 알고 있는 사람처럼 여유로워 보인다.

여덟 명의 패잔병은 여유롭게 쉴 수가 없었다. 일몰까지는 어떻게 할지 결정해야 하고, 그러기 위해서는 붉은 군대나 민병의 소재를 확인할 필요가 있었다.

"모두들 어떻게 하겠나?"

가지가 말했다.

"이 철도를 따라 동쪽으로 가면 조선 국경을 넘을 수 있다. 지금처럼 서남쪽으로 쭉 가면 아마도 남만주에 도착할 것이다. 전쟁이 끝났다면 우리는 이제 관동군 유령이야. 언제까지나 무사할 거라고는 할 수 없을 것이다. 포로가 되거나, 사살되거나, 길을 가다 쓰러져 죽거나……."

"자넨 어떡할 텐가?"

단게가 물었다.

"역시 계속 갈 건가?"

"가야지."

말하고 나서 힘차게 고개를 끄덕였다.

"가겠네, 난."

달리 갈 데도 없다. 남만주가 어떻게 되었는지 모른다 해도, 도착할 수 있을지 없을지조차 불확실하다고 해도, 가야만 한다. 지금까지는 돌아가고 싶은 마음뿐이었다. 그러나 지금은 가서 확인하지 않으면 안 된다. 그에게는 인생의 상징이던 것이, 그가 달콤한 꿈을 키울 수 있게 해준 유일한 희망이 아직도 그를 기다려주고 있는지 어떤지를.

"조선 쪽으로 가도 말이야……."

기리하라가 평소의 그답지 않게 힘없는 목소리로 말했다.

"일본으로 돌아가려면 바다를 건너야 하고, 또 상황이 어떤지도 모르고."

"가지 씨, 둔화라는 곳은……."

히키타 역시 망설이며 말했다.

"큰 도시 아닌가? 거기까지 가면 좀 더 확실한 정보를 알 수 있지 않겠어?"

"어쨌든 우린 종이 쪼가리 한 장에 그런 데까지 끌려갔으니까……."

후쿠모토가 아무도 보지 않고 말했다.

"관동군의 높은 양반들께 우리 신변에 대한 어떤 조치를 요구할 권리는 있어. 그렇죠, 반장님?"

대답한 것은 기리하라 하사도 히로나카 하사도 아닌 단게였다.

"권리는 있지만 관동군의 높은 양반들께선 벌써 다 체포되었거나 본국으로 도망쳤을 거야."

"우릴 버리고 말인가?"

히로나카가 눈을 부라리며 말했다.

"부대는 어떡하고?"

"부대는 아마 어딘가로 집결시키게 했겠지."

"……빌어먹을! 역시 졌단 말인가?"

히로나카의 낮은 탄식에 모두가 저마다의 감회에 잠겼다.

전쟁에 졌다. 그것은 이미 움직일 수 없는 사실이다. 그 사실만이 거대한 바위처럼 우뚝 솟아 있고, 관념은 공연히 거기에 부딪혔다가 튕겨져 나왔다. 처음 겪게 된 사태에 어떤 처리가 이루어질지 전혀 알 수 없었기 때문에 나라를 잃었다는 느낌이 평화를 되찾았다는 실감보다 확실히 선행되었다. 개인의 든든한 배경이 되어주던 '국가'라는 개념이 붕괴되자 그 폐허에는 시커먼 불안만이 떼 지어 밀려들 뿐이었다. 일본인처럼 지난 수십 년 동안 운명의 혜택을 받고 살아온 민족일수록 이런 상황에 처하게 되면 나약하게 부서져버릴지도 모른다.

초조하고, 그러면서도 어쩐지 나른한 듯한 침묵을 야마우라의 목소리가 깨뜨렸다.

"저건 뭡니까?"

그가 가리킨 것은 멀리서 석양을 받아 눈부시게 반짝이고 있는 강이었다. 강이라고는 하나 거의 말라붙어서 여기서는 웅덩이로밖에 보이지 않는다. 거기에 점점이 사람 그림자가 보인다. 눈이 좋은 야마우라가 그들의 복장이 토착 주민과는 다르다는 것을 알아본 것이다.

"작업복 같기도 하고, 몸뻬 같기도 한데."

몸뻬라는 말에 모두의 시선이 쏠렸다. 몸뻬라면 일본 여자가 입는 일바지다.

잠시 후에 히로나카가 "기분 탓이야."라고 말하며 쭉 뺐던 목을 움츠렸지만 가지는 도로의 상황을 살피더니 대검을 허리에서 끌렀다.

"내려가서 물어보자."

가지는 일어서서 씩 웃었다.

"총과 대검을 풀어놓으니 영락없는 거지꼴이군."

가지가 도로로 내려가자마자 그쪽으로 한 사내가 왔다. 시커먼 목달이 옷이 깔끔한 것으로 보아 이 근방에 사는 사람 같았고 실외 노동자도 아닌 듯했다.

"말 좀 물어보겠습니다. 저기 보이는 것이 뭡니까?"

사내는 대답하기 전에 가지를 주의 깊게 보았다.

"여기서 그러고 다니면 위험해요."

조용한 목소리였지만, 갑작스런 뜻밖의 말에 가지는 의표를 찔렸다.

"일본군 패잔병으로 오인받아요."

가지는 희미하게 웃었다.

"……다른 옷이 없어서."

"며칠 전 생각 없는 일본군 패잔병이 이 부근에서 소련군을 죽인 뒤로 경계가 삼엄해졌소. 이 근처에서 무력행위를 하면 우리 주민들만 골탕 먹는단 말이오. 그래서 우린 일본인이라도 일반 교민에겐 적의를 품지 않지만 패잔병에게는 소련군에 협력하여 이 지역의 평화를 지키려고 하고 있소. 내가 무슨 말을 하는지 알아듣겠소?"

가지는 고개를 끄덕였다.

"대강은……."

"알았으면 어서 떠나시오. 만약 무기를 갖고 있다면 사람들 눈에 띄지 않는 곳에 버리고 가시오. 마을 관청에서 그걸 압수할 거요. 그러는 편이 당신들도 성질이 고약한 탱크 부대에 투항하는 것보단 나을 거요."

"그렇게 하죠."

가지는 또다시 고개를 끄덕였다. 이 사내의 말은 그 자체로는 충분히 호의적이었다. 다만 무기를 버린 패잔병이 앞으로 어떤 위험에 처하더라도 이 목닫이 옷을 입은 사내에게는 아무런 책임이 없을 뿐이다.

"그런데 저기 보이는 저 사람들은 중국인이 아닌 것 같은데……."

"오지에서 피난 온 일본인 부녀자들이 이 철도를 따라 조선으로 가려는 거요. 저기 조선인 마을에 온 지 벌써 사흘이나 되었소. 불쌍한 사람들이지. 어차피 뿔뿔이 흩어져서 갈 수 있는 데까지 가는 수밖에는 없을 거요."

"중국인이 보호해주지 않나요?"

가지가 그렇게 말하자 그는 비로소 적의를 드러내며 비웃었다.

"중국인은 전쟁으로 피해를 보지 않은 줄 아나?"

"……하지만 당신들은 결국 승자 아닙니까?"

"그래, 승자지. 자신의 생활조차 영위하지 못하는 승자. 붉은 군대가 진격해오기 전에 많은 일본군 부대가 퇴각했소. 그때 그들이 물러가는 경비로 식량을 징발해가지 않았다고 생각하시오? 저 피난민들은 이곳의 일본군에 대한 감정이 최악일 때 온 거요. 박해를 당하지 않는 것만도 다행이지. 언젠가 지방 정권이 확립되면 이런 난민 처리도 할 수 있겠지만……."

그는 가지가 원심적 시선으로 그쪽을 보고 있는 것을 보고 덧붙였다.

"패잔병은 저리로 가지 않는 게 저 사람들을 위하는 길이오."

"……알겠소."

가지는 그렇게 대답했지만, 그곳에 가 보고 싶은 마음은 이미 이성을 초월하여 활활 타오르고 있었다.

그 사내는 스무 걸음 정도 가다가 뒤를 돌아보았지만 가지의 모습은 보이지 않았다. 가지는 그가 뒤를 돌아볼 것이라 예상하고 절벽 틈새에 숨었다.

날이 저물기를 기다렸다가 일행은 강을 건너 조선인 마을로 들어갔다.

28

　모두 합해서 서른 명 정도의 여자들이 강변 옆의 낮은 돌담을 두른 창고 같은 건물에서 노숙하고 있었다. 홀홀 타는 모닥불을 가운데에 두고 앉아 있는 사람들 중에 남자는 다섯 명도 되지 않았다. 남자들은 거주지에서 처자식을 먼저 출발시켰거나 동행해서 오다가도 도중에 사역에 차출되어 얼마 남지 않은 것이리라. 어린아이가 거의 보이지 않는 것은 굶주림과 피로가 이어지는 장거리 여행 중에 죽었거나 버려졌거나 만주인에게 팔려갔기 때문일 것이다.
　여자들은 반 이상이 머리를 빡빡 깎고 있었다. 그렇지 않은 여자도 남자처럼 더벅머리다. 얼굴은 예외 없이 흙이나 검댕을 발라 더럽다. 겁탈당할까 봐 두려워서 남장을 하고 있는 것인데, 봉긋한 젖가슴과 잘록한 허리가 그런 노력을 허사로 만들고 있다. 여자들도 그것을 알고 있기 때문에 얼굴을 더럽게 만든 것이다. 실제보다 더 아름답게 평가받고 싶어 하는 여자들이 여기서는 남자에게 혐오감을 주려고 애쓰고 있었다.
　여덟 명의 군인이 들어와도 관심을 나타내는 사람은 거의 없었다. 개중에는 노골적으로 시선을 피하는 여자조차 있었다. 주민 보호의 임무를 다하지 못한 관동군 병사다. 할 수만 있다면 낯짝에 침이라도 뱉어주고 싶을 것이다.

여기서는 야마우라와 데라다가 가장 먼저 그들과 친해졌다. 아직 소년티를 벗지 못한 탓도 있지만 무엇보다도 부상당한 상처가 톡톡히 한몫을 했다.

데라다가 국경과 가까운 진지에서 8월 13일에 부대가 전멸했다고 말하자 여자들 사이에 무거운 감동이 흐르는 것 같았다.

한 여자가 냄비 바닥에 남아 있던 좁쌀죽을 데라다 쪽으로 내밀자 몇 명의 여자들이 자기들이 먹기에도 부족한 식량을 나눠주었다. 모두 이 마을의 조선인들과 물물교환한 것이다.

가지와 단게는 자기들이 환영받지 못하는 침입자라는 것을 깨달은 뒤로는 모닥불 곁을 떠나 어둠 속에서 무릎을 안고 앉아 있었다. 기리하라를 비롯한 다른 이들은 다른 모닥불 둘레로 어찌어찌 끼어든 것 같다.

데라다는 죽을 준 여자에게 말했다.

"이거 상등병님께 좀 드려도 되겠습니까?"

"이등병이라 미안해서 그런가요?"

여자가 말했다.

"지금 계급이고 나발이고 무슨 상관이에요? 나눠줄 것도 없는데 어서 먹어요."

"제 생명의 은인입니다."

데라다가 대답했다.

"탱크에 깔려 죽을 뻔했을 때 제 몸을 덮어서 살려주신 분이에요."

이쪽에서는 단게가 작은 나뭇가지를 주워들고 불씨를 얻으러 여자들 쪽으로 갔다.

"단게 고참병님, 좀 드시겠습니까?"

야마우라도 혼자서 먹는 것이 미안한지 반합을 내밀었다.

"고참병님이란 말은 그만두게. 군대는 이미 없어졌어. 서글픈 말로지."

단게는 웃었다.

"모든 동포들로부터 미움을 샀으니 망할 수밖에."

"상등병님, 이쪽으로 오세요."

한 여자가 가지를 불렀다.

가지가 그들 사이에 끼어 마음을 터놓고 어울리는 동안 다른 모닥불 옆에서는 기리하라와 한 여자의 사이가 부쩍 가까워졌다.

"나랑 부부로 가장해서 갑시다. 여자 혼자서는 조선까지 가기가 만만치 않아요. 우린 둔화로 갈 건데 거기라면 지린吉林으로 갈 수 있으니까 당신 숙모님을 만날 수 있을지도 모르고. 그렇지 않소? 그렇게 합시다. 내가 옆에 있으면 로스케에게 함부로 강간당할 일도 없을 테니 안심할 수 있고……."

"……지린까지 가면 어떻게든 될 것 같긴 한데."

히키타와 후쿠모토는 기리하라를 흉내 내 임시 데릴사위 자리를 찾아 돌아다녔다.

히로나카만이 조용히 침묵을 지키고 있었으나 사실은 귀를 쫑긋 세우고 여자들과 행동을 같이하는 것이 안전한지, 아니면 역시 어딘가에서 부대에 합류하여 집단행동을 하는 것이 유리한지를 놓고 고민하고 있었다.

"……믿을 수가 없어."

이쪽에서는 가지가 혼잣말하듯 중얼거렸다.

"붉은 군대가 민간인에게 난폭하게 굴다니……."

"일본 사람들한테만 그런다고요!"

더벅머리를 한 여자가 악에 받쳐서 말했다.

"중국인이 또 러시아 사람한테 일러바쳐요. 저건 저렇게 남자처럼 꾸미고 있어도 일본인 여자라고요. 러시아 부대가 지나간 자리는 참혹할 정도예요. 여자이기만 하면 아무나 닥치는 대로……!"

"그들에게 당한 사람이 있습니까?"

가지가 묻자 갑자기 검은 바람처럼 침묵이 흘렀다.

"……우익인지 뭔지 하는 놈들이 그런 유언비어를 퍼뜨려서 반소 감정을 부추기려는 것은 아닐까요?"

자문자답하는 가지의 말이 끝나자마자 모닥불 너머에서 날카로운 목소리가 날아왔다.

"본 사람이 있으면 어쩔 거예요? 당한 사람이 있다면 어쩔 거죠? 그렇게 간단한 문제가 아니에요! 제 언니는 저항했다고 살해당했어요! 군인 아저씨 여자가 아니니까 모르겠지만 이런 얘길 들으면 어떤 기분이 들쇼? 로스케 병사가 큰 트럭을 타고 도로를 지나가요. 피난민 여자가 걸어가고 있으면 냉큼 들어서 트럭에 실어요. 실컷 데리고 놀다가 싫증나면 내버리고 가요. 가족들과 수십 리나 떨어진 곳에 알몸으로 버려지는 거예요. 도움을 청해도 일본인 남자 따위는 있으나마나라구요!"

"……알겠소."

가지는 긴장한 나머지 돌처럼 뻣뻣하게 굳어졌다.

그런 짓을 저질러도 된단 말인가? '인민해방적 홍군'이……?

"틀림없이 못된 부대였을 거예요."

다른 여자가 다른 부대는 그렇지 않기를 바라는 마음을 담아서 말했다.

"죄수 부댄지 뭔지가 선발대로 왔다니까."

"만약 그런 부대를 먼저 보냈다면 스탈린이 잘못한 거지."

가지는 메마른 목소리로 여자에게가 아니라 자기 자신에게 말했다.

"독소 전쟁에서 우수한 종자들이 많이 죽어나갔으니까 남은 정예요원을 온존시킬 생각으로 그랬는지 모르지만 그건 엄청난 잘못이야. 독선이라고! 타민족 사람들은 어떻게 되든 상관없다고 생각하는 거겠지!"

"어떻게 되든 상관없겠죠!"

다른 여자가 한숨과 함께 말했다.

"패전국의 여자처럼 비참한 것도 없다니까."

단게는 몇 번이나 입을 열려다가 말았다. 그는 이렇게 말하고 싶었다. 소련군 중에도 개망나니 같은 놈은 있겠지. 수백만 명 중에서 몇 명이

나 몇 십 명, 아니 몇 백 명이 그렇다 해도 그것으로 소련군 전체의 성격이나 목적이 말살되는 건 아니야. 그건 과도기의 오류야. 반드시 고쳐질 오류라고. 희생된 사람에겐 미안하지만 그만한 일로 소련군 진주進駐의 역사적인 의미를 오해하는 것은 대단한 잘못이야.

그러나 이런 분위기에서 그런 말을 했다간 불난 데 기름을 붓는 격이 될 것이다. 단게는 입을 다물고 안타까움과 슬픔을 몇 번이나 씹어 삼켰다.

가지는 단게만큼 너그럽지는 못했다. 그 오욕은 언젠가, 어딘가에서 소련군에 속한 자에게 당한 것이다. 이성적으로는 단게와 마찬가지로 생각했다 해도 그것으로 역사의 더러워진 하루를 정당화하고 싶지는 않았다. 단 하나의 예라도 용서할 수 없었다. 붉은 군대는 나치나 일본 군대와는 달라야 한다. 미군 따위와도 근본적으로 달라야 할 것이다. 일본 군대를 미워는 해도 일본인을 미워하거나 짐승처럼 취급해서는 안 되는 것이 아닐까?

붉은 군대의 지도자는 일본군을 격파하라는 명령을 내렸을 뿐만 아니라 말단 병졸에 이르기까지 타민족에 대해 정복자로서 행동하는 것을 묵인했단 말인가. 역사의 큰 목적을 달성하기 위해서는 사소한 사욕邪慾은 그 어떤 것도 문제가 되지 않는다는 것인가. 전쟁의 이상 심리를 억제해서는 대중을 동원할 수 없다는 말인가. 물론 개인의 신변에 생긴 사소한 사실로 전체라는 거대한 세계의 움직임, 그 방향과 의미를 잘못 인식해서는 안 되는 것은 확실하다.

그러나 사소한 사실은 개인적으로는 절대적인 사실이기도 했다. 개인은 절대로 그 깊은 상처를 잊지 못한다. 그 하나하나의 상처로부터 증오의 피가 솟구칠 것이다. 그것은 사람에게서 사람에게로 전파되어 결국엔 뽑아내기 힘든 불신을 키울 것이다.

무엇으로 이 괴리를 메울 것인가. 소련군 중에서 인간은 이것을 어떻게 설명하여 자신의 영혼에 납득시킬 것인가. 가지가 이 문제를 저 왕시양리의 수기에서 맞닥뜨렸을 때는 일본의 침략용 군대를 일본인인 가지 자신이 증오하고 있다는 것으로 자기변호를 했고, 자신이 일본인인 것을 괴로워하는 것으로 구제받으려고 했다. 비록 자기변호는 성공하지 못했고, 구제도 받지 못했지만.

소련군 병사는 소련군을 미워할 이유가 없을 것이다. 러시아인인 것을 부끄러워하기는커녕 자랑스러워할 것이다. 그것에는 그럴 만한 역사적인 근거가 있다. 하지만 그렇다면 그는 이 사소하고도 거대한 인간의 오욕을 인간 앞에서 어떻게 설명할까? 가지는 그것을 알고 싶었다. 듣고 싶었다.

가지는 단게가 러시아인이기라도 한 것처럼 곁눈질로 보았지만 그는 흙빛이 된 얼굴을 꼼짝도 하지 않고 있었다.

가지는 자신의 분노나 절망이 자가당착에 빠져 있다는 것을 깨닫지 못한 것 같다. 가지는 확실히 붉은 군대의 성격이나 사명을 믿고 있다고 자부하고 있었다. 그러면서도 자신의 몸 하나 의탁할 결단조차 내리지 못하고 있다. 자유를 바랐던 것도 사실이다. 집을 그리워한 것도 사실이다. 하지만 그가 취한 행동이 모두 결국엔 불신에 뿌리를 박고 있었던 것도 사실이다. 그래서 그는 매일 반복되는 모험으로 자신의 영혼이 썩어가고 있다는 것을 자각하고 있으면서도 여자들의 수난을 들었을 때는 오히려 자신의 살벌한 행동이 유일하게 정당하고도 적절한 것이었다는 식으로 느꼈던 것이다.

만약 남만주에 진출한 소련군 부대도 같은 짓을 저질렀다면? 그 불안에 불이 붙자 가지는 견딜 수가 없었다. 여기, 기분 나쁘게 까만 밤하늘 아래는 그곳에선 너무 멀다. 미치코도 여기 여자들처럼 머리카락을 자르고, 얼굴에 검댕을 칠하고, 밉살스럽게 말하고 있을까? 일본인 남자 따위는 있으나마나야!

"……남만주로 간 부대도 그럴까?"

가지는 아무렇지도 않은 척하며 단게에게 물었다. 단게는 가지의 마음을 꿰뚫어본 듯 힐끗 보더니 한마디만 했다.

"난 믿어."

가지는 몇 번이나 가볍게 고개를 끄덕였다. 그렇다고 반드시 수긍한 것은 아니었다. 1년하고도 몇 개월 전에 그 눈밭을 포복으로 기어가면서 가지가 신조에게 했던 말을 떠올렸던 것이다.

"사상도 이상도 믿고, 거기 있는 인간도 믿습니다. 단지 지금 당장 그 상호관계를 믿을 수 없을 뿐입니다."

그때는 막연한 상상 속에서 한 말에 지나지 않았다. 지금은 그 상호관계가 어쩔 수 없는 현실이 되었다.

옆에서 문득 가냘픈 목소리가 들렸다.

"군인 아저씨, 남만주 쪽으로 가세요?"

목소리의 주인공은 얼굴에 검댕을 칠하고 있었지만 아직 앳된 아가씨였다. 옆에 열네댓 살의 내성적으로 보이는 소년이 있었다.

"우린 보리物利 쪽에서 왔어요. 도중에 기차가 서버려서……."

가지는 아가씨의 생기 있는 눈을 보았다.

"부모님은?"

"베이후터우北湖頭에 계세요. 보리에 아저씨가 계셔서 놀러 갔다가 이렇게 되었어요."

"아저씨 댁은 어떻게 됐는지 모르고?"

"몰라요."

"너희들은 조선으로 갈 생각이니?"

"아니요. 베이후터우로 돌아가고 싶어요. 어떻게 됐는지 모르지만 가봐야 해요."

그녀는 눈을 내리깔고 잠시 망설이는 듯하더니 마음을 정한 듯 다시 말하기 시작했다.

"군인 아저씨, 징포후 쪽으로 가시는 거 아닌가요?"

"그래, 아마 난후터우南湖頭 부근을 지나가게 될 거야."

"데리고 가 주실 수 없을까요? 난후터우까지라도 괜찮은데."

가지는 그녀에게서 시선을 돌렸다. 여자와 함께 가는 길은 이제 징글징글하다. 창녀 다쓰코의 끔찍한 죽음이 아직도 마음에 걸린다.

"넌 몇 살이니?"

"열여덟이에요."

"우린 걸음이 빨라서 같이 가는 건 무리일 것 같은데."

"갈 수 있어요!"

그녀는 간절한 목소리로 말했다.

"여기까지도 걸어서 왔어요."

"도중에 아무 일도 없었어?"

데라다가 무심결에 묻자 그녀의 얼굴이 갑자기 경직되었다. 입술을 깨물고 있는 것은 복받쳐 오르는 것을 억누르고 있기 때문이겠지만 그녀는 결코 눈을 내리깔지는 않았다.

"마침 창녀들이 있었지요."

옆에서 중년의 여자가 끼어들었다.

"그때는 그녀들이 희생해줬다오."

"……그 여자들은?"

"……끌려갔어요."

아가씨의 어깨가 파르르 떨렸다.

"내일 아침, 날이 밝기 전에 떠날 거야."

가지가 말했다.

"빨리 자둬."

"잠깐, 나 좀 보시게, 군인 양반."

어둠 속에서 한 사내가 불렀다. 가지가 일어서서 다가가자 양쪽 옆구리에 무언가를 들고 있는 그가 목소리를 죽이며 말했다.

"아까 마누라를 조선인에게 보내서 교섭해봤는데……."

사내는 어둠 속에서 가지의 동정을 살피고 있는지 그 눈이 한 번 파랗게 빛났다.

"조선인이 말하기를 우리가 있는 곳에 패잔병이 들어왔다고 빨리 쫓아내지 않으면 먹을 걸 주지 않겠다고 하더군."

가지는 검은 막대기처럼 서 있었다.

"……어떡할 거요? 어쨌든 우린 전쟁에 졌으니까 아무래도. ……필요하다면 내가 안전하게 빠져나갈 수 있는 길을 안내해드리리다."

가지는 꼼짝도 하지 않았다. 사내가 말을 이었다.

"……어쨌든 이 근방에 있는 놈들은 패잔병을 로스케에게 넘겨주는 걸 좋아하니까."

"패잔병 한 명을 팔고 식량을 얼마나 받았소?"

가지가 불쑥 물었다.

"뭐?"

"물물교환할 물건이 다 떨어지니까 이젠 패잔병을 내주고 비위를 맞추시나?"

"이 사람이 무슨 말을 하는 거야?"

"아무것도 아니외다."

가지가 웃었다.

"밝은 곳에서 당신 얼굴을 봐둘걸 그랬군. 당신이 마누라를 시켜서 조선인에게 말하게 한 거지? 그렇지 않으면 뭣 때문에 조선인이 일부러 당신들에게 그런 말을 했겠어? …… 우린 날이 밝을 때까지 여기 있을 거요. 알겠소?"

"…… 그런 말을 하다가 죽어도 난 몰라."

"피차일반이라고 해둡시다."

가지는 사내가 양쪽 옆구리에 끼고 있던 것을 짐 뒤에 놓고 담 밖으로 나갈 때까지 그 자리에 서 있었다.

"저 내외는 자기들 외에는 안중에도 없는 사람들이에요."

한 여자가 말했다.

"여기서 배 불리 먹고 있는 것은 저 사람들 정도지요. 저 사람은……."

그리고 나서 여자의 목소리가 속삭임으로 바뀌었다.

"자기 아내를 중국인이나 조선인한테 보내놓고도 아무렇지가 않나 봐요."

"그래도 군인 아저씨들을 찾으러 오면 위험하지."

다른 여자의 목소리만 들렸다.

"이젠 다 알았으니까."

"…… 우린 갑니다."

가지는 여자의 목소리 쪽에 대답하고 나서 오누이에게 말했다.

"곧 출발할 거야. 걸을 수 있겠지? 잠은 근처 어디 숲에 가서 자자."

29

너무 늦었다. 아니면 너무 빨랐는지도 모른다.

갑작스러운 출발에 벼락부부가 되어 민간인으로 가장하려고 했던 기리하라, 후쿠모토, 히키타는 결심은 물론 의논조차 못하고 출발하게 되었다. 한 사람씩 담을 넘어 자갈이 깔려 있는 강변을 따라 겨우 100걸음쯤 옮겼을 때였다. 뒤에서 총소리가 들렸다. 소리로 보아 수평 사격이 아니라 허공에 대고 쏘고 있는 것이다. 마구 쏴대고 있다.

그 와중에 여자들이 소리치기 시작했다.

"러시아인이에요!"

아가씨의 떨리는 손이 가지의 팔을 잡았다.

"군인 아저씨들을 체포하러 와서······."

"쌍!"

기리하라가 으르렁댔다.

"돌아가자!"

가지는 누구나 알 수 있을 정도로 몸을 떨기 시작했다. 억누르려고 해도 멈추지 않았다. 무서운 것은 아니었다. 하나의 세계가 붕괴되기 시작한 것이다.

"총소리가 라이플이지?"

겨우 중얼거렸다.

"일고여덟 자루쯤 됐지? ······자동소총이 두세 정 있는 것 같고······."

"그만두게."

단게가 가지의 의도를 알아차리고 어깨에 손을 얹은 것을 가지는 뿌리쳤다.

"해서 안 될 게 어딨어? 그냥 지나가 봐. 그 낯짝으로 자넨 혁명에 참가할 수 있겠나?"

가지는 자갈밭에 한쪽 무릎을 꿇고 어둠 속을 살펴보았다.

"지붕을 향해 쏴. 멈추지 말고 계속 쏴. 단게, 가서 승부를 내세. 이럴 바엔 죽는 게 나을지도 몰라."

가지와 단게는 강변 중간까지 달려가서 엎드렸다. 뒤에서 동료들이 총을 쏘기 시작했던 것이다. 담 안에서 여자들의 떠드는 소리가 멈추자 상대편에서도 바로 응사하기 시작했다. 어두워서 아무것도 보이지 않았지만, 총알이 굉음을 내며 어둠을 가르는 것은 상대가 담 안에서 뛰어나와 화선을 펼쳤다는 뜻이다.

"수류탄은 몇 개나 있어?"

가지가 물었다.

"두 개."

"나도 두 개야. 동지들에게 던지는 것이지만 어쩔 수 없다고 생각해."

가지는 수류탄을 던졌다. 폭발음이 강변을 뒤흔들었다. 이어서 단게가 던진 수류탄이 폭발했다. 탄착 같은 것은 아무래도 상관이 없었다. 이것은 전투가 아니다. 죽이는 것이 목적도 아니고 살기 위해서도 아니다. 그저 폭발하면 되었다. 마음이, 분노가, 탄식이.

날카로운 비명이 어둠 속을 날았다. 사격은 그쳤다. 와글와글 떠드는 소리가 어지럽게 뒤엉켜서 들렸다. 그 소리도 곧 그쳤다.

캄캄한 밤만이 남아 있었다.

가지는 담 쪽으로 가서 여자들의 안부를 확인할 생각이었다. 그 순간 밤송이머리와 더벅머리의 여자들이 제각기 이렇게 울부짖고 있는 모습이 보이는 것 같았다.

"우릴 구해주었다고 생각하시나요? 네? 군인 아저씨들이 난폭하게 군 덕에 내일 낮에 로스케들이 몰려와서 더 지독한 보복을 할지도 모른다는 생각은 해보지 않았나요? 당신들은 도망가면 그만이겠지만 뒤치다꺼리는 우리들이 해야 한다고요!"

단게는 가지가 강변에 얼굴을 묻고 한동안 꼼짝도 하지 않자 몸을 흔들었다.

"가세. 다들 걱정하고 있을 거야."

"……저 여자들, 내일 괜찮을까?"

가지가 떨리는 목소리로 말했다.

"자네는 자기 자신만이 인간이라고 생각하나?"

단게가 웃었다. 그러나 부드러운 그 미소는 가지에겐 보이지 않았다.

"아니면 인간에겐 나쁜 일만 일어난다고 생각하는 건가? ……괜찮아. 그들도 생각이 있을 거야."

"난 이젠 믿지 않아. 절대로 안 믿어!"

가지는 씩씩거리며 말했다.

"저놈들은 혁명의 찌꺼기야. 똥 같은 새끼들이야! 저놈들과 기리하라 패들이 뭐가 다르냔 말이야? 저런 인간을 뭣 하러 만들었느냐고, 혁명의 총본산에서. 어떻게 교육시킨 거야? 단게, 혁명이란 건 아무리 냉혹하고 처참해도 돼. 그것이 용렬한 인간에 의해 자행되지만 않는다면 말이야."

"……전쟁 중에도 고결한 인간이란 게 있을까?"

단게가 말했다.

"지금의 저놈들은 확실히 용렬해. 이렇게 말하는 나조차 아까 자네가 욕하던 그런 사내야. 그럼 자네는 도대체 뭔가? 일단 손에 걸렸다 하면 백에 하나의 예외도 없는 살인의 명수라고, 자네는. 그리고 그뿐이야, 지금으로선……."

멀리서 주위를 경계하듯이 "상등병님!" 하고 부르는 소리가 들렸다. 데라다일 것이다.

가지는 자갈 소리를 내며 일어섰다. 다리가 꼬이는 것 같았다.

"……내가 그렇게 안 하면 누가 하겠나?"

가지는 공허하게 중얼거렸다.

"살아 있어서는 안 되었던 걸까?"

단게는 아무 말도 하지 않았다. 단게 역시 알 수 없었다. 여기서는 모든 인간이 비뚤어져 있다. 소련군 일부가 추악한 짓을 저지른 것도, 가령 가지가 쓸데없는 살인을 되풀이하는 것과 무슨 차이가 있단 말인가. 전쟁은 결국 인간에게 무엇을 요구하는 걸까?

가지는 강변의 자갈에 채여 휘청거리며 걷고 있었다.

30

아가씨와 그녀의 남동생은 자꾸 뒤처졌다. 아가씨는 다부졌다. 얼이 나간 듯 느릿느릿 걷고 있는 남동생을 달래고 격려하면서 가지 일행으로부터 버림받지 않으려고 마음을 졸이고 있었다. 히키타는 아가씨의 뒤로 돌아가서 바지를 입은 아가씨의 엉덩이가 흔들리는 것을 보느라 더욱 뒤처졌다.

가지는 몇 번이나 멈춰 서서 못마땅한 표정을 짓곤 했다. 아가씨는 그때마다 땀이 배어 나와서 검댕과 흙으로 얼룩진 얼굴을 들고 말했다. "미안합니다, 군인 아저씨." "죄송해요, 군인 아저씨." 동생 때문이라고는 한 번도 말하지 않았다.

가지는 지난 이틀 동안 남동생이 말하는 것을 한 번도 들은 적이 없었다. 휴식하는 중에 히키타가 기리하라에게 이렇게 말했다.

"저 애새끼는 로스케가 총부리를 들이대는 바람에 정신이 나갔다더군. 틀림없이 저 계집애가 발가벗겨져서 당하는 걸 보고 정신이 나갔을 거야."

그녀는 바위틈으로 차가운 물이 흘러나오는 곳에서 물집이 잡힌 동생의 발을 식혀주면서 해진 운동화를 손보고 있었다.

가지는 그리로 다가가서 소년에게 말을 걸었다.

"넌 뭐든 누나한테 다 해달라는구나?"

소년이 슬픈 듯 웃기만 하는 것을 누나가 감싸주었다.

"집에 돌아가기만 하면 틀림없이 기운을 차릴 거예요. 이 아이를 부모님의 품으로 돌려보낼 때까지는 죽고 싶어도 죽지 못하겠어요."

"죽고 싶어도……."

가지는 말을 하려다 말고 입을 다물었다. 그녀는 간절한 소원을 담은 눈을 동그랗게 뜨고 있었다. 아무것도 묻지 말아주세요. 제발! 가슴을 에는 듯한 아픔이 갑자기 밀려왔다. 그날 밤부터 이것은 가지의 지병이 되었다. 생각이 거기에 부딪히면 여지없이 아픔은 밀려왔고, 그렇지 않아도 어느 결에 문득 떠오르기만 해도 반드시 밀려왔다.

가지는 물이 떨어지는 곳에 머리를 처박고 난폭하게 물을 튀기면서 얼굴을 씻었다.

"너희들도 씻어봐. 기분이 상쾌해."

가지가 덥수룩하게 자란 수염을 쓰다듬는 것을 보고 아가씨는 일부러 더럽혀놓은 얼굴로 손을 가져갔다.

"전혀 내 얼굴 같지가 않아."

씻고 나니 살결이 곱고 윤기가 흐르는 앳된 얼굴이 드러났다. 이목구비가 반듯하니 예쁘장한 얼굴이다. 햇볕에 그을려서 생기가 넘친다. 가지는 지긋이 보고 있었다. 이 얼굴이 말했다. 죽고 싶어도……라고. 가지는 눈을 깜빡이고 나서 웃었다.

"그래, 그렇게 씻고 나니까 훨씬 낫잖아! 낙담하고 있으면 안 돼, 예쁜 아가씨."

그녀의 검은 수정 같은 눈동자 속에서 밝은 수줍음이 흔들리고 있었다.

거기서 출발하려고 하는데 부부와 어린애 한 명이 가재도구로 보이는 짐을 메고 가지 일행이 가려는 방향에서 왔다. 여자의 옷차림을 보고 조선인 가족이라는 것을 알았다.

"징포후까지는 얼마나 남았소?"

"금방입니다."

사내가 대답했다.

"이 길을 따라 곧장 가면 난후터우가 나와요. 저녁때까지는 도착할 거요."

"당신들은 어디로 가시오?"

"조선으로 돌아갑니다. 전쟁이 끝났으니 조선도 틀림없이 독립했을 테니까요."

가지는 두세 번 고개를 끄덕였다. 축하해주고 싶은 마음이 왜 이리도 비참할까?

"자유를 찾았군요, 당신들은."

부부는 이상한 소리를 하는 일본인 병사라고 생각했는지 애매하게 웃었다.

"그건 그렇고 베이후터우 쪽은 어떻게 되었을까요? 일본인이 아직 있습니까?"

"글쎄요."

사내가 고개를 갸웃거렸다.

"난 베이후터우에서 50리쯤 떨어진 마을에 살았기 때문에 잘 모릅니다. 아마도 이미 다 떠났을 겁니다. 농사짓던 일본인들도 다 피난 갔으니까."

가지는 아가씨를 보았다. 그녀의 얼굴은 백지장처럼 하얗게 질려 있었다.

31

나뭇잎 한 장 흔들리지 않는 고요한 저녁 무렵, 깊은 색을 띤 호수가 눈 아래 펼쳐져 있었다. 호반 마을은 이 호수로부터 풍성한 혜택을 받고 있을 것이다. 돛을 내린 작은 배 몇 척이 거울 같은 수면을 천천히 미끄러지며 돌아온다. 가가호호 피어오르는 연기는 흔들리지도 않고, 한쪽으로 흐르지도 않고, 가늘게 똑바로 올라가며 점점 옅어지면서 어스름 속으로 녹아들어가는 것 같다.

아가씨가 조용히 한숨을 내쉬었다.

"……돌아왔구나. 저것 봐, 얼마 안 남았어."

"……우리 집, 아직 있을까, 누나?"

동생이 처음으로 입을 열었다. 느릿느릿한 말투였는데 슬픔과 불안에 시달린 마음이 고스란히 느껴졌다. 소년은 모든 것을 보았고, 들었고, 느끼고 있었던 것이다.

"베이후터우는 여기서 얼마나 되지?"

단게가 아가씨에게 물었다.

"100리쯤 되지 않을까요?"

"100리라……."

피곤한 다리로는 하루 만에 가는 것은 무리다.

"어떻게 됐을까, 거긴. 변하진 않았을까?"

단게는 아가씨에게서 가지 쪽으로 고개를 돌리며 말했다. 가지는 말없이 호반 마을을 보고 있었다. 그곳에는 평화로운 일상이 숨 쉬고 있었다. 집이 있고, 부뚜막이 있고, 연기가 있고, 남자와 여자가 있다. 아이가 아장아장 걷는다. 강아지가 뛰어논다. 배가 그날의 수확을 싣고 돌아온다. 이제부터 밤이 찾아와서 내일을 약속하는 것이다. 사람들은 살아 있다. 그것은 가지 일행과는 다른 세상의 그림이었다.

가지는 주르르 볼을 타고 흘러내리는 눈물을 닦지도 않고 아가씨 쪽으로 돌아섰다.

"……아버지와 어머니는 피난 가서 이젠 안 계실 것 같다. 응?"

말하고 나서 단게를 보자 그도 고개를 끄덕였다.

"……일본인은 더 남쪽으로 갔을 거야."

그녀는 눈을 동그랗게 뜨고 가지를 올려다보고 있었다.

"아버지나 어머니는 너희들이 아저씨 가족과 함께 어딘가로 갔을 거라고 생각하실 거야, 틀림없이."

그녀의 눈은 조금씩 축축해지기 시작했다.

"너희들 둘이서 무리하는 것은 좋지 않아."

가지는 호반 마을로 시선을 돌리고 쓸쓸하게 웃었다.

"평화롭게 보이지만 이제 우리들에겐 허락되지 않는 삶이야. 아까 낮에 만난 그 조선인의 이야기를 듣고 나서 쭉 생각해봤는데……."

아가씨가 눈물을 또르르 흘리는 것을 보고 가지는 머뭇거렸지만 그녀는 여전히 가지를 올려다보고 있었다.

"달리 갈 곳이 없으면 나하고 같이 가지 않을래? 우리 집도 있을지 없을지 모르지만 어쨌든 있다고 생각하고 가고 있으니까. 우선 안정을 찾고 나서 연락을 취하거나 본국으로 돌아가는 게 낫지 않을까?"

"……상등병님."

야마우라가 머뭇거리며 불렀다.

"……저는 어떻게 하면 될까요?"

"개척단도 뿔뿔이 흩어졌을 거야. 너도 나랑 같이 가자. 데라다도 그러는 게 좋을 것 같다. 소령님은 출정했고, 네 어머님은 본국으로 돌아갔을지도 모르니까."

두 명의 젊은 패잔병은 몸을 의탁할 곳이 생겼다는 것에 한시름 놓는 표정이었다. 옆에 있던 후쿠모토가 그것을 보고 비웃듯이 말했다.

"그런 얘기를 이런 산속에서 해본들 무슨 소용이람. 발길 닿는 곳이 내 집이지. 무슨 수가 나겠지."

"인가가 가까워지니까 배짱이 생기나 보군."

가지가 비웃었다.

"히로나카 반장, 당신도 같이 가지 않겠소?"

히로나카는 가지에게서 그런 말을 들으리라고는 예상하지 못한 듯 당황하며 애매한 웃음으로 대답을 대신했다.

"전 역시 돌아가 봐야겠어요."

아가씨가 말했다.

"부모님이 안 계셔도 잘 아는 중국인이 있으니까……. 확인해보지 않으면 마음을 놓을 수 없을 것 같아요."

"내가 데려다 줄게."

기리하라가 말했다.

"어때, 후쿠모토. 가 봐서 부모님이 계시면 신세 좀 지자고. 괜찮겠지, 아가씨?"

그녀는 웃으면서 고개를 끄덕였다.

"걷는 건 이제 지긋지긋해. 한 보름쯤 쉬고 나서 어떡할지 생각해보자고."

"일본인이 없으면 어떡하죠?"

히키타도 마음이 끌리는지 실실 웃으면서 물었다.

"없으면 글쎄, 마적이라도 될까? 우리 아가씨를 여두목으로 삼고 말이야. 깍듯이 모실 테니까."
 기리하라의 굵은 웃음소리가 사라지고 나서 가지가 그녀에게 말했다.
 "어쨌든 오늘 하룻밤, 잘 생각해봐."

 날이 저물었다. 산골짜기에 감돌던 남빛은 점차 거무스름해지면서 호수 위까지 퍼졌다.
 "밑으로 내려가서 먹을 것 좀 구해보자."
 기리하라가 말했다.
 "아가씨도 배가 고플걸?"
 가지도 생각하고 있던 일이다. 여기까지 오면서 산에 밭은 없었다. 어촌임이 틀림없다. 밭은 적은 것 같다. 마을 저쪽에 완만한 경사를 그리며 어둠 속으로 녹아들어가고 있는 곳에 밭이 있다. 거기까지 가려면 마을 앞을 지나가야 했기 때문에 밤이 되기를 기다렸던 것인데, 한가로운 해질녘 풍경을 바라보고 있는 동안 까닭 없이 사람 사는 마을이 그리워졌다.
 인기척도 별로 없는 마을 같다. 민병의 모습도 보이지 않았다. 이 정도 마을이라면 당연히 있을 텐데.
 "데라다랑 야마우라도 같이 가자."
 가지는 마을에서 갑자기 날아오는 총알에 맞지 않을 정도의 조심은 하면서 내려갔다. 뒤에서 기리하라가 쫓아왔다.
 "나도 같이 가. 내일 저 남매를 데려다 줘야 하는데 도중에 먹을 식량도 마련해둬야 하고."

굉장히 친절해지셨군. 가지는 그렇게 말하고 싶은 것을 참았다. 그녀가 생각 외로 미인이었기 때문에 기리하라의 마음이 바뀐 것만은 확실하다. 부모님에게 데려다 주고 그걸 빌미로 눌러앉을 속셈이지 싶다. 젊고 아름다운 여자를 보살펴주는 것을 싫어할 사람은 없다. 가지는 모두 함께 남매를 데려다 주기 위해 돌아가는 길도 생각해보지 않은 것은 아니었다. 데려다 주고 다시 돌아오려면 왕복 200리 길이다. 생각지도 못한 위험이 일어나지 않는다고는 보장할 수 없다. 무엇보다도 아가씨는 십중팔구 쓸데없는 노력을 하려고 한다. 기리하라가 데려다 준다고 말하고 나서는 허탕 칠 것을 알고 그럼 나도, 라고는 차마 말하기가 어려웠다.

"또 속지 않으려면 조심해야지."

기리하라는 노리쇠를 움직이며 말했다.

"가지 상등병은 전투는 잘하지만 사람이 너무 좋아서 탈이야."

"……사람이 좋다고 말해준 것은 자네뿐이야."

가지는 우울하게 웃었다.

"상황 판단은 사람 좋은 내게 맡겨주게. 행동은 가급적 자제해주고."

목표로 했던 집은 가까이 가서 보니 제법 크기는 했지만 낡고 허름한 것이 가난한 것 같았다. 사립문으로 들어가기도 전에 흙담 너머로 말린 생선 냄새가 풍겼다. 안마당에서 억세 보이는 세 젊은이가 생선을 손질하고 있었다. 형제 같다.

가지를 보고 그들 중 한 명이 말했다.

"뭐요?"

"……먹을 걸 좀 나눠줄 수 없겠나?"

그러자 다른 한 명이 하얀 이를 드러내며 웃었다.

"일본 거진가? 불쌍도 해라."

가지는 얼굴이 참혹하게 일그러지며 떨리는 것을 참을 수가 없었다.

"콰이콰이디(빨리빨리) 돌아가, 돌아가. 로모즈(러시아인) 온다, 탕!"

입을 크게 벌리며 총소리를 흉내 낸다.

"거기 있는 생선 갖고 가."

다른 사람이 말했다.

"……실은."

가지는 망설였다. 거지 노릇을 하는 데도 특수한 재능이 필요한 것 같다. 가지로서는 절대로 갖추지 못한 재능이. 이때 가지는 몇 번 인사를 하고 생선을 주운 다음 실실 웃으면서 다시 고개를 조아리고 물러가지 않으면 다른 무언가를 좀 더 얻었을 것이다.

"뭐야, 말린 생선은 마음에 들지 않는다는 거야?"

처음 말했던 젊은이가 말했다.

"실은 빠오미삥즈包米餅子(옥수수 가루로 만든 떡 – 옮긴이)든 뭐든 곡물을 좀 얻을 수는 없는지……."

"배부른 소리 하고 있군. 생선이나 가지고 얼른 꺼져."

"잠깐."

그들 중 나이가 많은 사람이 말하고는 안에 대고 소리쳤다.

"마아야!"

뚱뚱한 모친이 전족纏足(중국에서 여자의 발을 인위적으로 작게 하기 위하여 헝겊으로 묶던 풍습 – 옮긴이)한 발로 아장아장 걸어 나왔다.

"빠오미뼁즈 같은 것 좀 있을까? 일본인이 좀 달라는데."

"어쩌나, 집엔 마침 없구나. 다른 데 가서 구해봐야지."

가지는 이제 단념하려고 생각했다. 싫었다. 굶주림에는 이골이 났지만 구걸에는 익숙지 않았다. 그 사내는 가지의 낯빛을 어떻게 이해했는지 부드러운 목소리로 말했다.

"안에 들어가서 기다려요. 이 일을 마무리하고 옆집에 가서 구해다 줄 테니까. 저쪽 밭에는 지키는 사람이 있으니까 가지 않는 게 좋소. 일본 병사가 훔쳐가서 교대로 지키고 있는 거요."

가지는 고개를 끄덕이고 작은 목소리로 감사의 인사를 했다.

집 안의 봉당은 어두웠다. 온돌 위에 침침한 램프가 있고, 세 여자가 자리를 짜고 있었다. 형제의 부인들이지 싶다. 가지 일행 쪽으로는 얼굴도 돌리지 않았다.

가지는 머리를 감싸고 봉당에 쭈그려 앉았다. 데라다와 야마우라도 풀이 죽어서 가지 옆에 앉았다. 기리하라만이 초조해서 봉당을 정신없이 왔다 갔다 했다. 가지는 형제 중 한 명이 말한 것을 다른 사람들에게 설명해주었어야 했는지도 모른다. 그는 마음이 울적했다. 자신은 이제 인생에서 완전히 추방된 것이다. 전쟁의 종식은, 다시 말해서 인간의 해방은, 이런 형태로밖에 찾아오지 않았다. 전쟁을 저주하면서 전쟁을 위해 일해온 자에게는 이런 결과밖에 주어지지 않는다고 말한다면 할 말은 없다. 비록 아무도 그런 말은 하지 않았지만 가지는 스스로 자신에게 그렇게 말했다.

마당에서는 젊은이들이 일하고 있다. 그 대상이 비록 비린내 나는 말린 생선에 지나지 않더라도 그들에겐 생활의 설계도 있고, 확실하게 이루어질 수 있는 욕망도 갖고 살고 있다. 온돌 위에 있는 여자들도 그렇다. 잠자코 앉아서 비록 그것이 몇 푼 안 되는 부업에 지나지 않더라도 무엇을 위해 그것이 필요한지를 알고 있다.

가지는 어떤가? 여기 있는 굶주린 일본인들은? 초라한 오늘만이 있을 뿐이다. 내일이 어디에서 올지조차 모른다. 갈 곳이 있는지 없는지도 모른다. 환상을 향해 걸어갈 뿐이었다. 고작 그러기 위해서 도대체 무슨 짓을 해왔단 말인가!

가지는 눈치채지 못했지만 기리하라는 보고 있었다. 사립문으로 고개를 내민 어린애가 일본군을 보더니 재빨리 얼굴을 뒤로 뺐다. 그러고 나서 또 빠끔히 들여다보더니 넘어질 듯 달아났다.

기리하라는 초조해지기 시작했다. 저 아이가 마을 사람들에게 고자질하여 민병대가 들이닥치는 건 아닐까? 세 형제가 일본군을 내버려둔 채 시치미를 떼고 일하고 있는 것은 때가 되기를 기다리고 있는 것은 아니겠지? 가지는 속은 것이다. 저번처럼 속임수에 빠져서 공격당할 게 뻔하다. 이 새끼들은 마치 자기들 힘으로 전쟁에 이긴 듯한 상판을 하고 있지 않은가! 한 방 먹여주고 필요한 만큼 챙겨서 잽싸게 사라져버리면 그만이다. 제기랄, 그 계집애는 얼굴이 반반했는데. 히키타 새끼, 엉덩이에만 눈독을 들이고 있더군. 야, 짱꼴라! 언제까지 기다리게 할 거야?

담 밖에서 젊은 여자의 목소리가 들렸다. 몸이 뻣뻣한 것이 아직 숫처녀인 듯한 여자가 들어와서 좀 전에 일본 말로 서투르게 지껄였던 젊은이와 처음엔 웃는 낯으로 뭔가 큰 소리로 이야기를 나누더니 갑자기 목소리를 낮췄다.

기리하라는 그렇게 느꼈다. 힐끗힐끗 봉당의 동정을 살피는 것 같다. 일본군이 있는 것을 여자가 걱정했다 해도 무리는 아니었지만 기리하라의 마음속은 이미 의혹으로 가득 차 있었다.

"어이, 가지."

기리하라가 가지를 불렀다. 가지는 고개를 들었다.

여자는 말없이 사립문 쪽으로 가고 있었다.

"속지 말란 말이야!"

기리하라가 툭 내뱉고 한달음에 뛰어나가 여자를 덮쳤다.

순식간에 벌어진 일이었다. 가지가 여자의 비명을 들었을 때는 세 젊은이와 기리하라가 한 덩어리가 되어 뒤엉켜 싸우고 있었다. 온돌 위의 여자들은 날카로운 소리로 울부짖었다. 가지는 정신없이 뛰어나갔다.

"그만둬!"

메마르고 절망에 찬 외침은 가지에게밖에 들리지 않았는지도 모른다.

"우린 달라!"

"그만둬!"

가지는 무시무시한 완력으로 내동댕이쳐졌다. 젊은이 하나가 생선 광주리에서 천칭봉天秤棒(어깨에 나무 봉을 올려 메고 양쪽에 물건을 매달고 가거나 둘이서 나무 봉의 양쪽 끝을 어깨에 걸치고 중앙에 물건을 매달고 가는 것 - 옮긴이)을 뽑아 들었다.

"잠깐만!"

소리치면서 본능적으로 젊은이가 천칭봉을 휘두르는 타이밍을 쟀다. 가지는 도망가지 않고 뛰어들었다. 조금만 늦었으면 박살났을 것이 틀림없는 타격을 가지의 개머리판이 젊은이의 손목에서 쳐올렸다. 분별은 이미 완전히 잃은 상태였다. 화해의 길도 완전히 끊어져버렸다. 개머리판이 언제 상대의 안면을 후려갈겼는지 의식에는 남아 있지 않았다. 누군가가 발을 높이 치켜들었다가 가지를 차서 쓰러뜨렸다.

데라다가 발포했다. 사립문에서 검은 그림자가 몇 개 뛰어 들어왔다. 총소리가 또 울렸다. 뒤얽혀 싸운 것은 불과 몇 초 동안이었다. 피를 흘리며 쓰러진 사내의 발밑에서 기리하라 역시 입에서 피를 흘리며 일어났다.

"비켜!"

가지가 말했다.

뛰어 들어온 사내들은 사립문을 막고 있었다. 총구를 향해서는 역시 덤벼들지 않았지만 쉽게 비킬 것 같지도 않았다.

"길을 열어라."

말하면서 한 발 쐈다. 사내들 중 한 명이 비명을 지르면서 넓적다리를 움켜쥐고 쓰러졌다. 가지는 아직도 왜 이렇게 되었는지 사태 파악이 되지 않았다. 그냥 이렇게 됐을 뿐이다. 이 사태를 타개해야 했다. 기리하라에게 총을 쏘게 해서는 안 된다는 사려만은 작동하고 있었다.

인간 울타리는 깨졌다. 기리하라가 뛰어나갔다. 이어서 두 명이 더 뛰어나갔다. 데라다가 밖에서 쐈다. 가지는 사람들의 발밑에 총을 쏘는 것과 동시에 뛰었다.

산길은 이미 어두워져 있었다. 중간까지 왔을 때 갑자기 절망의 모든 무게가 발을 짓눌렀다. 마을에서는 등불이 바쁘게 움직이고 있었지만 떠드는 소리는 들리지 않았다. 가지는 야마우라가 식량을 훔쳐온 것을 알았을 때 온몸에서 힘이 빠져나가는 것을 느꼈다.

야마우라가 훔쳐온 것은 밀가루로 만든 휴대 식량이었다. 둥글고 딱딱하게 구운 것을 몇 개씩 끈으로 꿰어놓았다. 야마우라는 그것을 봉당 부뚜막 위에서 찾아냈다. 탈출하는 짧은 순간에 그는 그것을 훔쳐냈다. 굶주림이라는 경험이 아무도 가르쳐주지 않은 것을 이 소년에게 가르쳐준 것이다. 패잔병들은 이것을 먹을 것이다. 가지도 먹을 것이다. 가지는 그렇게 되리라는 것을 알고 있다. 그것은 이미 간단한 산술처럼 정확한 결과다.

결론은 이렇다. 이 딱딱한 빵을 획득하기 위해 살육을 계획한 것은 아니었지만 살육을 하지 않으면 그것을 얻을 수 없는 입장에 이 사내들은 스스로를 놓고 있다. 그리고 거기에서 나가려고 하지 않는 것이다. 나가는 것을 두려워하고 있다. 나갈 수 없을 것이라고 생각하고 있다. 모든 것을 믿지 못하게 되었다.

"……기리하라, 넌 나를 죽였어."

가지가 중얼거렸다. 기리하라는 아직도 몹시 흥분해 있었다. 하긴 그렇지 않더라도 가지가 무슨 말을 하는지 이해하지 못했을 것이다.

"……먼저들 가."

가지는 세 사람에게 부탁하듯이 말했다.

한 걸음, 또 한 걸음, 캄캄한 어둠을 밟는다. 끝내 비적이 되고 말았다. 미치코, 난 아직 돌아갈 자격이 있을까? 미치코, 말해줘. 아직 날 사랑하고 있는 거야? 가혹한 일이지만 대답해줄 수 없을까? 여자에게 돌아간다든가, 그다지 자유롭지도 않은 생활의 자유를 회복하려는 것이 이런 위험과 악행을 거듭할 만한 가치가 있는 일일까?

뒤처진 가지를 단게가 찾으러 왔다.

"기리하라가 심하게 화를 내더군. 자네가 야무지지 못하니까 어떻다는 둥 하며. 역시 잘 안 된 건가?"

가지는 대답했다.

"우리가 뭘 잘못했지? 전장에서 죽지 않은 거? 포로가 되기를 거부한 거? 다시 말해서 있지도 않은 자유를 찾아서……."

다른 사람들은 어느새 야마우라가 가지고 온 빵을 씹고 있었다. 아가씨가 어둠 속에서 손으로 더듬어 그 빵을 가지와 단계의 손에 올려놓았다.

"다치진 않으셨어요?"

가지의 목소리는 쉬어 있었다.

"……너희들은 내일 가는 게 나을지도 모르겠다."

〈6부에서 계속〉

 5 죽음의 탈출

한국어판 ⓒ 도서출판 잇북 2014

1판 1쇄 발행 2013년 11월 11일
1판 2쇄 발행 2014년 4월 4일

지은이 | 고미카와 준페이
옮긴이 | 김대환
펴낸이 | 김대환
펴낸곳 | 도서출판 잇북
캘리그라피 | 신영복
책임편집 | 김랑
책임디자인 | 한나영
인쇄 | 대덕문화사

주소 | (413-736) 경기도 파주시 와석순환로 347
전화 | 031)948-4284
팩스 | 031)947-4285
이메일 | itbook1@gmail.com
블로그 | http://blog.naver.com/ousama99
등록 | 2008.2.26 제406-2008-000012호

ISBN 979-11-85370-00-2 04830
ISBN 978-89-968422-5-5(세트)

* 값은 뒤표지에 있습니다. 잘못 만든 책은 교환해드립니다.